ruin ー緑の日々ー

　びくりと引ける腰を逃さないよう右手で固定して、身体全体を使って情欲の塊を愛しい身体に挿入した。

ruin —緑の日々—

六《ろく》青《せい》みつみ

ILLUSTRATION
金《かね》ひかる

CONTENTS

ruin —緑の日々—

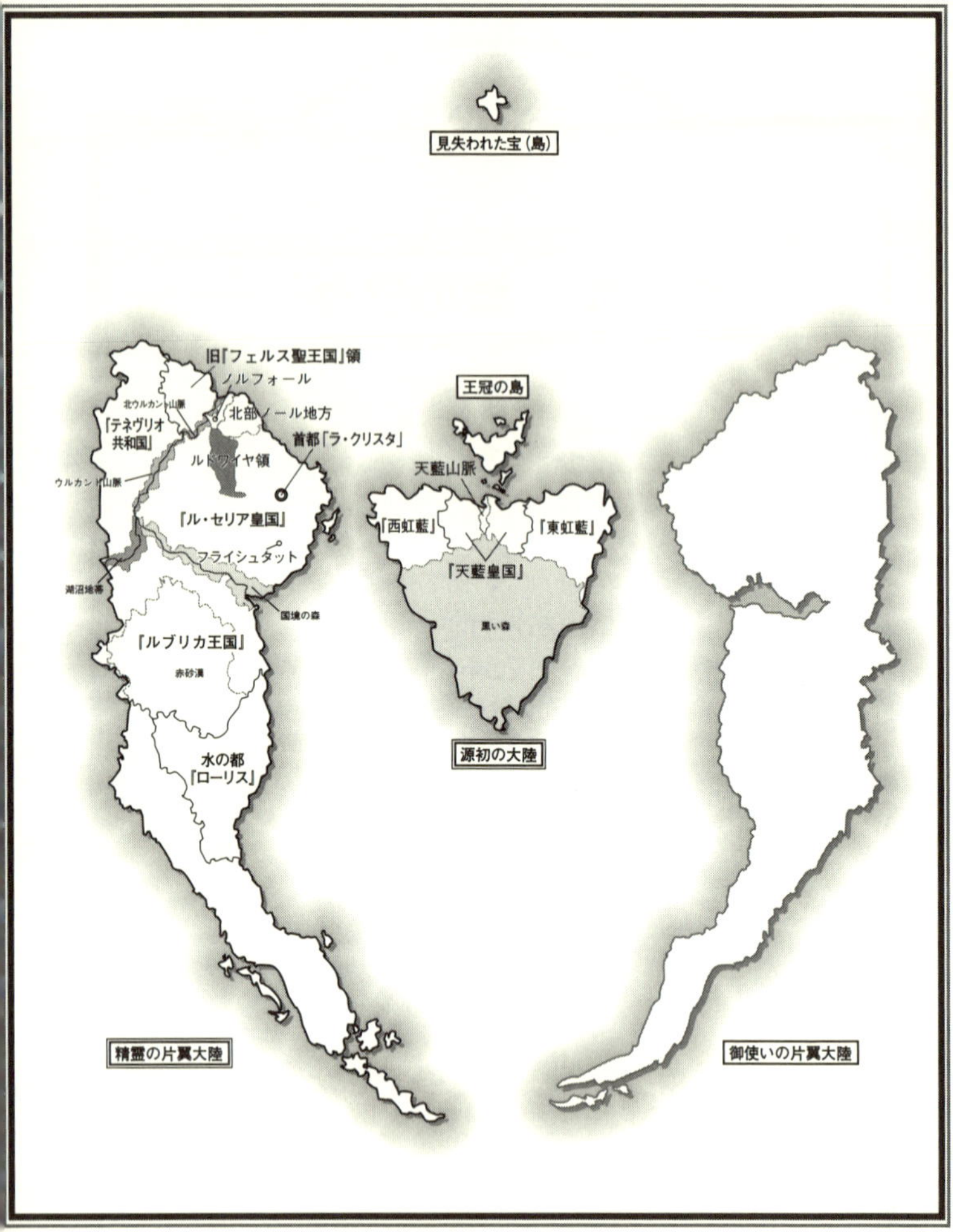
見失われた宝（島）
旧「フェルス聖王国」領
ノルフォール
北ウルカント山脈
北部ノール地方
「テネヴリオ共和国」
首都「ラ・クリスタ」
ルドワイヤ領
ウルカント山脈
「ル・セリア皇国」
フライシュタット
湖沼地帯
国境の森
「ルブリカ王国」
赤砂漠
水の都「ローリス」
精霊の片翼大陸
王冠の島
天藍山脈
「西虹藍」
「東虹藍」
「天藍皇国」
黒い森
源初の大陸
御使いの片翼大陸

『光の螺旋』世界地図

ruin —緑の日々—

《序》　‡　放蕩《ほうとう》息子の帰還　‡

ガルドラン・シルヴァインはルドワイヤ公爵《こうしゃく》夫妻が待ちに待った嫡男《ちゃくなん》として、この世に生を受けた。

北から南へと広がるルドワイヤの起伏に富んだ領土には多種多様の樹木が茂る。

冬でも緑を失わない常緑樹、秋には黄金と炎の彩りで見る者を感嘆させる落葉樹林。希少な香木、貴重で高価な紫檀《したん》や黒檀。

広大で豊かな森林地帯を治める公爵家には、長いあいだ子どもが授からなかったので、嗣子《しし》ガルドランの誕生は民の税を一年間も免除するほど喜ばれた。

〝精霊の片翼〟と称される大陸の中で一番の大国であるル・セリア皇国。その皇国内で公爵位を持つのはたったの五家。

人々からは「皇国の五大公爵」の一系として尊崇《そんすう》されるルドワイヤ家の嫡男誕生に、各地では連日祝い行事が催され領内外からも大勢の諸侯が慶賀《けいが》に訪れた。

当時のお祭り騒ぎを、ガルドラン本人はもちろん覚えていない。しかし宮殿のいたるところに飾られた祝賀儀式の絵画と、両親、祖父母、乳母《うば》、執事《しつじ》、侍女《じじょ》に従僕《じゅうぼく》、厩番《うまやばん》にいたるまで、当時を知る人々が心底嬉《うれ》しそうに語る数々の情景によって、ガルドラン・シルヴァインは自分がどんなに特別で大切な存在なのかを、ずいぶん幼い内から自覚していた。

――自覚はしていたが、納得はしていなかった。

「女の子のかっこうをさせると、男の子は丈夫《じょうぶ》に育つから」

一粒種の息子を大切に思うあまり公爵夫人は夫が止めるのも聞かず、古くからの言い伝えを実践した。

幸い、幼少時代のガルドランは母ゆずりの美貌《びぼう》際《きわ》立つ美少年で身体つきもすんなりしていたので、絹織りにレースを重ねた雅《みやび》やかな長衣《ちょうい》や、金糸で刺繍《ししゅう》をほどこされた薔薇《ばら》色の靴下などで着飾っても違和感はなかった。

事情を知らない客人がその美少女ぶりに魅了され、婚姻《こんいん》の申し出をしてきたことは後々《のちのち》までの語り草となっている。

緑豊かな森に囲まれた白亜の宮殿の奥深く。

薔薇色大理石の支柱連なる回廊庭園。雪花石膏《せっかせっこう》に象眼《ぞうがん》された貴石《きせき》の輝き。母と乳母、やさしい侍女たち。花と菓子、リボンとレースと綾絹《あやきぬ》に囲まれて育った五年余。

極寒酷暑《ごっかんこくしょ》の辛《つら》さも、痛い苦しいという言葉も知らず、経験さえしないまま育った五年余の歳月。

不快なことなどなにひとつないように、文字通り掌中《しょうちゅう》の珠《たま》として育てられた。

——それなのに。子ども時代のガルドランは、自分が公爵家の嫡男として大切に扱われすぎることに不満を抱いていた。

その不満がいったいどこから来たのか今でも的確に言い表すことは難しい。

けれど心の奥深く、どこか大切な場所から、なにかが違うと湧《わ》き出るものがあったのだ。

反抗は六の歳《とし》から始まった。

手はじめに「してはいけません」と言われた事をことごとく実行に移してみた。

廊下を走り階段の手すりを滑り下りる。奥庭の水盤《すいばん》に飛び込む。絨毯《じゅうたん》を剝《は》がして秘密の地下室探し。飾り棚の上によじ登り、華奢《きゃしゃ》な装飾板を踏み抜いて転げ落ちる。

ひじとひざを擦《す》り剝《む》いて、生まれて初めて痛みを知った。

吊《つ》るされた緞帳《カーテン》へ仔猫《こねこ》のようによじ登り、そこから高窓に飛び移った時、さすがに母は悲鳴をあげて半狂乱になった。

登ったはいいが、高さと足場の不安定さに足がすくんで動けなくなったガルドランのために、奥殿づきの特別護衛士と近衛士《このえし》が殺到し、万が一に備えて床には大量の布団《マットレス》が敷かれた。梯子《はしご》を取りつけた時点で公爵が駆けつけ、蒼白《そうはく》になった妻を支える。

護衛士長のラザルス・フィアスによって無事高窓から降ろされたあと、ガルドランは予想以上の大騒ぎになったことに内心では盛大に怯《ひる》みながら、それでも唇を引き結んで弱音は吐かなかった。

自分のせいで集まってきた衛士や侍従《じじゅう》たちには素直に「ごめんなさい」と謝ったが、

「お願いだからガーディ、二度とこんな危ないことはしないで」

そう訴える母の言葉には、最後までうなずかなかった。

おとなしかった息子の変容に、公爵夫人はますます神経を尖《とが》らせ、ガルドランを自分の目の届く範囲に閉じこめようと躍起《やっき》になった。その溺愛《できあい》ぶりが、逆に息子の反抗心を煽《あお》っているのだと気づいた父公爵は、ガルドランの行動範囲を奥殿から城全体に広げることを提案した。

「女児のかっこうをさせているが、あれは立派な男子なのだから」

毅然《きぜん》と諭《さと》す夫の言葉を、心配性の妻はしぶしぶと受け入れたのだった。

十の歳を迎えるとガルドランはますます未知なるものへの好奇心を湧き立たせ、未《ま》だ見ぬ『外』への執着《しゅうちゃく》を募《つの》らせていた。

愛情という名の母の監視をいかにくぐり抜け、新しい出来事に遭遇《そうぐう》するか。

少年ガルドランにとって毎日は、母と、母の采配《さいはい》でつけられた護衛士たちとの、かくれんぼと追いかけっこに終始していたと言っても過言ではない。

事件はガルドランが十二の歳に起こった。

その日、いくつかの幸運な偶然が重なったおかげでガルドランは並みいる護衛士の目をかいくぐり、たったひとりで城の外へ出ることに成功した。

公爵家の嫡子としてではなく、ただの少年として――見た目は少女として――にぎわう市街を探検する楽しさに羽目《はめ》を外し、時を忘れたのは事実。

　気がつけば日暮れてあたりは薄暗い。残照が剣のようにそびえ立つ白蓉山《はくようさん》を赤金色に染めあげている。市街地のどこからでも見える白蓉山は領土《くに》の聖域であり、その頂上には優美で繊細《せんさい》な尖塔《せんとう》に囲まれた白亜の宮殿が、迷い人を導く灯火のように浮かびあがっている。

　慌てて城に戻ろうと思いはじめたとき、あたり一帯に鋭い号令が響きわたった。

　戒厳令《かいげんれい》が敷かれたのだ。

　星々が輝きはじめた紺藍色《こんあいいろ》の空を背に、城の正門から街中へ、領軍の中でも最精鋭と呼ばれる青旗隊《せいき》の青銀の甲冑《かっちゅう》が氾濫《はんらん》した川のように流れ出る。辻ごとに検問が設けられ、道行く人はひとり残らず尋問を受けた。

　市街警備で常駐している黒旗隊《こっき》とは別に、公爵家近衛である紫旗隊《しき》までが軍馬を轟《とどろ》かせて市中に繰り出し、路地裏から街門までを隙間《すきま》なく埋め尽くしてゆく。まるで戦争勃発《ぼっぱつ》を思わせる物々しさに人々は不安そうに家路を急いだ。

　平和だった街全体を覆《おお》った緊張感が、すべて自分の分別ない行いのせいだったとガルドランが気づいたのは、青旗隊長に保護されたあとだった。

　さらに己《おのれ》の軽率な振る舞いがどんな事態を招くか、嫌と言うほど思い知らされたのは城に連れ戻されてから。

　大切な公子から目を離した咎《とが》で護衛士長のラザルスが身分、権利、財産のすべてを剝奪《はくだつ》された上、鞭《むち》打ち刑を言い渡されてしまったのだ。

　それを知ったガルドランはラザルスに対する負い目と父母に対する怒り、捜索《そうさく》に駆り出された数千の領兵への申し訳なさ、そして何よりも己に対する情けなさと悔しさに、物心ついてから初めて人前で涙を流した。

「悪いのは自分だから、ラザルスを罰するのだけは止《や》めて」

泣きながら恥も外聞も振り捨てて懇願《こんがん》したけれど、父公爵の答えは厳しかった。

「そなたが勝手に城外へ出たことと、ラザルスが与えられた任務を全《まっと》うできなかったことは関係ない」

統治者の顔で宣言する父の、これまで自分に見せてきた『親』とは違う苛烈《かれつ》な一面を突きつけられて、言葉に詰まる。

「しかし息子の涙に免じて鞭打ちは止め、蟄居謹慎《ちっきょきんしん》に減刑しよう」

騎士として最も屈辱的な鞭打ち刑だけは回避できたことに、言い渡されたラザルス本人よりもガルドランの方が胸を撫《な》で下ろした。

ラザルスはガルドランが生まれたときから彼の護衛を任されている男で、ガルドランにとっては家族のように慕わしく、口うるさいけれど誰《だれ》よりも頼りにしている存在だった。まるで叔父《おじ》か歳の離れた兄のように慕い尊敬していたラザルスが、自分のわがままと思慮《しりょ》の足りなさのせいで、それまで築きあげたすべてを失ってしまったのだ。

項垂《うなだ》れるガルドランに、父はさらに追い打ちをかけた。

「ガルドラン、息子よ。そなたはもっと自分の立場を弁《わきま》えなければいけない。そなたはこのルドワイヤ公爵領にとって特別でかけがえのない存在なのだ。そなたに万が一のことがあっても、誰もそなたの代わりはできないのだから」

特別と言われること。かけがえのない存在という言葉が、ガルドランの心に重く冷たくのしかかる。

大地を駆け抜け海を越え、空を飛びたいとまで願う自由への憧《あこが》れが、その言葉を聞かされるたびに頑丈《がんじょう》な鎖でがんじがらめにされ、地上に繋《つな》ぎ止められてしまう。

唇を噛《か》みしめ、父親に抗するにはまだまだ小さすぎる拳《こぶし》を握りしめ、それでもガルドランは昂然《こうぜん》と顔をあげた。

「父上は勘違《かんちが》いをしています。わたしが次代を継ぐ大切な存在だと言うのなら、もっと見聞《けんぶん》を広げさせるべきではないですか？　怪我をしなければ痛みはわからない。凍《こご》えなければ寒さを知ることはできない。飢《う》えなければひもじさの意味もわからない。籠《かご》の中しか知らない小鳥のようなひ弱な統治者を、領民が望んでいるとは思いません」

このときの言葉に嘘《うそ》はない。たとえ本心は、立派な領主になるよりも自由に世界をさすらうことであったとしても。

だからもっと自由にさせてくれという息子の言い分に一理あると認めて、父公爵はうなずいた。そして互いの意見を交換し、ひとつの取り決めを結んだ。

ガルドランの要求は三点である。

「きちんと男子のかっこうをさせて欲しい。護衛士つきでいいから自由に外出させて欲しい。正式に剣技を習いたい」

「うむ、女子の服装は改めさせよう。しかしあとの二点については、そなたが優《すぐ》れた領主になるために必要と思われるすべての知識を厭《いと》うことなく速《すみ》やかに学習し、公子としてどこへ出しても恥ずかしくない素養を身につけることが交換条件だ。そなたが少しでも嗣子としての義務を怠れば、約束は反故《ほご》にする」

「わかりました」

父と息子は正式に契約書を作り、署名をすることで互いに義務の遂行《すいこう》を誓ったのである。

「しかし今まで文句を言ったことなどなかったのに、どうして急にスカートは嫌だなんて言いだしたんだ？」

契約を交《か》わしたあと、父は不思議そうに訊《たず》ねた。

「…だってこれは女の子のかっこうでしょう。男はこんなもの穿《は》かないんだとルカが教えてくれました」

スカートや色とりどりの刺繍布はきれいで好きだけれど動きにくくて仕方ない。ガルドランは前から感じていたことを正直に告げた。

「ルカというのは？」

「街で知り合って、いろいろ案内してくれた子の名前です」

答えながら、ガルドランは今日の冒険で手に入れたたくさんの思い出の代わりに、ラザルスが失ったものの大きさを考えた。

「父上、ラザルスはどうなるんですか?」

「──そなた次第だな」

「?」

「そなたが嗣子としての自覚を持ち、危険なことには手を出さず真面目に勉学に励んでおれば、いずれ彼の蟄居謹慎を解く日も来るだろうということだ」

ガルドランは大きく息を吐いて肩を落とした。

こうしてまたひとつ見えない鎖が、ガルドランの天翔《あまか》ける心を繋いだのである。

それから二年間、ガルドランは都の皇子も一目《いちもく》置くほどの品行方正ぶりを発揮し続けた。

立ち居振る舞いの流麗《りゅうれい》さと品の良さは、男女を問わず近隣の領地で誰ひとり敵《かな》う者がいないほど。貴公子として一目置かれ、次期領主として帝王学を学ぶ傍《かたわ》ら、詩歌、歌舞音曲《かぶおんぎょく》に才能を発揮し、文化芸術にも大いに興味と理解を示した。

真面目に取り組む息子の姿勢を認めた父は、半年ほどで剣、弓、槍術《そうじゅつ》など、武術全般を習いはじめることを許した。

十二歳を過ぎてからぐんぐん伸びはじめた背丈《せたけ》は十四で父を追い抜き、母譲《ゆず》りの美貌は少年が持つ両性具有の危うさを脱して、男らしい線の強さが目立ちはじめた。

若木のようなしなやかな肢体《したい》と、野生獣のような優美な存在感が人々を魅了する。絵師は進んでガルドランの肖像画を描きたがり、貴族のあいだで開かれる宴《うたげ》や園遊会で、彼はいつでも特別に歓迎された。

他領から遊学してくる有力貴族の子弟たちともそつなく交友を深め、いずれ公爵位を継いだとき最も大切な財産となる、人脈の幅を拡《ひろ》げる努力も怠らなかった。

傍目《はため》には人もうらやむ充実した素晴らしい日々を

送りながら、ガルドランの内面は窒息《ちっそく》寸前だった。

何もかも振り捨てて、ただ人《びと》として旅に出たい。世界を流離《さすら》ってみたい――。

願いは、熾火《おきび》のように胸を焦がし続けるだけ。

そんな溺《おぼ》れそうな閉塞感《へいそくかん》からガルドランを救ってくれたのは、剣技を研《みが》くために身分を隠して軍の訓練に参加を許可されたことと、ラザルスの復帰であった。

「ラザルス！」

「公子殿下…、大きくなられましたな！　お元気そうでなによりです」

十二の歳に引き離されて以来、二年ぶりの対面。

人目もはばからずに抱きついて喜びを表すガルドランを、元護衛士長は惚《ほ》れぼれと見あげた。

「本日は復帰のご挨拶《あいさつ》とともに、倅《せがれ》ロスカリウスのお目見えをお願いにまいりました」

「倅？　おまえに息子がいたなんて聞いてないぞ」

「病弱だったので、生まれてすぐ田舎に預けておったのです」

ガルドランはためらいなく謁見《えっけん》を許し、その日の内に彼の息子と対面した。

ロスカリウスはガルドランより五歳ばかり年長で、軍人で頑強な身体《からだ》つきの父とは逆に、そよりと風になびくような優男《やさおとこ》であった。

「お目にかかれて光栄です」

ガルドランに差し出されたロスカリウスの手は乾いて温かく、瞳にはやんちゃな弟を見守る忍耐強い兄のような慈しみがあふれていた。

「公子殿下のことは父からいつも聞き及んでおりました。私はずっと殿下のお役に立ちたいと願っていたのです」

深々と頭を下げて忠誠を誓う年長の青年を、ガルドランはひと目で気に入り、常に傍《そば》にいることを望んだのである。


月日は流れる。ガルドランは剣術のみならず馬術、槍術、弓《きゅう》術、体術で素晴らしい上達を見せていた。

そして当代きっての使い手アルディーンから三本に一本は取れるようになったとき、

「自分の身は自分で守れる。外出に護衛はいらない」

そう宣言し、ロスカリウスひとりを連れて城下へ出かけたその足で出奔《しゅっぽん》してしまったのだ。

ガルドラン十六歳の春である。

出奔の直接原因は数日前に願い出た皇都ラ・クリスタへの留学を父に断られたせいだったが、出奔自体は昨日今日考えたものではない。準備は用意周到にしていた。

追っ手を巻くための変装道具、昼夜を徹して走るための替え馬の手配、そして偽名を使った幾枚もの通行手形。

大規模な捜索隊が放たれる前に隣領に逃げ込んでしまおうと、二日二晩走り続けた三日目の朝、領境を目前にしてロスカリウスが突然馬の手綱《たづな》を引いた。

「公子殿下。私は、ここに残ります。…あとのことはご心配なされませんよう」

汗に濡《ぬ》れた髪を指先で払い、苦しそうに息を整えてから微笑《ほほえ》んで目礼するロスカリウスに、ガルドランは驚きのあまり手綱を取り落とした。

「何を言ってるんだロスカー、おまえも一緒に行くんだろう!?」

のこのことひとりで宮殿に戻ったりすれば、公爵領の嫡子出奔に手を貸した人間として、どれほどきつい処罰を受けることになるか。

「いいえ、私は身体が弱い。殿下と旅に出ても足手まといになるだけです。それに私まで姿を消しては、あとの混乱に収拾がつきません」

すべてを承知で残ると言うロスカリウスの毅然とした姿に、ガルドランの胸は引き裂かれるように痛んだ。

残された忠臣に科せられるかもしれない処罰への心配と、それを上まわる自由への憧れの狭間《はざま》で、ガルドランは馬を下りて子どものように地団駄《じだんだ》を踏んだ。

「だけどっ、ロスカー…!」

「心配いりません。殿下のお父上は慈悲深い方ですし、私は官位に対して興味ありません。身分剥奪、蟄居謹慎くらい言い渡されても屁《へ》でもありませんよ」

親子二代続けて同じ刑を言い渡されるのも一興《いっきょう》かもしれません。そう言ってカラカラと笑う。

「だけど…っ」

目尻《めじり》に涙を浮かべ拳を握りしめて反駁《はんばく》するガルドランは、普段の公子然とした態度が崩れ去り、そうすると十六という歳相応の少年らしさが姿を現す。

ロスカリウスは少し困ったように笑顔を浮かべ、自分よりも少し上にある主《あるじ》の整った顔を見あげた。

ガルドランは悍馬《かんば》だ。年若く、型にはめられることを嫌い、自由を夢見る。

それでも生まれを自覚し、懸命に己を抑えて努力してきた。けれど周囲はさらに彼を抑え込み、各々《それぞれ》の理想の姿を押しつける。――次期領主として、自慢の息子として。

これ以上無理に狭い世界に閉じ込めようとすれば身の内に荒れ狂う強い力でいつか自らを食い荒らし、自滅してしまうだろう。

ロスカリウスにはそれがよくわかっていた。

「道中ご無事で」

慣れない強行軍で萎《な》えた足を地に下ろし、よろけたところをガルドランに支えられながら、ロスカリウスは年下の主君を見あげてもう一度ささやいた。

「どうか、ご無事で…」

「――…うん」

『必ず』も『いつ戻る』も言えない代わりにガルドランは荷から紙葉と筆を取り出して、かつての過《あやま》ちを繰り返さないよう、万が一にもロスカーや他の者を罰することがあれば生きて再び領土を踏むことはない、と父宛《あ》てに脅し文句を書き連ねた。

「どれだけ効力があるかわからないけど…」

言いながら、さらにすべての相続権放棄の意志があることを正式にしたため、花押《かおう》を記し血判を押してからロスカリウスに手渡した。

「この書状の扱いは私に一任してくださいますか？」

書状を受け取りながらロスカリウスは卓越《たくえつ》した参謀《さんぼう》の顔に戻って承諾を求めた。

「もちろんだ。おまえは頭がいいから、ラザルスそれに警護の者たち、皆が処罰を受けないようにうまく利用してくれ」

別れの挨拶の代わりにロスカリウスの細い身体をしっかりと抱きしめてから、ガルドランは再び馬上の人となった。朝陽を浴びたその眼差《まなざ》しは既に新たに進むべき道の彼方《かなた》へと向けられ、初めて踏み出す未知の世界への期待と自由への喜びがあふれている。

若さゆえのその姿を、ロスカリウスは眩《まぶ》しそうに見あげた。

「どうか、ご無事で――」

何万回くり返しても足りない身を案じる言葉に、軽く手を挙げて応《こた》えてからガルドランは馬首を巡《めぐ》らせた。

佇《たたず》むロスカリウスの細い身体。

風に揺れる頼りなげな風情《ふぜい》とは裏腹に、すべての責を引き受けて揺るがない芯《しん》の剛《つよ》さ。

その姿がガルドランの脳裏に焼きつく。

彼はこのとき、どんな気持ちで自分を見送ったのだろうか。出奔にまつわる一連の騒動を若さゆえの無謀と名づけ、想い出話の中で照れ笑いとともに訊ねられるようになるまで、結局ガルドランは十年間も放浪を続けたのである。

‡

十年間の行方不明の後、ルドワイヤ公爵家に嫡男ガルドラン・シルヴァイン発見の第一報をもたらしたのは、遠く海を隔てた源初の大陸を統《す》べる天藍皇《てんらん》家からであった。

驚き喜んだ公爵夫妻はすぐさまル・セリア最東岸

のウラル港へ出迎えに向かった。ウラル港は大陸同士を結ぶ唯一の公海路への出入り口である。

天藍皇家から特別に用意してもらった御用船で運ばれ、港で待ち受ける両親の元へ送り届けられたガルドランは満身創痍《まんしんそうい》の上、右目をなくす大怪我《おおけが》をしていた。

なぜ、どうしてこんなひどい有り様《ありさま》になったのか。問い詰める父母にガルドランは多くを語らない。ただ両親とともに駆けつけた従者の中に、ロスカリウスの元気な姿を見つけて心底安堵《あんど》の吐息をついた。

「――ご存知の通りあちらの大陸《くに》に関しては『障《さわ》らずの掟《おきて》』がございます」

護衛としてつき添って来てくれた天藍皇家の使者は、そう前置きをして主家からの意向を公爵夫妻に伝えた。

「ご子息の怪我はあちら――御使いの片翼大陸へ渡る途中の小島で争いに巻き込まれたことが原因ですので、今回の一連の騒動につきましてはこの掟が適用されます。今後一切、原因究明の問い合わせ等にはお答えできません。あしからずご了承ください」

使者はそう結び、丁寧《ていねい》に一礼した。

公爵夫妻はル・セリアの高位貴族として当然その掟のことは承知していたので、天藍の使者に了解の意を示し幾重にも謝辞を述べてから、放蕩息子を連れて帰路についた。

ガルドランはウラル港から皇都ラ・クリスタまで半月ほどかけて搬送《はんそう》された後、怪我から回復するまでの三月《みつき》を皇都の別邸で過ごした。

改めて故郷ルドワイヤに旅立ったのは初夏である。

十年ぶりに帰り着いた故郷で放蕩息子を待ち受けていたのは、芳紀《ほうき》十六歳の婚約者と、婚姻を勧める母の泣き落としであった。

「一刻も早く妻を娶《めと》り跡取りをつくって、私たちを安心させてちょうだい」

母はこの十年、自分たちがどれほど息子の無事を願って心を痛めたか、ガルドランの家督《かとく》継承権を保つために奔走したかを涙ながらに訴えた。親としての情と、豊かな領土を治める統治者としての心労を切々と訴える母の熱意に押し切られ、この時ガルドランは素直に結婚を承諾したのである。

しかし――。いくら十年間の不在に対する負い目があったとはいえ、母の希望をそのまま受け入れたのは間違いだったと、ガルドランが痛感したのは婚姻式当日であった。

儀式当日、初めて対面した十六歳の花嫁アーヤーは、隻眼《せきがん》の大男をひと目見あげて硬直した。

「聞いていた殿方と違うわ」

控えの間でアーヤーが侍女相手に洩《も》らした泣き言を偶然耳にしたガルドランは、母に問い質した。

「彼女は本当にこの結婚を承諾しているんですか？」

「何を言い出すの、当然でしょう。あの子は十の歳からあなたの肖像画に恋して、今日の日を夢見てきたのよ」

「肖像…画？」

恋に恋する年頃の少女が見つめてきたのは十年も前の、ガルドランがまだ十六だった頃の肖像画だという。未だ中性的な印象を残していた当時の肖像と現在のガルドランでは、別人と責められても仕方がない。

十年間、貴族的な暮らしとは無縁な日々を送り、風雨に晒《さら》され陽に焼けた肌は使い込まれたなめし皮のよう。未だ包帯の取れない右顔面には額から頬にかけて醜い傷痕《きずあと》が走り、眼球をなくした右眼窩《がんか》にはぽかりと不気味な空洞ができている。

他人より頭ひとつも抜きん出た長身で頑強な身体、長旅で鍛えられた手足には傷痕が生々しく浮きあがっている。剣を持ち慣れた手のひらは固く猛々《たけだけ》しい。

ガルドランは鏡に映る自分の姿を眺めて、溜息《ためいき》を吐いた。アーヤーが男らしさに惹《ひ》かれる年齢に達していれば、ガルドランの風貌《ふうぼう》は傷痕も含めて魅力的に映っただろう。しかし深窓育ちの潔癖な少女が夢見ていたのは、すらりとした精霊の化身《けしん》のような若者、性のことなど欠片《かけら》も意識させない清らかな公子だったのだ。

「母上。そういうのを世間では――」

詐欺《さぎ》というんですよと言いかけて、ガルドランは言葉を飲み込んだ。母もわざとアーヤーに十年前の肖像画を見せていたわけではないだろう。それはわかる。わかるが…。

ガルドランの苦悩を察する気配もなく、彼女は息子を婚姻の誓約へと追い立ててゆく。

「公爵家の跡取りを産むためには、血筋的にも年齢的にもアーヤー以上にあなたに釣り合う相手はいないのよ」

血統主義を信じて疑わない母の言い様に、貴族のこうした窮屈《きゅうくつ》さが嫌いなんだと、ガルドランは溜息を抑えられなかった。

母の思惑《おもわく》がどうであれ一度婚姻の誓いを交わした以上、ガルドランは妻を大切にするつもりだった。

少女はいずれ大人になる。愛は育んでゆけばいい。

そんなガルドランを嘲笑《あざわら》うように、決意は新床《にいどこ》の夜からもろくも崩れ去った。

新妻を寝室に迎える前に右目の手当てをしておこうと、包帯をすべて外して傷を外気に晒した瞬間、予告もなくアーヤーが姿を現した。

「ガルドラン…、私、あなたに謝ろうと思って…」

硬い表情で近づいてきた新妻は、そのとき初めて目にした夫の顔面に走る傷の醜さに悲鳴をあげた。

「イヤッ――…!」

間髪入れず傍にあった布で傷を覆《おお》い隠したにもかかわらず、アーヤーの脳裏には『それ』が強烈に焼きついてしまった。

赤黒く隆起した傷口、引き攣《つ》れた額、まだらに痣《あざ》の残る頬《ほお》。ガルドランの右顔面の傷は治りかけということもあって、男が見ても思わず顔をしかめるほどに醜い状態だった。

小さな疵《きず》ひとつ負うことなく育てられた少女には、耐え難いものだったのだろう。

「アーヤー、落ち着いて。もう隠したから…」

震えながら椅子《いす》に突っ伏し両手で顔を覆う新妻に、ガルドランはやさしく声をかけて慰めようとした。

「嘘つきッ！　私に近づかないで、化け物…ッ！」

少女の思慮のない叫び声は、ガルドランの心の深い場所を鋭く傷つけた。そうしてふたりの関係は、はじまる前に決定的に破壊されてしまった。

アーヤーはしばらくのあいだ、あなたは偽物だわ、本当のガルドランを返してと錯乱《さくらん》状態に陥り、騒ぎを聞きつけた侍女によって別室に連れ戻された。

新床の設《しつら》えられた寝室で、どうしようもないやる瀬なさを抱えたガルドランの元に、アーヤーが再び姿を現したのは真夜中過ぎ。侍女に強く言い含められ嫌々やって来たのがあまりにも明らかすぎて、ガルドランは彼女に対して哀れさと申し訳なさしか感じなかった。

身を固くして寝台に横たわる妻の全身は〝公爵家に嫁《か》した女の義務〟に鎧《よろ》われていて、情愛や思いやり、相互理解といった感情は欠片《かけら》も望めない。

広い寝台の端と端に身を横たえ、眠れないまま夜明けを迎えたガルドランは、

「アーヤー、君が嫌がるなら髪の毛一本触れたりしない。君が俺《おれ》を受け入れてくれるまで許可なく触れたりしないと誓うから、安心して眠りなさい」

そう言って名ばかりの妻を慰めた。

しかし、数ヵ月経っても彼女がガルドランに対して心を開くことはなかった。

公爵家一員としての義務や体裁《ていさい》を取り繕《つくろ》う必要がある場所以外では、ガルドランに近づこうともしない。婚姻初夜に植えつけられた夫に対する『醜い』という先入観は、頑迷《がんめい》な嫌悪感へと育ってしまった。アーヤーは常にふさぎ込み、もの悲しさを漂わせていた。

ガルドランの方は彼女よりひとまわりも年長で経験も豊富であったから、気長に、そして寛大に妻の心を解《ほぐ》そうと努力を続けた。

毎朝、少女が好みそうな花を自ら摘《つ》んで部屋へ届けて、彼女が喜びそうな話題を選んで話しかける。可愛《かわい》らしい小鳥や子犬を模した装飾品を贈り、溜息が出るほど精緻《せいち》な刺繡がほどこされた衣装を届けてみる。皇都ラ・クリスタから有名な菓子職人を招いて腕前を披露《ひろう》させたり、吟遊詩人《ぎんゆうしじん》に遠国の珍しい話を請《こ》うたりもした。

公の場でも私的な場でも、誰よりも妻を気遣い大切に扱った。常にやさしく接するよう心がけ、強張《こわば》った妻の心を解そうと努力した。

けれどそうしたガルドランの思いやりを受け入れるには、アーヤーはまだ幼すぎたのだ。

見せかけの夫婦を演じて半年が過ぎる頃、彼女はある園遊会でひとりの青年と出会い心惹かれるようになる。

青年の名前はアンウィル。先代公爵の妹の嫡孫だ。アーヤーも先代の弟の孫娘であるから、ガルドランも含めて三人ははとこ同士の関係になる。

アンウィルは公爵家の血筋には珍しい淡い金色の髪と明るい空色の瞳を持つ、気弱でおとなしい青年だった。歳はアーヤーとふたつ違いの十八。

童話絵本の中から抜け出した王子さまのような風貌のアンウィルは、やさしく中性的で物静かで、アーヤーの理想そのもの。彼と会っている時の妻があまりにも嬉しそうで幸せそうだったので、ガルドランは無理を承知でアンウィルに頭を下げた。

「できるだけ妻を慰めてやってくれ」

ガルドラン自身が、溶けない氷のような妻の態度に少し疲れていたせいもある。しかし茶飲み友達としてではなく女として、アーヤーが慰められてしまったのは誤算だった。

妻の不義が発覚したのは小雪がちらつく春待月《はるまちづき》。懐妊《かいにん》を言祝《ことほ》ぐ母によって、ガルドランは自分たちが修正不可能な間柄になってしまったことを感じた。

アーヤーの体内に宿った新しい命がガルドランの子どもでないことだけは確かである。最悪だった新床の一夜を含め、ガルドランは一度も妻に触れたことがなかったのだから。

やがて燃えるような紅葉の季節にアーヤーは女の子を出産した。

月足らずではあったが元気な子で、つやつやした癖のある黒髪とガルドランによく似た緑の瞳を持って生まれてきた。

反対にアーヤーは妊娠期間中に見る影もなく痩《や》せ衰えていた。憔悴《しょうすい》の理由は出産のせいだけではないだろう。

妻を見舞うためガルドランが産屋《うぶや》へ赴くと、先に来ていた母と父がアーヤーを労《ねぎら》い励ましていた。

「生まれた子はガーディによく似た可愛い子だけれど、次はきっと男の子をね」

次を…と母に急《せ》かされたとたん、アーヤーの肩が小刻みに震え出す。異常な空気を察したガルドランはさりげなく助け船を出した。

「母上、アーヤーは疲れていますから今日はもうこの辺で。父上も、わざわざ足を運んでいただいたのに申し訳ありませんが」

「あら、そうね。——あなたたちの仲があまり良くないと聞いていたからとても心配していたのよ。でももう安心ね、あとは早く元気な男の子を産んでくれたら…」

「母上」

「そんな怖い顔しなくたって。あなたもようやく父になって、私たち親の苦労がわかるようになるのね。はいはい、しばらく夫婦水入らずでね。必要なものがあったらなんでも言うのよ」

喜びのあまり饒舌《じょうぜつ》な母と、母より落ちついているとはいえ、やはり喜色を隠しきれない父を扉の外まで丁寧に見送ってから妻の傍に戻る。

「お疲れさま。可愛い女の子だ、がんばってよく生んでくれたね」

あまり近づきすぎて刺激しないよう、母子の横たわる床台から少し離れた場所に立ったままガルドランが言葉をかけると、アーヤーは怯《おび》えと怒りと混乱の入り混じった瞳で睨《にら》みあげてきた。

「——…どうして責めないの？」

地を這《は》うようなしゃがれ声が出産の大変さを物語っている。

「君はもう充分、責められているから」

アーヤーの髪は濃い褐色《かっしょく》で、父母祖父母も黒髪か褐色。ガルドランの方も五代前まで黒髪の血筋だ。

不義の相手アンウィルの髪は金色、瞳は空色。

生まれた子どもの髪がもしも金色だったら？

公爵妃の不実は白日の下に晒されることになる。子を身籠《みご》もってから十月近く、彼女は罪の露見《ろけん》を恐れ、そして良心の呵責《かしゃく》にも耐えてきたのだろう。

「ずいぶん痩せてしまった。顔色も悪い。子どものためにも早く元気になって…」

「お義母さまは何度も何度も仰《おっしゃ》ったわ。早く子どもを、早く跡継ぎを…！　でも私はあなたと肌を合わせるなんて嫌だった……」

気遣う夫の言葉を遮《さえぎ》る声は血を吐くように険しい。

「だからアンウィルと？」

「言われた通り子どもは産んだわッ、ちょうど黒髪で緑の瞳！　あなたの子よ！」

アーヤーは床台から転げ落ちるようにして、生まれたばかりの嬰児《みどりご》をガルドランに押しつけた。

「あなたの子よ…ッ！　お義母さまもこれで満足でしょうッ」

「——そうだ、俺と君の子どもだ。可愛い、良い子だ。大切に育てよう」

ガルドランがどんな気持ちでそう言ったか、そして子どもを受け取ったか、アーヤーはまたしても理解できなかった。

「…あなたも、お義母さまと一緒なのね。私なんて子どもを産む道具だと思っている！　子どもさえ産んでやれば、それが誰の子でもかまわないのね…ッ」

「誰もそんなことは言ってないだろう。落ち着きなさい、身体に障る」

「いやッ、イヤ――…！」

錯乱した妻をなだめようと傍に寄った。その瞬間アーヤーの手が振りまわされ、鋭い爪先《つめさき》が嬰児の額をかすめた。

「その子を私に近づけないで！　誰も私に近づかないで!!」

母であることを放棄して悲鳴をあげる女から、ガルドランは静かに離れることしかできなかった。

腕に小さな命を守り抱いて。

身重《みおも》のあいだ中、不義の露見を恐れながら過ごしたアーヤーの精神は、常にヤスリをかけられているようなものだったのだろう。

さらに出産直後の義母の言葉。不義を認めるかのような夫の不可解な言動。そうしたものすべてが彼女の心の平安と均衡《きんこう》を崩してしまった。

不安定さに追い打ちをかけるように、心の拠《よ》り所にしていたアンウィルが首都ラ・クリスタへと旅立ち、一年後に心労が元で病死したと報《しら》せが届くと、アーヤーの心はすっかり現実から離れてしまった。

カティア・ローズと名づけられた娘にも他人にも一切関心を示さない。けれど名ばかりの夫であるガルドランにだけは奇妙な反応を見せた。

ガルドランの姿を見つけると嫌がって悲鳴をあげたり逃げまわったり、時には物をぶつけたりする。

それなのに彼が姿を現さないとひどくふさぎ込み、食事を摂《と》らなかったり眠らなかったりする。

カティアが生まれた翌年、落馬による怪我が原因で右半身が不自由になった父が隠居《いんきょ》を決めたため、ガルドランが爵位を継いだ。公爵となって本格的に領地の政《まつりごと》に取り組みはじめた多忙な日々の中、一日も欠かさず妻を見舞ったが、結局心の通い合わぬまま彼女は二十歳でこの世を去った。

臨終の床でアーヤーは、ガルドランの父母に虚《うつ》ろな目を向け、

「カティアはガルドランの子ではありません」

そう告白して、ふたりを驚愕《きょうがく》させた。

「いったいどういうことなのか！」

「あの娘《こ》は俺の子です」

詰め寄る父母とガルドランの攻防を尻目《しりめ》にアーヤーは重荷を下ろした安堵とともに息を引き取り、残された公爵夫妻は混乱の中に放り出された。

何を言われても聞かれても「カティアは自分の子だ」と言い張る息子に業《ごう》を煮やした父母は、アーヤーの元侍女を激しく問い詰めて不義の確証を手に入れてしまった。

「カティアは病気療養ということで施慈院《せじ》へやります。あなたには新しい妃候補《きさきこうほ》を何人か選んできました。さ、この中から気に入った人を…」

公爵家の次の跡取りをつくることだけが生きる目的だと言わんばかりの母の猛攻に、ガルドランは心底辟易《へきえき》した。

「公爵家の当主には、妻の死を悼《いた》む間もないんですか？」

「あの人は〝妻〟ではなかったのでしょう。あなたもいったい何を考えていたの？　カティアが自分の子でないと知っていて、どうして黙っていたの⁉　彼女も彼女だわ。密通しただけでなく不義の子まで産むなんて、なんて恥知ら――」

「母上が選んだ女性《ひと》でしょう。血筋も年まわりも、彼女以上に公爵妃にふさわしい人間はいないと、自信満々だったじゃないですか」

「…ま――、まあぁ…――なんて、ことを……」

「早く孫の顔を見て安心したい気持ちはわかりますが、結婚はもうこりごりです」

「ガーディ…！」

「アーヤーの喪が明ける前に次の結婚話を持ち出したら、俺はどこかへ雲隠れしますから」

そう脅したにもかかわらず翌朝、母は懲《こ》りずに妃候補の細密画を勧めてきたので、ガルドランも遠慮なく二度目の出奔を決行したのである。

‡　放蕩息子、二度目の帰還　‡

隻眼の公爵ガルドラン・シルヴァイン＝ルドワイヤが二度目の出奔先であるノルフォール領から帰還したのは、明けて元月初旬《げんげつ》。

腕にひとりの病人を、宝物のように抱えての帰領である。

馬車を降り公爵家専用の昇降機に乗って、白蓉山の岩山の中腹に建つ瑠璃《るり》色の離宮内へ運び入れるまで、ガルドランは腕の中の人物を、ほんの少しも他人に触れさせせようとはしなかった。彼がどれほどその人物を大切に想っているかは、柔らかな毛布で大切にくるまれた身体を抱える手指の表情が物語っていた。

近侍《きんじ》や女官たちは、ちらりと垣間《かいま》見た病人の青白い、けれど整った容貌に、ついに主人が二度目の、そして待望の花嫁を連れて来たのかと噂《うわさ》した。

噂はその日の内にガルドランの父母に伝わった。

ふたりは大いに期待を抱いたが、件《くだん》の人物が男であると判明したとたん、ぬか喜びに変わった。

こいつは抱きあげるたびに軽くなる…。

腕の中でぼんやりと薄目を開けたままのカレスを見つめてから、ガルドランはゆっくりと青年を寝台に横たえた。

「馬車での移動は疲れただろう。今日からゆっくり休めるぞ」

よれた寝衣の襟《えり》や裾《すそ》を直してやりながらやさしく声をかけても、カレスはなんの反応も見せない。眠っているわけでもないのに。

「カレス、聞こえているか？」

俺の声が届いているか…と、琥珀《こはく》色の瞳を覗き込んで名を呼ぶ。

「カレス…――」

ガルドランはカレスの青白い指先を握りしめ、祈る思いで項垂れた。

ノルフォール侯《こう》ライオネルの元から攫《さら》うようにして連れ去り、ルドワイヤに戻ってくるまでの道中、一度だけ言葉を交わした。それ以来、どんなに問いかけてもカレスから言葉が返って来ることはない。

「カレス、ここにはおまえを傷つける人間は誰もいない。いても俺が守ってやる…、だから頼む——返事をしてくれ」

数年前、ガルドランの差し出す手を振り切り、目の前で劫火《ごうか》の中に消えていった友の悲しい笑顔。半年前、狂気の末に衰弱して儚《はかな》くなった妻の死に顔。

どうして俺が守りたいと願う人間はみんな、俺の手が届かない場所へ行ってしまうんだ。

どうして差し出した手を受け取ってくれないんだ。

「こんなに愛しているのに」

愛したいと願っているのに——。

ルドワイヤに到着してから、カレスの一日はぼんやりとした半覚醒《はんかくせい》状態で過ぎてゆく。放っておけば寝返りひとつ打たない。人形のようにただ横たわっているだけの日々。

療養のために用意されたのは白蓉山の西南に建つ離宮、別名〝環翠宮《かんすいきゅう》〟の西南の一室。離宮の主ガルドランの寝室と扉ひとつを隔てた続きの一間である。

白蓉山は南面にルドワイヤの領都市街が広がり、背面は緑豊かな古代森林に守られている。山の頂《いただ》きには美しい尖塔を従えた白大理石造りの本宮殿。そこからぐるりと螺旋《らせん》を描いて下る道の要所には公爵家の離宮がいくつか建っている。

環翠宮は緑柱石、瑪瑙《めのう》、孔雀石《くじゃく》、橄欖《かんらん》石、翡翠《ひすい》、軟玉《なんぎょく》などを随所に配して建てられた文字通り緑色の美しい小離宮である。南西には空中庭園と呼ばれる広い中庭が広がり、北面の古代森林へは小さな昇降機ひとつで下りることができる。

ガルドランの許可なく余人が訪ねることは許されないので、カレスの静養場所としてこれ以上はない環境だった。

カレスの寝所には玻璃《はり》をはめ込んだ大きな窓があ

り、寝ながらでも群青色《ぐんじょう》の空が眺められた。少し起きあがれば雪化粧した森がなだらかな起伏を描いて、遠く地平まで続いているのが見えただろう。

白木を透かし彫りした衝立《ついたて》と、淡雪のような薄い絹の天蓋《てんがい》に覆われた寝台の上、天鵞絨《ビロード》にくるまれた貴石よりも大切に守られて、カレスは眠り続ける。

食事は柔らかく煮崩して粥《かゆ》状にしたものを口許《くちもと》に運んでやればなんとか飲み込んでくれる状態で、それだけがガルドランにとって唯一の救いであり希望だった。動物でも人間でも、食べる力があるうちは生きる意志があるということだから。

ガルドランはたとえ会議や陳情者との面会が長引いても時間になれば中断し、日に三度は必ずカレスの元を訪れて、手ずから背を支え幼子を世話するように、ひと匙《さじ》ひと匙ゆっくり食事を口許まで運んでやった。そこまでしても用意した料理の半分も減らないうちに、もういらないと口を閉じられてしまう。

落胆を顔に出さないよう皿を脇に置いてから、ガルドランはカレスに頬を寄せた。唇のまわりについた食べ残しをついばむように舌で舐《な》め取り、抵抗がないのを確認してそのまま柔らかく唇を合わせる。

荒れてかさついた唇が痛々しい。

両手で肩から腕へ、貝殻骨《かいがらぼね》から背骨へと何度も愛撫《あいぶ》をくり返し唇をそっと離して顔を見つめても、カレスの視線と心はどこか遠く、この世ではない虚《うつ》ろな場所をさまよっている。

「カレス…」

呼べば応えてくれた日々が今は懐《なつ》かしい。

栗色の髪の青年は、いつも少し不機嫌そうにガルドランを見あげることが多かった。ツンケンとした物言いが可愛くてからかうと、よけい怒って言い返して来る。それがまた可愛い。

冷淡そうに見えた外見とは裏腹に、琥珀色の瞳の奥に潜む寂しさと情の深さに気づいてからは、からかうのではなくやさしくしてやりたいと思った。

淡々とした口調で『痛みが欲しい』とねだってき

た、その心の傷ごと抱きしめて癒《いや》してやりたいと心底願って、あの男の元から攫って来たのだ。それなのに…。

「どうして、こんなことに――…」

道中、何度もくり返した問いが思わずこぼれる。

心を込めた慰撫《いぶ》に微塵《みじん》も反応しない身体を、落胆とともに静かに横たえた。

カレスは兄弟同様に育った従兄《いとこ》、現在のノルフォール領主ライオネルを十年以上も慕い続けた挙げ句、想いを告げることもできないまま恋に破れた。常識にとらわれ、禁忌《きんき》に縛られたカレスが恋を自覚できずにいるあいだに、ライオネルの方があっさり同性の恋人を得てしまったのだ。

それだけでも相当やる瀬ない思いをしたはずだが、ここまで追い詰められたのには他にも理由がある。

カレスが寄せる恋情にまるで気づかないライオネルを狙《ねら》った政敵の陰謀から彼を守るために、自身の身体を差し出したのだ。

ガルドランの知る範囲で二度。カレスは愛されるためでもなく快楽を得るためでもなく、ただ傷つけられ貶《おとし》められるためだけに、複数の男たちに身を委《ゆだ》ねた。

それを平気だと言ったのだ。

それでノルフォール侯を守れるのなら、こんなことは平気だと儚く微笑んでみせた。

「嘘つきめ、どこが平気なんだ」

微《かす》かに唇を開けたまま、ぼんやりと宙を見つめる青白い顔。

こんなに痩せて、こんなに傷ついて。

身喰《みぐ》いする獣のように自分で自分の胸を抉《えぐ》り、心の均衡を崩すほど辛かったくせに――。

カレスの上衣《うわぎ》を左右に開くと現れる胸の傷は、愛して欲しいとあげ続けた悲痛な叫びの名残りだ。

あと半月も放っておけば命を落としていたかもしれない。ひどい傷口は未だふさがる気配もなく、油断すればすぐにじくじくと膿《う》みはじめる。日に二回は膏薬《こうやく》を取り替え薬湯を飲ませて、あとはひたすら静養させるしか方法がない。

傷の治りが遅いのは、多分カレス自身の生命力が弱っているせいだろう。

「カレス、おまえを愛しているよ…」

俺はおまえが望み続けた金髪のライオネルではないけれど、それでもおまえを愛してる。もう二度と悲しい思いはさせない。だから戻って来てくれ。

想いを込めたささやきは、伏せられたカレスの青白いまぶたに跳ね返されて、答えを得られず消えてゆく。


寝返りも打てず、ただ横たわる人形のような状態が何日も、何十日も続いた。

カレスの世話は主にガルドランと、ノルフォールからついて来た従僕のウィド、それから本宮殿から呼び寄せた侍女頭《がしら》マイアが行っている。

マイアはふくよかな体型と柔和な瞳を持つ五十近くの女性で、公爵《ガルドラン》に仕える多くの侍女や従僕を束ねる地位にある。本来なら他の者に指示を下すだけで充分な立場だが、まるで母親のように根気良く、下《しも》の世話すら厭うことなくカレスの世話を続けている。

ウィドはマイアと違い元々カレスづきの従僕だったので、主人が正気だった頃を知っている分、思いは複雑だろう。

ぼんやりと半眼でまどろむ無防備なカレスを見て、誰がかつての怜悧《れいり》な秘書官長だと思うだろう。ノルフォールの古い因習と悪弊《あくへい》を正そうと、領主ライオネルの片腕として日夜政務に励んでいた姿からはほど遠い。

寝台に横たわる姿はただの無力な青年。幼子のように無防備で、傷つき疲れ果て、絶望して、現実と向き合うことから逃げ出すことでようやく命を繋いでいる、か弱い姿。

元月《いちがつ》、春待月《にがつ》を変化のないまま過ごし、ようやく春めいてきた花見月《さんがつ》も終わりに近づいたある日。

カレスにようやく微かな変化が訪れた。

「ああ、やっぱり。公爵閣下《かっか》のお姿だけ目で追うんです。昨日気づいたんですが、気のせいじゃなか……ああ、ほらまた！」

ガルドランが部屋にやって来たとたん、ウィドが嬉しそうに指し示して見せた先、確かにカレスの目線がゆっくりと、ガルドランの動きに合わせて揺れている。

「ほら、わたしが動いてもちっとも変わりがないのに、閣下のときだけ」

ウィドは、主人が最初に反応を見せた相手が自分でなかったことについては、毛ほども気にならないらしい。カレスの視線がガルドランを追って動くたび、我事《わがこと》のように喜んで見せる。

「カレス、俺のことがわかるか？」

ガルドランが枕元に寄り添って問いかけてみると、カレスはじっと男の姿を見つめ、傍にいることを確認したとたんに興味をなくしたようにぼんやりとした表情に戻ってしまった。

視線だけの反応は数日も経つと首を伴った動きになり、さらに自力で寝返りを打つほどの変化に繋がった。

未だ微かではあるけれどそうしたカレスの回復は、彼を世話してきた人々にとって大きな喜びとなった。

日が経つ内に、カレスはガルドランの姿が見えない時はずっと扉を見つめるようになった。扉が開いて彼以外の人間が姿を現すと右に左に視線をさまよわせる。明らかにガルドランを探しているのだ。

「あらあら、閣下はあとでいらっしゃいますよ。先に着替えをいたしましょうね」

カレスの反応に微笑みながら、マイアは手に持った清拭《せいしき》用の布を掲げて見せた。

カレスはマイアの言葉など聞こえていないように、ひたすら扉を凝視《ぎょうし》している。侍女頭の手が寝衣を脱がせようとしているのを感じて、初めて彼女に視線を移し、それからたどたどしくはだけられた胸元をかき合わせようとする。

「だいじょうぶですよ。私の他はだーれも見てませんから」

　新しい肉が盛りあがってきたとはいえ、まだ醜い引き攣れが残る胸の傷痕を、他人の目から隠そうとする素振《そぶ》りをカレスがはじめたのは数日前からである。羞恥心《しゅうちしん》を持ちはじめたばかりの子どものような拙《つたな》い仕草を見るたび、マイアはやさしくやさしく言い聞かせた。

「私にならば見られても平気でしょう?」

　慈愛に満ちた笑顔とともに自信たっぷり宣言されて、カレスは仕方なさそうにもじもじと胸元の手をどけるのだった。

　口許に匙を運ばれて、ようやく口を開けるだけだった一方的な食事風景にも変化が現れた。

　カレスは匙を運ぶガルドランの手に自分の手を重ねて、好みの速度で食べ物を口に運ぼうとするようになったのだ。

「次は何がいい?」

　鶏《とり》と木の実の香草蒸し、野菜と乾酪《チーズ》の和《あ》え物。酸味を効かせた仔牛《こうし》の煮込み料理。食後には砂糖漬けの果物を楓蜜《シロップ》がたっぷり染みこんだパイ生地で包んだ甘菓子。色鮮やかなゼリー。果汁で割った葡萄酒《ぶどうしゅ》、花の香りのするお茶。

　雛《ひな》に餌《えさ》を与える親鳥のように三度の食事につき添ってきたガルドランは、カレスが積極的に生きる意志を持つようになったことを大いに喜んだ。

「たくさん食べられるようになったな」

　良かった…。心底安堵の吐息が洩れる。

　ノルフォールにいた頃のカレスは食が細くて、いつも青白い顔をしていた。痩せた身体は衣服で、傷ついた心は無表情で押し隠して、なかなか弱音を吐かない。そんな青年だった。

　無表情なのは変わらないが、今のカレスにあの頃の苦悩の影は見えない。

　自分から動くようになったとはいえ、カレスの身体機能はかなり衰えていて、皿から口へ匙を運ぶ三度に二度は途中で落としてしまう。

最初は笑って見ていたガルドランも、カレスが布の上に落ちた鶏肉のかけらを手でつかんで頬張り、唇の端から肉汁が垂れても気にせず、食べかすをぽろぽろとまき散らす様子に言葉をなくした。

手にも服にも寝具にも、脂《あぶら》や野菜汁の雑多な汚れが広がる。

「……」

ガルドランが眉《まゆ》をひそめたのは、高価な寝衣や掛け布に鮮やかな食べ染みを作られたからではなく…。

「……カレス、俺が誰かわかるか？」

胸元にこぼしたミルラの種を不器用につかもうと懸命になっている栗色の頭に、ガルドランは声をかけた。

「なんでもいい、喋《しゃべ》ってみてくれ」

カレスはようやく摘《つま》むことに成功した滋養に富んだ種子を口に放り込み、その香味を味わうのに夢中だった。

唇のまわりには汚れをこびりつかせたまま、時々呆《ほう》けたように口を開けて見せる姿に、胸が痛む。

洒落《しゃれ》っ気《け》のある方ではなかったが、身だしなみにはうるさかった。潔癖な性質《たち》で、汚れが身体につい たまま平気でいるような人間ではなかった。

それなのに。

「頼む、カレス…」

何度目かの哀願にようやく顔をあげたカレスは、不思議そうに首を傾《かし》げてから、ガルドランの唇の動きを真似《まね》て見せた。動いたのは唇だけで、声はない。

わざとなのか、かすれて出ないだけなのか。

「――…」

黙り込んでしまったガルドランに興味をなくしたのか、カレスは背当てに寄りかかり料理に手を伸ばした。手づかみで少し大きめの魚肉を頬張ると、指先を口に含んだまま咀嚼《そしゃく》をはじめる。

「カレス…、手づかみの方が楽なのはわかるが、我慢しような。練習すればすぐにうまく使えるようになる。俺の名前も…」

きっと呼べるようになるはずだ。

今は混乱しているだけで、いずれ元に戻るはず。食事が一段落するのを待って手指と口のまわりの汚れを拭《ぬぐ》い、着替えを済ませてから、ガルドランは改めてカレスと向き直った。

「俺の名を呼んでくれ」

不安と期待を込めて懇願する。

ほんの少しかすれたあの声で、呼んでほしい。思い返せば、ガルドランはカレスに名を呼ばれたことはない。何か要望があったとき、遠慮がちに「公爵」と呼びかけられたことが数回あるだけ。

改めて自分たちの関係が名づけようのない曖昧《あいまい》さで結ばれていることを自覚して、溜息が出る。

「ガルドラン…、長くて言いづらければガーディでいい。親しい者は皆そう呼ぶ」

「――…？」

首を傾げ、口真似をするカレスの喉《のど》からは呼吸する微かな音が洩れるだけ。やはり動くのは唇だけで、喉笛《のどぶえ》は少しも震えない。

「記憶と一緒に声もなくしたか…」

何もかも忘れて幼子に還《かえ》るほど、ノルフォールでカレスが受けた仕打ちは過酷だったのだ。

ガルドランの言葉を聞いてはいても理解はしていない栗色の髪の青年は、口真似遊びに飽きたのか大きな欠伸《あくび》をひとつした。

「…寝る前に身体を解そうな」

焦っても仕方がないのだと自分に言い聞かせ、ガルドランは日課になっている軽い整体をカレスに施《ほどこ》すことにした。

寝たきりで筋力が落ちたカレスのために、気脈に添って手足、四肢のつけ根、背中と、撫でたり揉《も》んだり動かしたりする。

何をされてもカレスは大抵《たいてい》ぼんやりとしたままだ。慰撫を受けて次第に心地良くなってくると、とろりとまぶたが重くなる。

ガルドランの指先が本来の目的を忘れそうになるのはこんな瞬間だった。

しかるべき意図を持って――多少の罪悪感を感じつつ、肉薄の背中から腰椎《ようつい》に添って撫で下ろし、そのままスルリと下穿きの中に指をすべり込ませて様子をうかがうと、当のカレスは安心しきって寝息を立てはじめている。

「まだ、無理か…」

無邪気な寝顔を見ると、子どもに対するような保護欲と、恋人に求める熱情がない交ぜになって胸奥《むなおく》がざわめき、息苦しくなる。

熾火《おきび》のようにくすぶる熱い想いを抑え込みながら、カレスがすっかり寝入ったのを確認すると、ガルドランは静かに身を離し、隣の自室に戻った。

用意されていた杯に竜漸酒《りゅうぜん》をそそいで一口呑《の》んだところで、隣室で何かが倒れる音が響く。慌てて立ちあがり、

「カレス、何が…！」

隣室に飛び込むと、しっかり寝入っていたはずのカレスが寝台から転がり落ちていた。

微かな常夜灯に、投げ出された細い四肢が浮かびあがる。ガルドランが駆け寄るのとカレスが腕を差し出したのが、ほぼ同時。

「一体どうしたんだ？」

ずっと寝たきりで萎えたカレスの身体は、自力で起きあがることもままならない。抱きあげて寝台に寝かしつけ、灯《あか》りを点《つ》けようと身を離しかけたとたん、カレスはガルドランの袖《そで》をぎゅっと握りしめた。

「灯りを点けるだけだから」

言い聞かせても腕にしがみついたまま離そうとしない。顔を伏せ、いやいやと首を振る。

「俺の姿が見えなくて、不安になった？」

栗色のつむじが小さく動く。

「俺を捜そうとして、寝台から転がり落ちた？」

カレスはゆっくりと顔をあげ、涙に濡れた琥珀色

の瞳でガルドランを見つめる。

目尻に溜《た》まった涙が、瞬《まばた》きの瞬間ぽろりとこぼれ落ちた。


寝台から転げ落ちたカレスの怪我は幸い小さな擦《さっ》過傷《かしょう》だけだったが、心配したガルドランの指示によってその夜のうちに、ふたりの部屋のあいだの扉は取り払われた。ガルドランとしては同じ部屋、同じ寝台で寝起きしてもちっとも構わないのだが、さすがにそれは周囲に諫《いさ》められてしまった。

「ノルフォールで成年男子同士が同衾《どうきん》する意味は、ただひとつ。旦那《カレス》さまはそういった関係には潔癖でいらっしゃいました」

とは忠実なウィドの言葉であり、

「カレスさまの同意を得ていらっしゃるのなら、まあ構いませんが、今の段階でそういった関係を周囲にほのめかす振る舞いはどうかと思われます」

侍女頭のマイアは、せめて相手がもう少し判断力を持つまで待てと、主人に自重《じちょう》を促したのである。

カレスが寝起きしている環翠宮は、公爵ガルドランが私的な時間を過ごすための空間である。余人が許可なく立ち入ることはできない。

召使いたちは少人数ながら皆、躾《しつけ》が行き届いており、主人であるガルドランの公爵らしからぬ奔放《ほんぽう》さにも慣れている。

とはいえ、半年間も自領を留守にしたあげくようやく帰領したかと思えば、暇さえあれば離宮にこもって病気の青年の世話。さらにその青年と同衾している――などという状況になれば、さすがに召使いたちのあいだでも公爵の品行は噂になるだろうし、そうなれば本宮殿の大公夫妻の耳にも入る。

特に母である大公夫人は、息子のガルドランが一刻も早く二度目の結婚をして跡継ぎをつくることを切望している。そんな彼女にカレスとの関係を知られたらどんな騒ぎになるか、火を見るよりも明らかだった。

「仕方ないな…」

ガルドランはマイアの忠告を素直に聞き入れた。

カレスとの関係は元々身体からはじまったもので、きちんと互いの想いを確かめ合ったことはない。ふたりの関係を父母に認めさせるのは相愛になってからの方がいいだろう。

そこまで考えて、ガルドランの眉間《みけん》に思わずシワが寄る。

「そういえば――…」

カレスから好きだと言ってもらった事はない。

カレスはノルフォール侯への不毛な片思いの辛さを忘れるために自分と肉体関係を持ったにすぎない。ノルフォールで何度もガルドランに抱かれながら、彼の心はひたすらライオネルにだけ向いていた。

それでも関係を重ねるうちに、カレスもガルドランに対して少なからず好意のようなものを抱くようになっていたはずだ。

だからこそルドワイヤに連れて来た。

耳元で毎日愛をささやいて、滅茶苦茶に甘やかし、どんなわがままも聞いてやる。誰よりも大切にして、いつの日かその唇がガルドランに愛を告げるのを辛抱強く待つつもりだった。

それなのに――。

頭の後ろで両手を組み大きな溜息を吐いてから、ガルドランは寝台に深く身を沈めた。


夜半から降りはじめた雨が雷《かみなり》を伴う土砂降りに変わり、真横に吹きつける雨線が幅広の露台《ろだい》を越えて窓を叩《たた》く。

雨水処理用の樋《とい》からあふれてこぼれ落ちる雨水の音。吹きすさぶ風が白蓉山を囲む森の木々をごうごうと唸《うな》らせ、まるで獣の咆吼《ほうこう》のように荒れ狂う深夜。ルドワイヤでは毎年、花残月《しがつ》から橘月《ごがつ》にかけてこうした春の嵐が何度かやって来る。

天空に稲妻が走るたび、緞帳を引いていない屋内が青白く浮かびあがる。蔓草《つるくさ》模様が優美な線を描く鋼製の鎧戸《よろいど》が、雷光が閃《ひらめ》くたび夜具に影を落とす。視界すべてを青白く染める雷にも、風雨の咆吼にも、部屋の主は少しも動じることなく眠っていた。

目覚めたのは嵐のせいではなく、人の気配で。

「どうした?」

軽く半身を起こして巡らせた視線の先、寝台の脇に、両手で枕を抱えたカレスが頼りなく座り込んでいた。

今のカレスは思考力も身体機能も二、三歳の幼児並みである。そして喉に蓋《ふた》をされたように、ひと言も喋らない。

「雷が怖いのか?」

問いかけると寝乱れてくしゃくしゃになった栗色の髪がこっくりとうなずく。怖くてずっと寝つけないまま何度も寝返りを打っていたせいだろう。

ガルドランは笑いながら掛け布をめくってみせた。

「みんなには内緒だぞ」

カレスは覚束《おぼつか》ない足取りで寝台によじ登り、夜気のせいで少し冷えた身体をスルリと滑り込ませる。そのままガルドランの胸元に顔を埋《うず》め、スンスンと鼻を鳴らしてから、安堵の吐息をついて目を閉じてしまった。

「おいおい…」

声をかけると眠そうにまぶたをあげ、ガルドランを見あげながら、温もりを求めてもぞもぞと下肢を動かす。

無邪気に脚を絡ませてくる。その、あまりの無防備さに思わず理性の箍《たが》が外れそうになった。

腕の中にすっぽりと抱き込むことができる細い身体。貝殻骨の手触り、鎖骨《さこつ》の窪《くぼ》み。癖のない栗色の髪に喉許をくすぐられて、抑えようのない愛《いと》しさと燃えるような情欲が湧きあがる。

「――…抱くぞ」

堪《た》えかねて洩らしたつぶやき。返事は、眠そうに目をこすりながら欠伸がひとつ。

「くそっ…、俺がどれだけ我慢してるかわかってるのか?」

密着してくる肌の熱さに、忍耐が限界を超えた。

ガルドランはそのまま身体を半転させ、無邪気に絡みついてくる四肢をそっと押さえ込んだ。突然動きだした男を不思議そうに見あげる琥珀色の瞳を、左手で覆いながら唇を重ねる。

なすがままの身体を強く抱きしめると、カレスは急に激しく首を振り、両手を押しつけてガルドランの胸を突っぱねようとした。

「嫌か? まだノルフォール侯のことが忘れられないのか⁉」

抵抗されたことに動揺して、思わずその名が口をついて出る。カレスは何を言われたのか理解できないと言いたげに小首を傾げた。

「おまえの大切な〝幼馴染《おさなじ》み〟に逢いたいか?」

返事がないのを承知で問い質《ただ》す。

それは、カレスをこの地へ連れて来て以来、ガルドランの心にずっと突き刺さっている棘《とげ》のような不安だった。

同意も得ずに故郷から連れ去り、心を病むほど愛していた相手から引き離した。そうすることがカレスにとって最良の方法だったと言い切るには、ガルドランは公正さを欠いている。

報《むく》われない相手にいつまでも未練を残し、傷つくカレスが哀れだった、助けたかった。

そこに嘘はない。

けれど本音は嫉妬《しっと》を含んでいる。

恋敵の元から奪い去り、自分だけのものにしたい。ライオネルに囚《とら》われた心を、自分に向けさせる絶好の機会だと思った。

その結果が、記憶と声をなくしての子ども還りだ。

「ノルフォールに、…戻りたいか?」

カレスはライオネルという名にもノルフォールという単語にも反応しなかった。ただ、いつものやさしい男とは明らかに違う気配を敏感に察知したのか、逞《たくま》しい腕の中から逃れようとあがいた。

「昔のことは全部忘れたか？」

何を言われているのか理解できず、ただ首を振るだけの青年をなおも問い詰める。

それならそれでいい。

奴のことは忘れて、俺を受け入れてくれ。

腹這《はらば》いになって腕の中から逃れようとするつれない青年のうなじに、ガルドランは祈るような気持ちで唇接《くちづ》けた。

「……っ」

カレスは息を呑んで、うなじを這う熱い舌と唇にくすぐったそうに身をすくめた。

救いを求めるように伸ばされた指先が天蓋の飾り紐《ひも》をつかんだ瞬間、室内が青白く染まる。間を置かず、ドーンと窓を震わせながら雷鳴が轟きわたり、カレスは逃げ出そうとしていた男の厚い胸板にしがみついていた。

目を閉じて小さく震えるカレスの栗色の髪が、ちょうどガルドランのあご先をくすぐっている。

愛撫に怯えても、雷よりはマシ…ということか。

ガルドランは小さく笑いながら腕の中にすっぽりと収まった細い手足を絡め取り、汗ばんだ栗毛を何度も指先で梳《す》きあげた。

唇と舌で首筋をたどり、耳朶《じだ》を軽く噛む。

「……ッ、…ッ」

唾液に湿った舌で舐めあげるたび逃げようとする身体を、稲妻の閃きと轟く雷鳴を利用して何度も深く抱え直す。

髪を梳いた指先でそのまま首裏を撫で下ろし、波打つ脇腹を右手で撫でながら寝衣をたくしあげ、脚のあいだに手のひらを差し込むと、カレスは火に触れたようにビクリと腰を引いた。

明らかに性欲を伴ったガルドランの手の動きと熱い身体に、琥珀色の瞳が不安気にさまよう。

男の手が新たな動きを見せるたび、カレスは必死でそれを止めようと両手を振りまわした。けれど彼の細い腕ではまるで歯が立たない。ガルドランの頑丈な腕はやんわりとカレスの抵抗を抑え、寝衣の上から透ける胸の突起をこねるように刺激する。

「――……ッ」

胸を嬲《なぶ》る男の手を引き剝がそうと爪《つめ》を立て、小さく首を振り続けるカレスの頰が紅く染まりはじめる。撫で続けていた花芯が反応しはじめたことに勇気を得て、ガルドランはさらに指先を蠢《うごめ》かせた。

「――ッ…、――……ッ」

雷鳴の合間の静寂に、忙《せわ》しなくあがるカレスの息の音が響く。

身体全体で抵抗を封じ込め、寝衣の上から乳首を舐めて軽く嚙み、右手で花芯を揉み込みながら、左手で背骨を撫で下ろしたところで、ついにカレスが泣き出した。

両手で目を覆い声もなく涙をこぼすカレスを見て、さすがにガルドランの手が止まる。

「どこか痛かったたか？」

性急に事を進めすぎた。我に返って唇を嚙む。

半年近くの禁欲で余裕がなくなっていたのは事実だが、それでも己の自制心には自信があった。……あったはずなのに、無心にすがりついてくる瘦せた身体に理性の箍が外れた。

「すまない…」

カレスを初めて抱いた夜。成り行きとはいえ無体《むたい》で思いやりのない仕打ちを強いたことを思い出して、冷や汗がにじむ。

花芯を嬲っていた指から力を抜いて身を離そうとすると、カレスは両眼を覆っていた手をどけて、不安そうに見あげてきた。離れた身体のあいだにひんやりとした夜気が流れ込むと、まるで置き去りにされるのを恐れるようガルドランにすがりついてきた。

「カレス…、頼むから」

これ以上の生殺し状態は勘弁《かんべん》してほしい。

愛撫は恐がるくせに、肌の温もりは求められて。

無理強いは二度としないと誓ったのに、このままでは了承を得ないまま抱いてしまう。

「そんなふうに、しがみつかないでくれ」

好きな相手を本能の赴くまま貪《むさぼ》りたい…。焼けつくような欲望と、疵ひとつなく守りたいという保護欲が錯綜《さくそう》する。

相反する想いを持てあますガルドランに、そのときカレスが焦《じ》れたように腰を押しつけてきた。

「———…！」

熱を帯びたカレスの花芯はくっきりと形を変えている。

「いいのか…？」

問いかけとともに手を伸ばし、あやすようなやさしい摩擦を与えてやると、カレスは拗《す》ねたふうに顔を背けた。けれど身体は嫌がっていない。

心は子どもに戻っても身体は成人男子。ガルドランの手のひらの中で、カレスの花芯は湿り気を帯びて熱く潤みはじめている。

疼《うず》く身体をどうしていいかわからず、もじもじと両脚を擦すり合わせ、この熱をなんとかしてほしいと腰を擦りつけてくるカレスの、汗と涙に濡れて赤く上気した頬が無意識の媚態《びたい》で男を誘う。たぶん、自分が何をされているのかよくわかっていない。

「痛いことはしない。気持ち良くするだけだから」

言い訳のようにつぶやいて、ガルドランは己の欲望をカレスのそれに重ね、ゆっくりと腰を蠢かしはじめた。

「……ッ、———…ッ」

汗と粘液の湿った音が、擦り合わせた下腹部から小さく響く。

理性の抑止力がないせいか、カレスは呆気《あっけ》なく吐精した。背をのけぞらせ、細かく四肢を震わせながらひときわ強くガルドランに腰を押しつけた後、くったりと力を抜いて激しく喘《あえ》ぐ。

時間をかけて内側まで愛するのは、体力のない今のカレスには負担が大きすぎる。

ガルドランは忙しなく胸を上下させている身体を、

改めて囲い込むように抱き寄せて左脚を持ちあげ、熱の籠もった腿《もも》のつけ根に己の充溢《じゅういつ》を挟み込んだ。

一度の吐精で脱力し、今にも眠りに落ちそうなカレスの身体の熱と摩擦で無理やり自分を追いあげる。

「…んっ……ぅ…」

息を詰め、カレスの青白い下腹部に射精する。

ひくつく腰を何度か押しつけて、半分眠りはじめた愛しい青年を強く抱きしめた。

「カレス…、カレス」

わずかに息を整えてからゆっくりと身を離す。

改めて見直したカレスは、泣き濡れた目尻を紅く染め、人差し指の背を軽く噛みながら寝入ってしまっていた。

汗ばんだ額に張りついた栗色の細い髪。乱れた寝衣を手足に絡みつかせたまま眠る姿は、子どものようにあどけない。充血して艶《つや》めいた唇からふぅふぅと寝息が洩れている。

「なんてこった…」

子ども相手に無体を働いたような後味の悪さに、ガルドランは片手で顔を覆い嘆息した。

嫌われたらどうする――。

香油を垂らした湯と柔らかな布で、汗と涙で濡れた顔や身体を拭ってやりながら、泣きはらした目許に何度も唇接けを落とす。

治りかけの胸の瘡蓋《かさぶた》が少しひび割れて血がにじんでいるのに気づいたガルドランは、膏薬を塗り込んでやりながら、すまない…と詫《わ》びの言葉をつぶやいて項垂れた。

‡　氾濫《はんらん》　‡

山間部からの出水で被害を受けた地域への視察要請が、ガルドランの元にもたらされたのは橘月《ごがつ》初旬のことである。

「出水の原因は河川上流の地盤弱化ですが、あそこは二百年も氾濫とは無縁の場所でした。上流区域で樹木の不法伐採《ばっさい》が行われている疑いがあります」

領内では十五年ほど前から、原因不明の地盤弱化が各地で報告されるようになっていた。しかし今回の出水はそれ以外の人為的な要因がありそうだと、環翠宮を訪れた首席顧問官のロスカリウスは報告書を読みあげ、領主であるガルドランに直接現場へ赴くよう願い出た。

森と、そこに育つ樹木はルドワイヤが寄って立つべき基盤である。

木は、季節単位、数年単位で育つ穀物や草花とは違う。五年十年は短い方で、ほとんどが五十年百年単位で育てあげる。育てるというよりも、彼らが育つのを見守り保護するのがルドワイヤに暮らす人々の役目なのだ。

樹齢百年を超える木をいつ切るか。切った後に何を植えるか。森の輪廻《りんね》が歪《ゆが》まぬよう気を配りながら必要な材を得る。樹木の伐採には綿密な計画と愛情が必要なのだ。

ルドワイヤ領の人々が〝森の守護者〟と呼ばれるのは、何世代にもわたる視野で森を護り、そして活用する術を識《し》っている民だからである。

森には一本で数千リエルもする高価な木が豊富にある。そうした貴重な樹木を目先の利益に目がくらんで不法伐採し、他国に売りつける窃盗団《せっとうだん》は、いつの時代にも存在している。不届きな盗人から木々を守るため、ルドワイヤでは警備網も発達している。

森は細かく区分され、特別に訓練された警備兵が常時巡回している。区分けは時々変更され、巡回の道筋も変えられる。

一見《いっけん》して正規の領兵とわかる巡回士の他に、代々森の守護を任じられた家系による監視もある。彼らは木々を知り尽くした森の申し子であり、公爵家に忠誠を誓ったルドワイヤの影の守護者である。今回の出水の原因を探り当てたのも、彼らの手腕によるところが大きかった。

「今回の出水の原因が不法伐採となれば大問題です。閣下にはぜひ一度現地に赴いていただかなければなりません」

「わかった」

カレスの状態がだいぶ安定してきたこともあって、ガルドランはロスカリウスの進言にうなずいた。それから寝室に行き、

「三日で戻る。それまで良い子にしてるんだ」

無体を働いてしまった嵐の夜以降も変わらず懐《なつ》いてくる栗色の頭髪を、子どもにするように撫でて言い聞かせると、カレスはちょっと首を傾げ、それから興味がなさそうに欠伸をした。

‡

約束は三日。

ガルドランが出かけてから三日間。多少元気がなくなったとはいえ、カレスの様子は普段と変わらなかった。

ウィドとマイアに手伝ってもらいながら食事を摂り、嫌々ながら湯を使い着替えをする。嵐の夜以来、少しずつ歩けるようになってはいたが、極度の人見知り状態なので部屋からは出ない。

四日目。約束の期日を過ぎたのにガルドランは帰って来なかった。

「もうすぐお戻りになりますよ」

朝も昼もほとんど食事に手をつけなかったカレスを心配して、マイアが慰める。

「セロン地方はよく雨が降る地域ですから、雨宿りしているのかもしれませんね？」

きっと明日には帰っていらっしゃいますよとやさしく言い聞かせられ、寝台に押し込まれたものの、その晩カレスはどうしても寝つけなかった。

何度も何度も寝返りを打ち、環翠宮全体がすっかり寝静まった夜更けに、意を決して寝台を出る。

裸足《はだし》のままそろりと床に足を下ろし、寝室の中を見まわしてみる。どこにもいない。

次に窓を開けて露台に出てみた。露台はガルドランのお気に入りの場所で、カレスもよく一緒に過ごす。もしかしたらこっそり隠れているかもしれない。

月はすでに西の山に没し、あたりは夜明け前の深闇に包まれている。

期待を胸に、夜闇で足下《あしもと》が覚束ないまま広い露台を歩いてみたが、いくらも経たないうちに、何かにつまずいて派手に転んでしまった。ひざと手のひらに鈍い衝撃を感じたが、それが痛みだと感じる余裕が今はない。

カレスは立ち上がり、手探りで彼を探し続けた。

しばらくすると、次第に物の輪郭《りんかく》がぼんやりと見分けられるようになり、露台には誰もいないとわかった。肩を落として部屋に戻り、もう一度室内を見まわしてから、もしかしたら、この部屋の外にいるのかもしれないと思いつく。

見知らぬ場所に出ていくのは怖かった。けれどそれ以上に隻眼の大男に会いたい気持ちの方が勝った。

長いあいだ寝たきりで過ごした脚はすっかり萎えていて、露台の探索だけで、すでにもつれはじめている。それでもカレスは壁を伝い扉を開けて寝室を出た。休み休み、常夜灯の微かな明かりを頼りに長い廊下を歩く。

大きな背中、黒い髪、耳に心地良い甘い声。自分を抱きしめてくれる温かくて大きな腕と胸、髪を梳く指先。

傍にいてくれないと、自分の身体が端から透明になって溶け崩れてしまう気がする。暗くて冷たくて寂しい場所に引き戻されてしまう。

一歩一歩、初めての場所を裸足で進みながら、カレスは時々、自分の部屋から洩れる淡い灯りを振り返った。

すぐにあの部屋に駆け戻り、暖かい寝床に潜り込みたい。

でも、あそこには彼がいない。

カレスは泣きそうになりながら唇を噛みしめて、見知らぬ場所で男を探し続けた。

リーナは二十歳になったばかりの新米女官である。親族の伝手《つて》で特別に公爵家へ奉公にあがったのが一年前。気働きのよくきく働き者ということで、離宮勤めに推薦《すいせん》されたのが一月《ひとつき》前。

彼女の主人である公爵閣下は一年前からやもめ暮らし。その動向は、現在ルドワイヤでそこそこ身分のある女性にとって一番の関心事である。

リーナは道理も道徳もわきまえている人間だが、やはりそこは年若い女性で、当然好奇心は旺盛《おうせい》である。威風堂々《いふうどうどう》とした風貌の公爵が年はじめにどこからか連れてきて、以来掌中の珠のように大切に世話をしているという青年の存在には、人一倍興味津々だった。

しかし侍女頭のマイアは、新米のリーナはもちろん他の女官、従僕にも、『公爵閣下の大切なご友人には許可なく近寄らないこと』と厳命していた。それがリーナには少し不満だった。

年はじめに一度だけ『ご友人』の顔を見たという先輩の話によると、その人は栗色の髪で、ずいぶんと整った顔立ちをしているらしい。

年若い侍女や従僕のあいだでは、青年と公爵の関係が密《ひそ》やかに取り沙汰《ざた》されている。リーナは同性同士の関係に生理的嫌悪感を抱くような一部の頑固《がんこ》な人々とは違う。自分が仕える主の相手がどんな人なのか、純粋に興味があるだけだった。

日の出まであと一刻、空全体が青色に変わる夜明け前。

自分が立ち入ることを許されていない階上から、白い精霊のような影がゆっくり下りて来るのを見つけて、リーナの心は大きく弾んだ。

ルドワイヤ貴族が就寝用に好んで身に着ける寛衣《かんい》のまま、白い影は頼りない足取りで階段を下りてくる。襟ぐりから足首までたっぷりと布を使い、細かい襞《ひだ》が身体の動きに添って柔らかな曲線を見せる長寛衣は、足さばきに多少のコツがいる。階段を下りてくる人物は明かに不慣れな様子で、見ているだけで危なっかしい。

「――あっ、あぶない！」

心配するそばから、裾を脚に絡ませて階段を踏み外しそうになる。リーナは慌てて駆け寄って、頼りない身体を支えた。

「だいじょうぶですか？」

声をかけたとたん、女のリーナでも抱きしめられそうなほど細い身体がビクリと震えた。

栗色の髪、整った貌《かお》の男の人。

きっとこの人が公爵閣下の『特別なご友人』にちがいない。

興奮を押し隠してやさしく手を貸そうとすると、栗毛の青年は胸元を両手でかばいながら必死にリーナから遠ざかろうともがいた。冷え切った身体全体が細かく震えている。

「私の名前はリーナといいます。何かご用がございましたか？　お部屋にお戻りになるなら、ご一緒いたします」

何を言ってもうずくまって震えるばかりの青年の様子に、ようやくリーナも相手が普通の精神状態でないと気づいた。途方に暮れかけ、ふと思いついて言葉を選ぶ。

「公爵閣下が心配いたしますよ？」

栗毛の青年がようやく顔をあげて、リーナを見つめた。涙に濡れた琥珀色の瞳が吸い込まれそうなほどきれいで、リーナの胸はきゅうとしめつけられる。

「お部屋に戻りましょう。手をお貸ししますから」

どうやら公爵という単語に反応したらしい青年の手を取り立たせようとして、手のひらを擦り剝いていることに気づく。よく見ると寝衣の裾も薄汚れており、ひざのあたりには点々と血がにじんだような染みがある。

「転んだのかしら？」

首を傾げながら、リーナは青年の痩せた身体に庇《ひ》護《ご》欲をかき立てられ、少しだけ胸を高鳴らせた。

がくがくと震える脚を支えてようやく部屋まで送り届けると、リーナはさっそく衣裳櫃《いしょうびつ》を開けて新しい寝衣を取り出した。

「さ、着替えましょう。それから傷の手当ても」

許可なく近づいてはいけないという女官長の指示などすっかり忘れて、リーナは青年の寝衣に手を伸ばした。

寝台に腰掛けたまま不安そうに部屋中を見まわしていた青年は、リーナの手が着衣に触れると嫌がって身を引いた。

「だいじょうぶ、着替えるだけですから」

いやいやと首を振る姿が子どものようで、つられてリーナの方も姉のような口調になる。

「汚れた服のまま眠るのは嫌でしょう？」

隙をついて胸元の合わせ紐を無理やり解いたとたん、青年の口から声のない悲鳴があがった。次いで何かの堰《せき》が切れたように暴れ出す。

「ど、どうしたのっ？　何が嫌だったの？　もうしないから、ね、落ち着いて…」

止せばいいのに、リーナは恐慌に陥《おちい》った青年の傍へさらに近寄ろうとした。

「あ…っ！」

手を伸ばすリーナを避けて寝台から転がり落ちた青年は、哀れなほど震えながらその場で失禁していた。一枚いくらするのか想像もつかない高価な絨毯《じゅうたん》にみるみる広がってゆく染み。臭気を帯びたその染みに今度はリーナが慌てた。慌てながら、なんとか青年を着替えさせ、絨毯にこぼした粗相《そそう》の跡を消さなければと考える。

「着替えましょう、着替えるだけよ、他には何もしないったら」

声もなく泣き暴れる青年に手を焼き、リーナの方が泣きたくなった。

「――…っ――、…っ――」

栗毛の青年は脚をもつれさせてうまく逃げられず、焦りのあまりか今度はその場で嘔吐《おうと》しはじめた。

痩せた背中が何度も波打ち、水っぽい吐瀉物《としゃぶつ》を絨毯にこぼし続ける。

相手のあまりな反応に、リーナもすでにまともな判断ができない。とにかく失禁と吐瀉物に汚れた寝衣をなんとかしようと、弱った身体を引き寄せて胸元をはだけると、ひどい傷痕が目に飛び込んだ。

治りかけの醜い傷を見て手が止まった瞬間、青年は身をひねり、振りまわした腕がリーナを思いきり突き飛ばした。

青年は脇卓に這い寄り、上にあった水差しをリーナに投げつけた。陶器の割れる音は絨毯に吸い込まれてさほど大きく響かない。しかし、くぐもった破《は》砕音《さいおん》は青年の心の叫びのようで、リーナの罪悪感をかき立てた。

「止めて…、ごめんなさい、もう嫌がることはしないから…」

返事の代わりに飛んできた玻璃《はり》製の杯がリーナの頬をかすめた。杯は窓に当たって砕け散り、今度こそ甲高い破砕音が夜明けの離宮に響きわたった。

同じ階で寝起きしていたウィドが最初に異変に気づいて駆けつけたとき、カレスは露台に出ようとして窓を突き破りでもしたのか、割れた硝子《がらす》の中にうずくまり、投げられる物すべてを手当たり次第に投げつけている最中だった。

「旦那《だんな》さま……ッ」

あまりの惨状《さんじょう》に驚きながらウィドが駆け寄ろうとしたとたん、カレスは傍に落ちていた硝子の破片を拾いあげた。

震える手で胸元に構えた破片の先は、次々と駆けつけて来たマイアや護衛士、そして自分自身にも向けられた。そのまま何度か嘔吐《えず》いて水っぽい胃液を吐き、その隙を狙って彼らが近づこうとするたび、吐瀉物に汚れた硝子片を投げつける。大きな破片を強く握りしめた左手からは血が滴《したた》り落ちていた。

‡

明け初めの太陽の光を受けて、白蓉山全体がまばゆく輝いている。

約束した期日に丸一日遅れて環翠宮に帰り着いたガルドランは、門を通り過ぎたとたんいつもと違うざわめきに包まれて眉をひそめた。

「何があった」

駆け寄ってきた衛士に声をかけると、急いた調子で答えが返る。

「お部屋でカレスさまが…」

全部を聞き終わる前にガルドランは走り出した。

背後で慌てた衛士が主の帰還を報せる声を朗々とあげている。その声よりも早くガルドランは騒ぎの現場に駆けつけた。

「何をしている！」

カレスの部屋の前にできた黒山の人だかりは、主君の一喝《いっかつ》で音もなく崩れた。不安そうな女官や従僕の顔には安堵の色が広がり、主を部屋の中へと促す。

人垣が割れると汚物の臭気が鼻を突いた。

破れた天蓋、倒れた衝立。砕け散った陶磁器、鏡、窓硝子。朝日を弾いてきらめく硝子片の中にうずくまり、血だらけの両手を胸元で握りしめたカレスの姿を目にしたとたん、ガルドランの背筋に冷水を浴びたような衝撃が走る。

数ヵ月間ずっと大切に護ってきたのに。四日前、後ろ髪引かれる思いで置いて行ったのが間違いだったのだ――。

湧きあがる後悔に、ガルドランは拳を握りしめた。

「興奮して、近づこうとすると、手に持った硝子片でご自身を傷つけようとするので…」

ウィドとマイア、それに留守を任されていた衛士長がほっとした様子で駆け寄り、口々に状況を説明しはじめたのを腕をあげて制してから、ガルドランは一歩進み出てひざを着いた。

「——カレス…」

怯える野生動物のように混乱し、恐慌状態に陥っていたカレスの瞳が、低く張りのある声を聞き分けて小さく揺れた。

喉の奥から絞り出していた獣のような呻り声が小さくなる。

「カレス、いい子だ。こちらにおいで」

目線を合わせて静かにやさしく声をかけてやると、カレスはようやく両手から力を抜いて破片を投げ出した。それから転がるようにガルドランに駆け寄り、涙を流しながら、声にならない悲痛な叫びをあげて胸に飛び込んできた。

扉の外で成り行きを見守っていた人々から安堵の吐息がもれる。中には失禁と吐瀉物で汚れきったカレスの身体が公爵の立派で高価な上着を汚すのに、思わず眉をひそめる者もいたけれど。

「湯浴みの準備と部屋の後始末を頼む。傷薬と清潔な布もすぐに。それからカレスは当分、俺の寝室で寝《やす》ませる」

「閣下、それは…」

何か言いたそうなマイアを制して、ガルドランはカレスを抱えあげた。

硝子の破片で深く傷ついて力の入らない両手で震えながら、それでも必死に胸元にしがみつき、離れようとしないカレスの姿が哀れで仕方なかった。

ずっと傍にいる。二度と悲しい思いはさせないと約束したはずなのに——。

「すまない…、カレス」

ガルドランはカレスを抱きしめ、震える耳元に唇を寄せて静かに詫びた。

応急処置を施した両手を濡らさないよう支えてやりながら、ガルドランはカレスとともに香油の豊かな芳香に包まれた湯にゆっくりと身を沈めた。

怪我をしている状態で湯浴みをさせるか迷ったが、緊張のあまり震えて強張り、冷え切ってしまった身体を温めて解すにはこれが一番手っ取り早い。

緑の流紋《りゅうもん》模様を含んだ大理石張りの浴室は広く明るい。各所に葉を茂らせた植物が配され、大きな浴《よく》槽《そう》の水面には薬効のある色とりどりの花がゆらゆらと浮かんでいる。

湯殿《ゆどの》の周囲をぐるりと囲んだ高窓からは昼間の明るい陽射しが差し込んで、渦巻く湯気の精妙な動きを際立たせていた。

先刻までの騒乱が嘘のような平和なひととき。

腕の中のカレスはすっかり寛《くつろ》いで、うとうとしはじめている。

こびりついた汚れを手早く湯で洗い流してやり、しなやかさを取り戻した栗色の髪を指先でやさしく梳いてから、抱きあげて湯からあがった。

身体を拭いて服を着せ、寝室に連れ戻して両手の手当てを済ませると、ほとんど眠りかけている青年を抱えて夜具に横たわり、深く静かに息を吐いた。

ガルドランの帰還が一日遅れただけで、食事も摂らず眠ることすらできなかったカレス。ひとりで服を着ることもままならないほど退行した心と身体は、些細《ささい》なことで恐慌に陥る。

追い詰められて正気をなくし、排泄物《はいせつぶつ》にまみれ自分の吐瀉物を投げつけ周囲を威嚇《いかく》する、手負いの獣。

――ずっとこのままかもしれない。

張りつめた弦《げん》のような凜《りん》とした姿を見ることも、意地を張って強がる物言いを聞くことも、意志の力がきらめく眼差しに見つめられることも、もう二度とないかもしれないのだ。

この先もずっと、自分の世話も満足にできない状態が続くとしたら？

先刻カレスの狂態を目にした瞬間、胸を過《よ》ぎった疑問。

――それでも変わらず愛し続けられるだろうか？

答えを促すように腕の中のカレスが身動《みじろ》いだ。

くふぅ…と甘えた吐息がガルドランの首筋にかかり、限りない愛しさと、同じ量の切なさが胸に湧きあがる。自分にだけ心を許し、すがりついてくる、幼子のようなカレス。

『誰よりも何よりも愛して、一生支えて生きてゆく』

ノルフォール侯ライオネルに叩きつけた宣誓は今も変わらない。たとえカレスの心が幼児に戻ってしまっても。

正気をなくしたままの彼を一生支え、何ひとつ不自由な思いはさせない。いつも快適に暮らせるように、何よりもカレスが欲している愛情を惜しみなくそそいで、決して悲しませないように。

幸い自分にはそれを容易にするための財力と権力もある。公爵家に生を受け絶大な権力と財力を継承したことを、ガルドランは生まれて初めて感謝した。

‡ 薫風《くんぷう》 ‡

「俺はおまえの傷の手当てばかりしている」

侍女リーナとの一件から数日後。カレスの両手にできた深い裂傷《れっしょう》を治療しながら、ガルドランはぼやいてみせた。本人はそれを聞いているのかいないのか、巻かれたばかりの包帯の端に指を突っ込んで治りかけの傷を引っ掻《か》こうとしている。

「こら、痒《かゆ》いのはわかるが、そんなことしてたらいつまで経っても治らないだろう」

そういうところは記憶がなくても前と変わらないんだな。

両手をばんざいの形に引っぱりあげて笑いながら叱《しか》ると、カレスは唇を尖らせた。どうやら不満の表明のようだ。

最近はこんなふうに表情が豊かになってきた。それでもまだ笑顔を見せてもらったことはない。

「前も、あんまり笑いかけてもらった事はないけどな…」

つぶやいて立ちあがったとたん、カレスがものすごい勢いですがりついてきた。

「どうした？　薬箱を置きに行くだけだろう」

ほら、これを、あそこに置きに行くんだよと手で指し示し、丁寧に説明してやると、ようやくカレスの震えが少し治まる。それでもガルドランが動くと自分も身動ぎ、彼が行く所には服の裾をつかんでついて歩く。

洪水現場から戻るのが遅れたあの一件以来、カレスは少しでもガルドランの姿が見えないと怯えて恐慌状態に陥る。なるべく傍にいて安心させるよう心がけてはいるが、さすがに毎日毎晩、一日中、部屋に籠もっているわけにはいかない。

カレスが一日の大半を眠って過ごしていた時期は、必要に応じて本宮殿に赴き、執務室で仕事や接見をこなしていたが、目覚めてからはなるべく環翠宮を離れないようにしている。

ガルドランは飾り棚に置かれた水時計を確認すると、カレスに向き直った。

「仕事の時間だ。しばらく一階の応接室にいる。扉は開けておくから、何かあったら声をかけ…いや、顔を見せなさい。遠慮しなくていいから」

目線を合わせて言い聞かせると、カレスは少し不安そうに瞳を揺らしたあと、子どものように素直にコクンとうなずいた。

ガルドランはカレスをしっかり抱きしめてから、後ろ髪を引かれる思いを振り払って部屋を出た。

領主としての権利を行使するためには、義務も遂行しなければならない。義務とはむろん領民の安寧《あんねい》のことである。

ルドワイヤは官吏がしっかりしている。組織も安定している。四年前に爵位を継ぎ、しばらくのあいだは何かと忙しなかったが、今ではもうガルドランが奔走するような事態は滅多《めった》に起こらない。だからこそ半年間もノルフォールに逗留《とうりゅう》していられたのだ。

もちろんそのあいだも遣い鳥や早馬などを使って情報や報告は随時受けていたし、ガルドランの裁可《さいか》が必要な書類も定期的に届けられていたのだが。

十年間の放浪。それからようやく帰還したあともひんぱんに城を抜け出しては西に東に出歩く。珍しい物、美しい物に目がなくて、文化芸術の振興に余念がない。そんなガルドランを世間がなんと呼んでいるか。――道楽領主である。

その呼び名を甘んじて受けているガルドランではあったが、憂いがないわけではない。

十七年前、大陸で最も古い歴史を有していたフェルス聖王国の滅亡を皮切りに、各国の情勢は少しずつ不穏な気配を醸《かも》しつつある。フェルス滅亡の翌年、出奔したガルドランはそれを肌で感じながら大陸を放浪してきた。

幸いル・セリア皇国は若く英明なレクス皇王がしっかり統治しているので、大きな混乱は見られない。しかしカレスが前年までいたノルフォールのように、領地によっては人心がなかなか治まらず苦労している場所もある。

「グランシュタット地方の小麦が今年も不作のようです。それを見越してソンダリアとルヴィアに新規の買い入れ交渉を行っていましたが、買値はこちらの提示額よりやや高めとなりました。昨年はなんとか凌《しの》ぎましたが、今年はさすがに売価を上げざるを得ないでしょう」

首席顧問官ロスカリウスの報告に、ガルドランは組んだ両手であごの下をさすりながらうなずいた。

グランシュタット地方は三つの領地にまたがるル・セリア一の穀倉《こくそう》地帯である。森林が多く耕作地の少ないルドワイヤは毎年ここから大量の穀物を買い入れている。

「売価の上昇率は五分《ぶ》以内に抑えるように。それから不当に値を釣り上げる輩《やから》が出ないよう、監督を徹底すること」

「かしこまりました。次に先《さき》の水害で破損した公路修繕と迂回路《うかいろ》選定について、精霊院より報告があります——」

領内を貫く幾筋もの公路は、地脈、気脈の流れや精霊の加護などの兼ね合いがあるため、道筋を決める場合など、事前に精霊使いとの綿密な打合せが必要となるのだ。

ロスカリウスの報告はさらに、最近領境近辺で発覚した無届けの越境問題、木材輸送人の賃上げ要求について、徴税《ちょうぜい》請負人たちに蔓延《はびこ》る不正について、フェルス移民たちの住居、農地問題へと続く。

ガルドランは合間に何枚もの書類に目を通しながら指示を出し、不明な点があれば再提出を要求した。

「これとこれ、それにこれも問題はない。しかしこの件は少し気にかかる点がある」

領主の決裁を必要とする二十枚ほどの書類の中から、『フェルス移民永住希望者に対する土地売買契約について』と書かれた一通を取り出して差し戻すと、ロスカリウスが神妙な面持ちで書面を改めながら訊ねてきた。

「どのような？」

「山…だな。それから赤い色」

執務机に行儀悪くひじをついて指先で額を押さえ、書類を手にした瞬間に浮かんだ心象を語った。我ながら要領を得ないとは思うが、ロスカリウスは慣れているので問題ない。

「赤い…山ですか」

ロスカリウスは「ううむ」とうなって書類を睨みつけた。書面だけを見れば、何の不備も見当たらない。通常の手順で再調査をしても、おそらく問題は見つからないだろう。しかしガルドランが違和感を感じた以上、そこには何らかの疵があるはずだ。

書類に触れただけで、もしくは他人から報告を聞いただけで、まるで天啓《てんけい》のように、もしくは忘れていた何かを思い出すように、ふ…っと脳裏に言葉や映像が浮かぶことがある。一から十まで何もかもというわけにはいかないが、ガルドランはこの能力に何度も助けられてきた。

特に爵位を継いだあとは、官吏《かんり》の登用や地方官の問題行動の摘発《てきはつ》などに役立っている。

精霊使いたちも似たような能力を持っているが、それとは違う。ガルドランのこの能力は貴族たちのあいだで『竜種の血脈の証』と呼ばれているものだ。

竜種の血脈とは文字通り、多くの竜が世界を飛びまわっていた遥《はる》か昔に、祖先が竜と交わった家系のことである。

竜種の血脈は人だけでなく、馬や狼といった獣たちにも流れていることがある。そうした獣たちは並外れて体格がよく、賢く美しい。中には人語を解するものもいる。

竜種と交わり、その血を受け継いだ者は、他より抜きん出た能力を授かる。普通の人間には見えないものが視《み》え、聞こえない声が聞こえる。風や水、大地の声を聞き、天空に刻まれた『永久の書』を読み解くことができるようになるのだ。上位の精霊の加護と祝福を受けた竜種の血脈は、当然の成り行きとして人々を導き治めるようになった。

現在〝精霊の片翼大陸〟の国々の大半は、こうした竜種の血脈の直系が王位についている。

ル・セリア皇国で竜種の血脈を色濃く受け継いでいるのは、当然、皇王レクスである。その次が五大公爵——ガルドランはそのひとり——、その次は侯爵、そして伯爵、子爵、男爵と爵位が下がるにつれて徐々にうすれてゆく。

竜種の血を受け継いでいるということが貴族の証であり、できるだけ色濃く維持することが爵位の維持にも繋がる、というのが、ル・セリア皇国だけでなく精霊の片翼大陸各国の共通概念となっている。

ガルドランの母が、息子の結婚相手の血筋を重視しているのも、こうした事情があるからだ。

「わかりました。土地の選定について不正が行われている可能性があるかもしれません。内密に調査するよう手配します」

ロスカリウスは指摘を受けた書類をしまうと、次の報告へと話題を移した。そうこうするうちに、あっという間に時間が過ぎていった。

最後に細々《こまごま》とした報告を終えると、ロスカリウスはちらりと扉の方へ視線を投げながら、砕けた調子で言葉を結んだ。

「そういえば、たまには本宮殿の方へも顔を出すようにと、大公妃殿下が嘆いておいでしたよ」

ひと仕事終えてほっと息を吐きかけていたガルドランは、わざとらしく眉間にしわを寄せてみせた。

「——顔を出したが最後、母から千の小言が飛んでくる」

小言の大半は、早く結婚して跡継ぎを作れという内容なので、ガルドランは年が明けてから数えるほどしか母の顔を見ていない。いや、正確に言うと、避けている状態だ。

穀物の値段を安定させ、官吏の不正を見抜いて正すことができるガルドランでも、この件に関してだけは母と話し合うたび徒労感ばかりが募る。

指先で眉間のしわを伸ばしていると、扉の前に置かれた衝立の端に、栗色の頭髪がひょこりと現れた。

少し前から衝立の後ろでうろうろしていたカレスが、堅苦しい話が済んだのを察して顔を覗かせたのだ。それに笑顔を向けながら、こっちへおいでと手招く。

カレスはロスカリウスの存在を気にしながら、トコトコとガルドランに近づき、執務机を迂回して、促されるまま男のひざに身を預けた。

「何か困ったことが起きたのか？」

カレスはふるふるっと首を横に振り、何かに耐えるように唇をぎゅっと嚙みしめた。その眦《まなじり》には微かに涙がにじんでいる。それだけで、言葉はなくとも気持ちは伝わる。

「俺がいなくて寂しかった？」

腹部と胸に腕をまわして抱き寄せながら、頬に軽く唇接けてやると、執務机の向こうから困惑気味な声が聞こえる。

「閣下……」

「俺の姿が見えないと、寂しがって泣くんだ。可愛いだろう」

「はあ、まあ…」

臆面《おくめん》もなくのろける主君の言葉に、首席顧問官は肩をすくめて天を仰いだ。同意は呆れを含んでいるとはいえ、追従というわけではないらしい。

それくらい、ガルドランの首筋に無邪気にしがみついてる栗色の髪の青年は、実際の年齢よりも遥かに無垢でいとけなく見えた――いや、本当に幼い子どもそのものだったのだ。

‡

階段の上り下りだけで息が切れていたカレスの体力も、雨待月《ろくがつ》に入る頃には少しずつ回復しはじめた。

しかし過剰な人見知りと、ささいなことで恐慌を起こしやすい神経の過敏さは相変わらず。

半年近く離宮の中だけで過ごしてきたカレスの気分転換と運動を兼ねて、その日ガルドランは彼の手を引いて森へ散策に出ることにした。

環翠宮の西南端は切り立った崖《がけ》になっており、そこに設置された公爵家専用の昇降機を使うと、離宮から森へ出るのは容易《たやす》い。

しっとりと岩面を包む苔《こけ》の碧《みどり》が、鮮やかに視界を覆う初夏の森。丁寧に手入れをされた下草、木々に溶け込む小道のやさしい乳白色。

千年の巨木が、圧倒的な存在感と無限の包容力で静かに佇んでいる。

木々の甘い香りにカレスはふくふくと鼻を鳴らし、さえずる鳥の喧《かまびす》しさに目をまわす。

白い玉砂利を敷いただけの小道は木々を迂回してうねうねと曲がり、次第に先細り、森の深部へ溶け込むように消え果てる。

鳥のさえずり、木々のざわめき、下草から立ちのぼる虫の声。喧噪《けんそう》と静寂が同時に存在する空間。

「このあたりの森はルドワイヤの中でも聖域にあたる。昔からいろいろと不思議なことが起きるんだ。おまえも元気になったらひとりで散歩してみるといい」

握った手のひらをぽんぽんと叩いて言い聞かせると、ひとりという単語に反応したカレスがぎゅっとしがみついてくる。

ガルドランは思わず笑い声をあげた。

「甘ったれだ。寂しがり屋なのは知っていたけど、おまえがこんなに甘えたがりだとは思わなかったよ」

嬉しいけれど、なぜか切ない。

ノルフォールでの出来事も、これまで生きて来た二十四年間の記憶もなくしたせいで素直なカレスを、ガルドランは複雑な気持ちで抱きしめた。

小道が途絶え足場が悪くなってくると、ガルドランはカレスを抱きあげて歩き続けた。

外界から遠ざかるにつれ、森は不思議な力に満たされはじめる。遠く近く鳴き交わす鳥の声、下草を踏み分ける獣の気配。風に揺れる葉のざわめき。

頭上で重なりあう樹冠が、風に吹かれて波のように揺れるたび、葉の隙間から宝石のような陽光がこぼれ落ちる。

カレスは天上から降りそそぐ光の乱舞が、自分の腕や身体に反射する様《さま》に見とれた。斜めに射し込む光の筋をうっとりと見つめるカレスの視界に、そのとき、光の化身のような白い影が映った。

森の深部から音もなく顕《あらわ》れたのは、白銀に輝きわたる体毛に全身を包まれた巨大な狼。森の精髄《せいずい》が凝《こご》って形を成したような優美な獣は、音楽的な足取りでふたりに近づいた。

「やあ、シルヴァ。久しぶりだな」

ガルドランは旧知の友に対するように声をかけ、

「カレス、彼の名前はシルヴァだ。ここの…いや、ルドワイヤ中の森の守護者だ」

なんの反応も見せず硬直していたカレスを地面に降ろし、朗らかに紹介してみせた。

シルヴァは体高がカレスの腰に届くほど大きかった。全身を覆う長めの体毛は彼の動きに添ってふさふさと波打ち、立ち止まると風にそよぎ、陽を弾いて白銀に輝く。

彼はガルドランの紹介を受けてしずしずと近寄ると、その湿った鼻先を、力なく垂らされたカレスの手の甲にそっと押しつけた。

「シルヴァは俺が子どもの頃からこの森の主で、滅多に人前に姿を顕さないんだ。おまえは運がいいな」

ガルドランにはなんとなくわかっていた。

シルヴァは傷ついたカレスの心に反応して現れたのだ。ガルドランが子どもだった頃も、シルヴァはよく慰めに現れた。

この白狼には人智を超えた何かがある。ただの巨大な狼でないことは、叡智《えいち》に満ちた水色の瞳を見ればわかる。

森の守護者は、昔なじみのガルドランにはチラリと視線を送ったきり、あとはカレスにかかりきりになった。

立ちすくむカレスの匂《にお》いをフンフンと嗅《か》ぎまわったあと、実に優雅な足取りで正面に座り、やさしい水色の瞳でカレスを見あげた。驚いて固まっているカレスがなんの反応も見せないでいると小首を傾げ、もう一度その腕に柔らかな鼻先を押しつける。

巨大な獣から寄せられる純粋な親愛の情。

カレスは握りしめていたガルドランの手を離して一歩踏み出した。跪《ひざまず》き、ゆっくりと精霊の化身のような白銀の狼に抱きつく。

その顔には、ルドワイヤに連れれて来られてから初めて浮かべた笑顔が輝いていた。カレスが笑顔を見せたのも、ガルドラン以外で自分から他者に好意を示したのも、これが初めてである。

自分が半年かけてできなかったことを出会いの一瞬で成し遂げたシルヴァに、大人げないとは思いつつ、ガルドランは微妙な嫉妬心が芽生えるのを抑えられなかった。

腰に手を当て憮然《ぶぜん》と佇む男の心情を知ってか知らずか、シルヴァはこれ見よがしに、カレスに向かって愛想よく尻尾《しっぽ》を振って見せる。

それを見たガルドランは、憤然《ふんぜん》と腕を組みながら、

「ちくしょう、俺には一度も振って見せたことなんか、なかっただろうが」

吐き捨てるように小さくうめいた。

翌日から、シルヴァは環翠宮の奥庭に姿を現すようになった。

もちろんカレス目当てである。

切り立った断崖《だんがい》の上に立つ離宮に、道も昇降機も使わずにどうやってたどり着くのかは不明だが、シルヴァと過ごすようになってからカレスの状態は急速に好転しはじめた。

笑うようになり、人見知りが減り、ガルドランがいなくてもひとりで出歩けるようになった。乳児並みだった認識力も五歳児程度まで進歩した。

カレスはシルヴァが庭園に現れるといそいそと駆け寄り、満面の笑みで抱きつく。起伏に富んだ中庭を一緒に散策し、疲れたら木陰で昼寝をする。

不思議なことにシルヴァには獣特有の臭気がほとんどない。

草木と土の甘い香りを含んだ柔らかな体毛に顔を埋め、カレスはまるで乳飲み仔のように護られてまどろむ。

夏草が短く生えそろった地に伏せて四肢を伸ばした巨大な狼は、眠った振りをしながら周囲の様子に耳をそばだて、ガルドラン以外の人間が近づこうとすると静かに姿を消してしまう。

ガルドランはカレスがシルヴァとゆっくり過ごせるよう、召し使いたちを中庭から遠ざけた。その配慮を仇《あだ》で返すように、白狼はこれ見よがしにカレスとじゃれ合ったりする。

無邪気に眠るカレスの胸に前肢を乗せ、抱え込むかっこうでちらりとガルドランを見あげる。

「む」

男の眉間に一本しわが寄るのを確認すると、さらに、ふっさりとした尻尾でカレスの下半身を覆ってみせる。

木陰でまどろむカレスの隣でガルドランが本など読んでいると、タタタと走って来て、ふたりのあいだにデンと割り込む。さらに、尻のあたりでガルドランをぐいぐいと向こうへ押しやり、自分はカレスの首筋に鼻先を突っ込んで思う存分匂いを嗅いだりしてみせるのだ。

カレスがくすぐったそうに目を覚ました横で、ガルドランは口をへの字に曲げて仁王立ちになり、シルヴァと睨み合うことが頻繁《ひんぱん》にあった。

盛夏。

広大な森林地帯が暑気を和《やわ》らげるせいで、ルドワイヤの夏は過ごしやすい。森をわたる風は甘い花々と草木の瑞々《みずみず》しい香気を運んで、一日の労働に疲れた人々を癒す。

冬に心身ともに傷つき果てて森の都ルドワイヤに連れて来られたカレスの、目に見える身体の傷はほとんど癒《い》えた。

しかし相変わらず声だけが出ない。

「声が出ない原因は、精神的な障害によるものと思われます」

公爵家の主治医である精霊使いのアル・ファシルは、そう診断を下していた。

「声帯に損傷があって喋れない場合でも、うめき声くらいは出るものです。カレス殿の場合は単音すら発しない。まるで喉に蓋をされているように」

——まるで何かを封印しているように。

さすが感応力の高い精霊使いである。カレスの過去に何があったのか微塵《みじん》も知らないにもかかわらず、指摘は的を射ていた。

「無理強いはいけません。気長に穏やかに見守ることです」

経験豊かな精霊使いの助言に、ガルドランは静かにうなずいた。

外見は大人でも心は子ども。健康になれば好奇心も旺盛になる。

森への散策だけでなく、離宮内も自由に歩きまわるようになると、姿《なり》は大人でも子どものように無邪気なカレスの存在はすぐに召使いたちの知るところとなった。しかし彼らの戸惑いは最初のうちだけで、ほどなく二種類の反応に分かれた。

ひとつは『公爵のお客さま』に向ける無難で失礼のない対応。もうひとつは、幼児に対する根気と慈愛に満ちた態度だった。

体力が戻るにつれて好奇心が増してきたカレスが、このところ夢中になっている遊びは追いかけっことかくれんぼである。最近仲良くなった若い衣装係と離宮の静かでまっすぐな廊下を行ったり来たり、階段を駆けあがり、つるつるに磨きあげられた手すりを滑り降りたりして、ガルドランに叱られた。

「転んだり落ちたりすると危ないから、階段では遊ばないように」

人差し指を立てて真面目な顔で諭すガルドランの後ろから、頬に指を添えた侍女頭のマイアが複雑な表情で主の言葉を引き継いだ。

「閣下も昔は散々なさっておいででしたわねぇ…。ええ、私《わたくし》たちがどんなに口を酸っぱくして注意申しあげても、聞き入れてはくださりませんでしたけど。その閣下のお口からこんな言葉が聞けるとは」

私も年を取るわけですねぇと、古参の女官は溜息を洩らして、主を閉口させたりした。

叱られても小言を言われても、それらすべてはカレスを心配してのことである。目配せひとつにも愛情が宿っていることを、カレスは言葉や理性ではなく本能で感じ取っていた。

「ここは下働きの者以外、近づくような場所ではありませんよ」

最初に迷い込んだとき、そう注意されたにもかかわらず、大きな布地がたくさん青空にはためく洗濯場はカレスのお気に入りの遊び場だった。

離宮の裏手、風通しの良い広場の高い場所に幾本もの紐が渡されている。

カレスとガルドランが毎日一緒に使っている敷布や掛け布、肌着や汗を拭う布はここで洗い清められ、風と光に晒されて、しわひとつなく伸ばされ畳まれて次の出番を待つのだ。

ふわりふわりと風になびく絹の軽い布地は陽の光に薄く透けて、逃げるカレスの居場所を追いかけ役の女官に教えてしまう。

地に落ちる影、逃げて隠れる楽しさと興奮にあがる息づかい。本気になればすぐにでも捕まえられるカレスの遊び相手を、女官や従僕たち、時には非番の衛士が根気よくつき合ってくれる。

いつも安否を気にかけてもらい、あなたはここにいていいのだと存在すべてを認めてもらえる幸福に、カレスの心身は健《すこ》やかさを取り戻してゆく。

厨房《ちゅうぼう》で魔法のようにできあがってゆく色とりどりの菓子作りを夢見心地で眺めていると、

「坊《ぼっ》ちゃんも作ってみますか？」

勧められてカレスは勢いよくうなずいた。

見よう見真似で、練られた小麦粉を薄く伸ばそうと延べ棒片手に奮闘してみたが、厚すぎたり薄すぎたり穴あきになってしまう。

伸ばした生地《きじ》に蜜《みつ》を塗り乳脂《クリーム》と乾果《かんか》を交互に並べるのを何回かくり返すだけの作業が、どうにもうまくこなせない。二段目で乳脂がはみ出し、三段目で生地に穴が開いた。

本人は必死にやっているのだが、結果は、甘い香りがあるからかろうじて菓子だと判別できる、なんとも奇妙な塊《かたまり》のできあがり。

「なんだ…これは」

午後のお茶に供された皿の上の珍妙な物体を眺めて、ガルドランがつぶやくと、

「カレスさまのお手製でございます」

にっこり微笑むマイアとウィドの後ろで、栗色の髪の青年は恥ずかしそうに顔を赤らめている。

もちろんガルドランはひと欠片も残さず平らげた。

『カレスが興味を示したことは、なんでも好きにさせるように』

そうガルドランから指示されていた召使いたちは、あちこちで遺憾《いかん》なく発揮されるカレスの不器用ぶりに、思わず笑いを誘われる日々を楽しんだ。

庭師の仕事を手伝い、苗木《なえぎ》をうまく植えられたと褒《ほ》められて満面の笑みを浮かべたかと思えば、添え木に花を括《くく》りつけるつもりが、蕾《つぼみ》をむしってしまい泣きべそになる。

馬に乗れば鞍《くら》に座れず反対側に転げ落ち、池の縁《ふち》を歩けば魚に見とれて足を踏み外し、水の中に転がり落ちる。

「どうしておまえはそう不注意なんだ」

ガルドランは頭を抱えながら一緒に湯を浴びた。

それから不器用な想い人の擦り傷を手当てして、湯

あがりにはひざに抱いて濡れた髪の水気を払ってやる。

　カレスはガルドランの大きな胸に頬を擦りつけて、ふにゃりと屈託なく笑った。以前はあごの下で切り揃《そろ》えられていた髪が、今は肩を越えるほどに伸びている。不揃いな毛先が夏の風に吹かれて、ほっそりとした頬の線をやさしく彩る。

「艶が戻ってきたな」

　さらさらと指のあいだをこぼれ落ちる栗色の、洗いあがりの甘い匂いが鼻腔《びこう》をくすぐる。

　西向きの露台に設えた寝椅子の上で、夕陽を浴びた無防備な唇に舌を這わせると、カレスはくすぐったそうに首をすくめた。

　ガルドランの愛撫にもすっかり慣れた様子で、しかるべき目的で胸を探られても、以前のように怯えて逃げ出したりはしない。差し込む西陽に眩しそうに目を細めながら、ひどい傷跡が残る胸への愛撫をおとなしく受け入れている。

「カレス…」

　腕の中で幸せそうにうっとりと目を細める存在が愛しくて仕方がない。彼を安らがせているのは自分なのだと、そう思うだけでガルドランの胸にはたまらない充実感が湧きあがる。

「愛しているよ」

　言葉とともに抱きしめると、身体がそのまま染み込んで、互いに溶け合うような感覚に包まれた。

　差し出した愛情を、すんなり受け入れてもらえる幸福に酔う。たとえそれが、庇護者を慕う子どもと同じでも今は構わない。心と身体を構成する微細な粒が混じり合い、柔らかな光りと熱が生まれる。

　ガルドランの身体からあふれ出る愛情に反応したのか、カレスは男の頬にそっと指先をあて、右目を覆う眼帯の上にやさしく唇を寄せた。唇接けは眼帯に染み込んで空洞の眼窩を満たし、ガルドランの心の奥深い場所に埋もれた過去の傷まで届いた。

　カレスの細くすんなり伸びた指が、こめかみから漆黒の髪へとさまよう。無心で首筋へすがりついてくる細い指先の温かさとやさしさに、ガルドランの胸がしめつけられる。

子ども還りをしていても、記憶がなくて喋れなくても、ずっとこのままでも構わない――。

今のカレスはガルドランが想いを寄せればその分だけ、いや、それ以上に、なんのこだわりもなく無邪気に素直に返してくれる。

以前の彼を取り戻したい気持ちをなくしたわけではなかったが、正直このままでも構わないと、ガルドランは考えるようになっていた。

‡ 青嵐《あおあらし》 ‡

風待月《しちがつ》に三十二歳の誕生日を迎えたルドワイヤ公爵の一日は、ここのところ比較的おだやかに規則正しく過ぎている。

朝は陽が昇る前に目を覚まし、まだ隣でぐっすり眠り込んでいるカレスを起こさないよう、気をつけながら寝台を出て顔を洗う。続いて着替えを済ませ、侍従が淹《い》れた茶を飲んで頭をすっきりさせてから、前日のうちに用意されていた書類に目を通してゆく。

半刻ほどで書類の決裁を終わらせると、ようやく寝惚《ねぼ》けまなこで起き出してきたカレスと一緒に餐《さん》の間に行き朝食を摂る。

食事が終わるとカレスに『昼には戻る』と言い聞かせて本宮殿へ赴き、公爵としての務めを果たす。

領主の仕事のなかで最も多いのは、面会を求める人々との接見や拝謁《はいえつ》を受けることである。

ガルドランは時候の挨拶程度のものから、各職能集団《ギルド》の陳情《ちんじょう》、直属の遊兵——領内のみならず、必要に応じて国内外まで内密に探索して情報を集める密偵——の報告まで幅広く、分け隔てなく面会に応じてゆく。

領内を大過《たいか》なく治めるには、何よりも豊富で正確な情報が必要であることを、誰よりもよく理解しているからだ。

「先日、閣下よりご指摘を受けた『フェルス移民永住希望者に対する土地売買契約について』ですが、再調査したところ、先に購入した者たちの中に妖《あや》しげな儀式を行う者がおりました」

「儀式?」

「フェルスの古代秘儀の一種のようです。院より派遣された精霊使いによると、それが原因で居住区に割り当てた山の一部が穢《けが》れ、鉄気が錆《さ》びてあたり一帯が血のように赤く染まっていたそうです」

以前ガルドランが書類を見て不穏な気配を読みとり、『山』と『赤』という心象を思い浮かべた件だ。

「そうか。精霊使いたちには穢れた土地の浄化を進めると同時に、問題の秘儀実行者たちと話し合い、因習を捨てるよう説得を頼む。土地を穢したり世の理《ことわり》を歪めたりしなければ、多少のことは大目に見ると」

滅亡したフェルス聖王国は古い国だった。身に染みついた価値観は一朝一夕では抜けない。無理に奪おうとすれば頑《かたく》なになり、地下に潜って厄介な種子と化す危険もある。監視しながら、気長に説得していくしかないだろう。

人と会い、様々な報告や要望に耳を傾けることの他に、会議に出席することもある。

正午近くになると、ガルドランはたとえ報告書の読み上げ途中であろうと会議中であろうと中断して、カレスの待つ離宮へ戻る。主君の断固としたこの態度に、最初の頃は戸惑い気味だった家臣たちも、最近ではすっかり順応しているようだ。

昼食と短い食休みを済ませると、午後からは午前中にやり残した仕事があればその続きを。予定通り終わっていれば馬場や練兵場《れんぺいじょう》に赴いて、小一時間ほど衛兵相手に身体を動かす。

　そのあとは日によって様々だが、精霊院や職能集団より派遣された専門家から最新の研究内容などの講義を受けたり、皇都や他領、ときには他国からの客人をもてなすために小さな音楽会を――貴族のたしなみとして、当然ガルドラン自身も楽器を演奏する――開いたり、城下の視察に出かけたりする。

　午前中はほぼ毎日、びっしり予定が入っているが、午後はなるべく自由時間を多く取るよう調整させている。これはカレスを連れて来る前からの習慣なので、彼のせいで仕事をさぼりがちだと言われる心配はない。

　そうやって確保した時間を、ガルドランはカレスのために費やしている。喜びと愛情をもって。

　この日も夕刻前のひとときを、お気に入りの露台で過ごしていた。


　琥珀色の斜光が、大理石の碧色をよりいっそう鮮やかに照らしている。風はまだ昼の暑さを孕《はら》んでいるが、ときおり夜の気配を連れた涼やかな森の匂いが鼻腔をくすぐってゆく。

　昼間、森で遊んで汗に濡れ、土で汚れた身体を洗うついでに、髪も洗ってもらったカレスが、ガルドランの腕の中で眠そうにまばたきを繰り返した。

「眠いなら眠ってもいいぞ。夕食になったら起こしてやるから」

　まだ少し湿っている髪をひと房選《よ》り分けて、細い三つ編みを作って遊びながら声をかけると、カレスは安心したようにガルドランの胸に体重を預けた。そのまま安楽椅子の背にもたれるように寝息を立てはじめた青年の頰を、指先でそっと撫でてから、三つ編みをほどいて梳き直してやる。そうして、まだまだ軽い身体を静かに抱きあげて部屋に戻った。

　夕食前ということもあり寝室ではなく書斎の寝椅子に横たえ、常備してある夏用の上掛けをかけてやる。寝椅子といっても、カレスひとりくらいなら楽々横になれるほど大きい。寝苦しいことはないだろう。

寝息が規則正しいことを確認してから、ガルドランは書斎机に置かれた筒燈《ランプ》を点して読みかけの書物を開いた。数頁ほど読み進んだところで扉を叩く音。続いてマイアが現れた。

「本宮殿から、急ぎ足をお運びくださいとのことです。皇王陛下からの御使者が参られたとか」

「陛下の?」

ガルドランは立ち上がり、ちらりとカレスの寝顔を確認してから部屋を出た。

「俺が戻るまで寝かせておいてくれ。遅くなるようなら報せを送る。ひとりで目を覚ますことがないよう、傍に誰か…君かウィドがついていてくれ」

「かしこまりました」

心得た表情でうなずくマイアの手を借り、皇王の使者に会うのに相応《ふさわ》しい服に着替えたガルドランは急ぎ本宮殿へ向かった。

本宮殿で最も格が高い迎賓《げいひん》の間で使者と相対したガルドランが受け取ったものは、ル・セリア皇国皇王レクスからの親書であった。

その場で開封して中身を読んだガルドランは、使者を丁重に労《ねぎら》い城への滞在を勧めてから、父のいる奥殿へ向かった。


白蓉山の山頂に建つ白亜の本宮殿は、コの字型の小宮殿が、開口部を外側に向けて半円を描くように建ち並んでいる。

上空から見下ろせば美しい蓮《はす》の花のように見えるため、別名水蓮《すいれん》宮と呼ばれている華麗な小宮殿群の奥、花にたとえれば茎《くき》のつけ根の部分に刻まれた階段を昇ると、大公夫妻が暮らす奥殿にたどり着く。

公務を行う表の宮殿とは対照的に、この奥殿は公爵一家の私的な生活空間であるため、華美な装飾は控えめだ。その代わり、居心地よく暮らせるよう、定期的に改築が施されている。

ようやく山の峰に近づきつつある太陽を真横に見ながら、ガルドランは夕陽を浴びて薔薇色に染まる列柱を横切り、父が静養している部屋を目指した。

手の中には皇王直筆の手紙。中身は慶事だ。

このことを知れば、父の心もいくばくかは晴れるだろう。早く報せたい。

本宮殿を出る前に訪問の先触れは出してあるので、玄関から廊下の途中までは誰にも邪魔されることなく進めた。しかし。

「久しぶりに奥殿へ姿を見せたかと思えば、母には挨拶もなく素通りですか？」

見つからないようにわざわざ遠まわりした甲斐《かい》もなく、背後から呼び止められて、ガルドランは思わず溜息を吐いて足を止めた。一瞬目を閉じてから、表情を取りつくろって振り向く。

「これは母上。急ぎ父上に報せたいことがあり参上した次第。母上には帰りにお会いするつもりで…」

今年五十六歳になる大公妃は、息子の言い訳など端《はな》から聞く気はないのか、そっけなく遮った。

「大公殿下はお休みになられています」

「具合が悪いのですか⁉」

「まあ…、いいえ」

驚き心配した息子の問いに母は態度を和らげ、笑みを浮かべて首を横に振った。

若い頃は豊かだった黒髪はずいぶん薄くなり色も半分以上白銀に変わってしまったが、肌に張りがあるせいか外見は実年齢より若く見える。腰まわりや手足は少女のように華奢だが、女性にしては背が高く、姿勢が良いので弱々しい印象は与えない。

「昨夜、読みはじめた書物がことの外面白いと仰って、夜更かしが過ぎたせいよ。眠気以外は体調もご気分も上々」

「それはよかった」

「ええ。でも無理に起こすのは忍びないわ。目を覚ますまでもう少し待ってもらえるかしら」

「それは…まあ、構いませんが」

皇王からの親書は慶事であり、一刻を争う類《たぐい》のものではない。ガルドランがうなずくと、母は少女のように胸の前で両手を打ち合わせた。

「そのあいだ、わたくしの部屋にいらっしゃい。あなたに見せたいものがあるの。きっと気に入るわ」

見せたいものとは、花嫁候補となる妙齢の女性ではあるまいか。

母の考えていることなど大方《おおかた》察しはつく。

溜息を吐きたいのをこらえつつ、ガルドランは母のあとに続いた。

大公妃の私室で待っていたのは予想通り、色とりどりに着飾った五、六人の美しい侍女たちだった。

さすがに息子の好みは把握しているのか、皆それぞれ豊かな教養と趣味の良さがうかがえる美女たちだ。

ここが地方太守《たいしゅ》あたりが催した舞踏会場ならば、気の利いた会話のひとつでも楽しむところだが、今はまずい。

彼女たちにわずかでも興味を示したと誤解されないよう、各人に均等に視線を向けて平等に無視する。代わりに、南に面した窓から夕陽に染まる中庭を一瞥《いちべつ》してからガルドランは振り返った。

「それで、見せたいものとはなんですか？」

「あなたの誕生日に間に合わせるつもりだったのだけど、思いの外時間がかかってしまったの。でも、待った甲斐があったわ。とても素晴らしい出来映えなの。シャルーア、持ってきてちょうだい」

「はい、奥さま」

両手に何かを捧げ持って隣の部屋から現れたのは、艶のある豊かな黒髪をふわりと結いあげた目の覚めるような美しい女性だった。

歳の頃は二十代後半か。豊かな胸、くびれた腰。健康な赤味を帯びたなめらかな頬、清楚《せいそ》な色合いの唇。長い睫毛《まつげ》と紫色を帯びた黒瞳は、完璧《かんぺき》に近い左右対称を描いている。

しかしガルドランの視線は目の前の美女よりも、

彼女が捧げ持った衣裳に釘付《くぎづ》けになっていた。

「確かに、これは見事だ」

深い緑色の布地に、黒糸と金糸で樹木と狼、様々な植物を幾何《きか》模様に意匠化したものが、実に細やかな刺繍で描き出されている。艶を消した金糸は控えめで遠目には地味に映るかも知れないが、近くに寄ればその素晴らしさに誰もが息を呑むだろう。

糸のひと針ごとに精霊の加護が施されている。縫い糸に込められた祈りは決して悪いものではなく、どちらかといえば失われた古代の叡智に近い。裾のかがりや縫い合わせの運針に独特の気配を感じて、ガルドランは顔をあげた。

「母上、これは誰の手によるものですか？」

息子が興味を示すことを見越していたのか、母は満足気にうなずきながら先ほどシャルーアと呼んだ女性を扇《おうぎ》で指し示した。

「あなたの目の前にいる、彼女よ」

ガルドランは驚き、黒髪の女性を改めて見つめた。シャルーアはわずかに頬を染めてまぶたを伏せ、控えめに大公妃の発言を訂正した。

「私ひとりの力ではございません。刺繍は主に十人のお針子が、私は全体の指揮と、仕上げ、それから大本《おおもと》の意匠などを手がけさせていただきました」

「なるほど。十人がかりでこの一着を作るのにどれくらい時間がかかるものなんだ？」

「一年、というところでございます」

「これと似た意匠で、色違いをもう一着作ることは可能か？」

「他ならぬ公爵閣下の仰せであれば。生地は何色がご希望でしょう。糸の組み合わせは？」

「生地は白、刺繍糸は銀と金だ。模様の配置は基本的に同じでいいが、狼の代わりに鳳凰《ほうおう》を、楓《かえで》と桂《かつら》の代わりに花を入れて少し華やかにしてほしい」

脳裏に見事な衣裳を身にまとったカレスの姿を思い浮かべながら、ガルドランは母に借りた筆で紙葉に次々と意匠案を描いてみせた。シャルーアがそれらに的確な助言を加えてゆく。

ふたりはいつの間にか女性用の小さな文机の両側に椅子を置いて座り、頭を突き合わせるようにして、熱心に互いの意見を絵や言葉にして交換しあった。

その様子を、大公妃がなんとも満足そうな表情で見守っている。ただし息子に気づかれないようこっそりと。

自分の思惑《おもわく》どおりに事が運んでいるのは嬉しいが、それを悟られると息子が警戒するからだ。

「奥さま、ガルドランさま、大公殿下がお目覚めになられました」

扉を開けて一礼した侍従の報せに、ガルドランは顔をあげて立ちあがった。

「母上、今宵はこれにて失礼します。シャルーア殿、近いうちにもう一度会えますか?」

「ええ、もちろんですわ。本宮殿に伺えばよろしいのかしら?」

「いや、私がこちらに足を運びましょう。三日後の、午後でよろしいか」

「はい。そのとき清書した意匠案と生地見本をお持ちいたしますわ」

艶然《えんぜん》と微笑んで見送るシャルーアと、扇で口許を隠した母に別れを告げて部屋を出たガルドランは、改めて父の居室《きょしつ》に向かった。

己が母の思惑どおりの反応をしてしまったことはわかっていたが、カレスに美しい衣裳を贈るためだ、仕方ない。

次に会ったときシャルーア嬢が誤解しないよう、結婚の意思がないことだけはきちんと説明しておかなければ。


父の居室は、奥殿の中で眺めと陽当たりと風通しが最もよい場所にある。

六年前、落馬による怪我が原因で右半身不随となり、家督と爵位をガルドランに譲って隠居して以来、父は公式非公式を問わず、あまり人前には姿を見せなくなっている。領民や家臣には健康だった頃の姿だけを記憶に留めておいて欲しいという、父なりの矜持《きょうじ》の顕れであった。

侍従が開けた扉をくぐると、窓辺近くに置かれた寝台に横たわる父の姿が目に入った。枕元に積み上げた鞍嚢《クッション》に背中を預け、手許には厚い書物が開いた状態で置いてある。夕陽の最後のきらめきが、室内と父の横顔をまばゆく照らしていた。

「父上」

「おお、ガルドランか。なにやら久しぶりな気がするが、気のせいかな」

書物から視線をあげ、相好《そうこう》を崩した父の頭髪は母以上に真っ白である。白髪の原因の半分は、十年におよぶ息子の放浪を心配したせい。もう半分は、半身不随という現実を受け入れるまでに味わった苦悩のせいだ。

「いえ…。ご無沙汰して申し訳ありません」

もっと頻繁《ひんぱん》に顔を出したいのは山々だが、そのたび母から結婚をせっつかれ、女性と引き合わされるのが苦痛なのだ。

「ふむ。そなたが何を考えているかぐらい、だいたいわかっておる」

父は左手で書物を閉じて脇机に置くと、頭髪と同じように白くなった髭《ひげ》をしごきながらうなずいた。

「まあ、座りなさい」

寝台脇に置かれた椅子にガルドランは素直に腰を下ろした。

公務を退き、一日の大半を私室で過ごすようになっても、父の居住まいに隙はない。淡い砂色の中着の襟はぴしりと糊《のり》が効いており、中着の色を引き立てる蘇芳《すおう》色の上着にも張りがある。袖口にほどこされた藍色の刺繍が、指輪に嵌《は》めこまれた天藍《てんらん》石の色と美しく調和している。

「新しい上着ですか。味わいのある色ですね」

「うむ。納得のいく色が出るまで、職人に何度も知恵を絞ってもらったよ」

若い頃から洒落者で通っていた父は隠退《いんたい》してからも身だしなみを怠ることなく、いや、却《かえ》って熱心に新しい染色や衣裳の形を生み出している。美的感覚に優れた父の期待に応えるため、職人たちはこぞって様々な工夫をこらしてきた。結果としてルドワイヤは芸術の都として名を馳《は》せ、父の薫陶《くんとう》を受けたガルドランも芸術方面に造詣《ぞうけい》が深くなった。

たとえ老いても、怪我で半身が不自由になっても、父には独特の威厳がある。それは長年領民を導いてきた経験と、そのために己を厳しく律してきた時の重みにちがいない。

「そういえば、環翠宮に面白い客人を滞在させているそうだな。そちらに割《さ》く時間の半分でも婚約者候補たちに向ければ、妃もうるさく言い募るまい」

「……」

皇王の親書について報告する前に話題を振られて、ガルドランは内心で溜息を吐いた。

父のことは人生の先達《せんだつ》として尊敬しているし、愛情深く厳しく育ててもらったことにも感謝している。できることなら父母の望み通り結婚して、孫を与えてやりたかったが、カレスという大切な存在を得た今となっては叶わぬ願いだ。

「そんな顔をするな。アーヤーとのことを悔いているのはわかるが、そろそろ次の段階に進んでもよいのではないか？　一度の失敗で、この先の人生を孤独に過ごすことはあるまい」

結婚と子どもを強く望み、それを言葉にしてはばからない母とちがい、父はそのあたりをあまり強くは言わない。竜種の血脈をなるべく濃く、できるだけ多く子孫に伝えるというのが、貴族として第一に優先すべき義務であるにもかかわらず、自身が母ひと筋を貫いて側室を置かず、庶子《しょし》をひとりも作らなかったという事情があるせいだろう。

「いえ…、彼女とのことはもう区切りをつけました。私が母上の勧める女性に興味を示さないのは、他に守るべき大切な存在ができたからです」

「…なんだと!? それはどんな女性だ？ 名は？ 歳は？ 家柄は釣り合いが取れるのか？」

「残念ながら、子は望めぬ相手です。婚姻という形で縁を結ぶこともできません」

「……ッ」

動く方の半身を乗り出していた父の顔から希望と期待がみるみる流れ落ちてゆく。代わりに絶望にも似た落胆の表情が広がった。息子の相手が女性ではなく同性だと、薄々気づいたからだろう。

父母の期待には添えないと、正直に告げることは勇気が要《い》った。しかしカレスをルドワイヤに連れて帰ると決めたとき、いずれはこうして父に告げねばならないと、覚悟したことでもあった。

「公爵家の当主として果たすべき義務を放棄し、父上と母上の期待を裏切ってしまうことは申し訳なく思います。しかし己の直観を無視して、義務感と、おふたりの期待に添おうとした結果、ひとりの女性を不幸にしてしまいました。今また、母上の勧める女性と結婚し子を成そうと考えたとき、私に見えるのは希望もなく暗く先細りしてゆく未来です」

それは父を説得するための言い訳ではない。本当にそう感じるのだ。この薄暗い印象はアーヤーとの結婚を勧められたときにも感じた。

その直観に従って婚約を破棄していれば、彼女は命を落とさずに済んだのだろうか…。

寂しい未来の予感とは逆に、カレスを伴侶《はんりょ》とし、ともに寄り添い生きてゆく姿を想像しただけで、明るく開けた場所に立ったときのような開放感に包まれる。心が軽く温かくなる。

世間的には邪道と呼ばれようと、自分にとっては正しい道を今度こそ選び取りたい。そしてできることなら父に理解して欲しいのだ。

父が母ひとりを愛してきたように、自分もカレスを守り、愛を捧げていきたいということを。

黙ってガルドランの言葉を聞いていた父は、気持ちを落ち着かせるように何度も左手を握ったり開いたりしてから口を開いた。

「…もう、決めたことなのか？」

「はい。――お許しいただけない場合は、爵位を返上し、家を出る覚悟があります」

これは半分本音で半分は脅しだ。

自分は、領民の平和な暮らしと安寧を守ることのできる領主となるよう育てられた。己の都合で地位を捨て義務を放棄することには抵抗がある。

しかし代わりが誰もいないというわけではない。もしもガルドランに万が一のことがあれば、親族から一番相応しい人間が次代の領主に選ばれる。

父母の血が自分の代で途切れるのは申し訳ないが、ルドワイヤ家の長い歴史のなか、過去にそうした例がなかったわけでもない。

開き直った息子の言葉に父は虚《きょ》を突かれたような表情を浮かべ、それから力なく肩を落として笑った。

「蛙《かえる》の子は蛙と言うが、やはりそなたは儂《わし》の子だ」

「？」

父の意外な反応に、ガルドランはわずかに首を傾げる。大公はそんな息子から目を逸《そ》らし、

「儂も妃との結婚を許してもらうために、同じことを言ったのだよ。両親に」

遠い日を懐かしむように、中空を見つめてしみじみとつぶやいた。

「儂がそなたの母と初めて出逢ったのは、二十四歳の夏だった。彼女はまるで咲き誇る大輪の薔薇のように美しくて、儂はひと目で恋に落ちた…――」

大公アルシド・マルク＝ルドワイヤが、妃となるリシャ・ハヴラと出逢ったのは、聖夏至《げし》祭の前日だった。リシャはそのとき十六歳。ふたりは自然に惹かれ合い、数日間の祭りのあいだに親交を深めた。

アルシドはリシャに出逢ったその日のうちに、彼女の出自を調べ、彼女がぎりぎり公爵家に輿入《こしい》れできる家柄であることを知って心底安堵した。

ひと月足らずの交際でリシャも自分を好いている

と確信したアルシドは、両親に結婚相手が見つかったと報告した。当然祝福されると思っていた彼の予想とは裏腹に、両親はリシャの血筋が他の花嫁候補より劣っていることを理由に猛反対した。

その頃、公爵家に次ぐ竜種の血脈として十一歳と八歳になる侯爵令嬢が存在していたため、両親だけでなく祖父母や噂を聞きつけた親族たち全員が、リシャ・ハヴラよりももっと相応しい候補がいるではないかと反対したのである。

結婚を反対されたことは当然リシャの耳にも入り、彼女は分別のある貴族の令嬢らしく、自ら身を引くと申し出たが、アルシドは譲らなかった。

彼は一年近く両親と祖父母、親族を説得し続け、最後は「彼女との結婚を許してもらえないなら家を出ます」と脅迫まがいの覚悟を示し、ようやく許可をもぎ取ったのだ。

そうしてふたりは無事結ばれたのだが、幸せな蜜月は一年ほどしか続かなかった。

二年目に入ると、子どもを期待する周囲の声があからさまに立ちはじめ、三年目には妃の懐妊能力を疑問視する声が目立つようになった。

四年目が過ぎる頃には、家督を継ぎ公爵となったアルシドの厳命によって妃を非難する声は表向き下火になったが、その分リシャの苦悩は深まった。

懐妊の兆《きざ》しがないまま五年目が過ぎると、リシャは再び自ら夫に申し出た。

『わたくしに遠慮せず、側室を迎えてください。そうしてその方とのあいだに子どもができたなら、わたくしを離縁して、公爵家によりふさわしい姫を妃に迎えてください』と。

アルシドは彼女の提案のどちらも受け入れたりしなかった。生殖能力を試すためだけに、妃以外の女性を抱くことなどできないし、子ができぬ原因が、たとえ自分ではなく妃にあったとしても、それを理由に離縁することなど、もっと受け入れ難かった。

しかし、妃の苦悩も痛いほどわかる。結婚前にも血筋が劣るという理由で否定され、今また妃としての最大の仕事である嫡子出産という義務が果たせず、非難されている。

妃の前で子ができぬという話題は避けるよう徹底させてはいるが、ひとの口に戸は立てられぬ。

アルシドは少しでも妃の心労を減らすため、子ができぬのは自分に子種がないせいだと公言するようになり、いずれ養子を迎えるつもりだから心配いらないと宣言して周囲の非難を抑え続けた。

そうして結婚七年目。ついに養子候補を真剣に探しはじめた矢先、リシャの懐妊が明らかになった。

ふたりの喜びがどれほど深かったか、本人たち以外、誰も本当には理解できなかっただろう。

アルシドは領内のみならず他領や皇都から有能な産婆《さんば》を呼び寄せ、懐妊中から助言を求め、妃が無事出産できるよう細心の注意を払い続けた。やがて十月十日が過ぎ、少々難産ではあったものの、リシャは丸々と肥《こ》えた健康な男児を出産した。

「儂と妃がどれほど精霊の加護に感謝したか。儂たちだけでなく家臣一同が、親族が、そして領民たちがどれほど喜び、言祝いでくれたことか。領内のいたるところで祝福の鐘が鳴り響き、祝杯があげられ、祭りになった。そして」

父の言葉をガルドランが引き継いだ。

「領民すべての税を一年間免除するほどの慶事」

昔から繰り返し聞かされた逸話だったが、その背景に広がる婚前からの事情を聞いたのは初めてだ。

「そうだ。しかし深い喜びの裏には、受け入れ難い悲しみもあった…」

もともと華奢で、成人してからも少女のような体形だったリシャには、並外れて体格のよい子どもの出産が負担となり、二度と妊娠できない身体になってしまったのだ。

産婆からその事実を聞いたアルシドは悲嘆に暮れながら、妃には報せないよう箝口令《かんこうれい》を敷いた。しかしそこは女性ならではの勘の鋭さ、加えて自分の身体のことでもある。ほどなくリシャも事実を知り、深く嘆くことになった。

「そう…でしたか。だから母上はあんなにも過保護だったんですね」

父の話を聞いてようやく長年の疑問が解けたと、ガルドランは幼少時の記憶を振り返って深くうなずいた。しかし納得できないこともある。

結婚や子どものことでそれほど苦労したのに、息子にも同じ苦悩を押しつけようとしている。それが不思議議で仕方ない。

父母が味わった辛苦を知った今、息子として期待に応え、父母が負った心の傷を癒したいと思う部分もある。しかし自分はもう生涯の伴侶となる相手と出逢ってしまった。父母とカレス、どちらか一方を選べと言われたら間違いなくカレスを選ぶ。

息子の心の声が聞こえたかのように、父は悲しそうに目を伏せて言い重ねた。

「妃には、公爵家にたったひとりしか子どもを与えられなかった己に対する、負い目があるのだろう」

ガルドランを懐妊中、リシャは何度も、男の子は最低でもふたり、女の子も三人くらいは欲しいわ。これからは幾人でもあなたのために産んでみせますと夢を語った。

果たせなかった夢の残骸《ざんがい》は、何十年たっても夫婦の心に影を落としている。妃の無念を思うとアルシドの胸は今でも切なく疼く。

「己が果たせなかった夢を、息子に託す。そなたにしてみれば身勝手な親だと感じるだろうが…。儂にも、妃以外の女性にはいっさい手をつけず、庶子を作らなかったという負い目がある」

市井《しせい》の者ならば誠意に満ちた夫婦だと讃《たた》えられる行為だが、竜種の血脈をできるだけ濃く多く、次代に引き継ぐという義務を背負った貴族にとって、一夫一婦の誠実な関係など優先すべき事柄ではない。

「特に、十七年前に竜種の――純血種の最後の一流である天藍皇家の尊い御子が行方不明となり、血脈の保持の重要度が増してからは――」

憂いを帯びた父の言葉に、ガルドランはここを訪ねた本来の目的を思い出した。皇都から届いた報せは、きっと父の苦悩を軽くしてくれるだろう。

「その件ですが、先ほどレクス皇王陛下より親書が届きました。こちらをご覧ください」

ガルドランが差し出した手紙を受け取り、読み進めた大公の表情に喜色が浮かぶ。

「おお…！　行方不明だった天藍の御子が無事に見つかったと！」

「ええ。ただし長いあいだの市井暮らしで〝穢《けが》れ〟を身に帯びてしまったご様子」

「なんと、おいたわしいことだ。もともと天藍は聖別された国。結界に護られ、闇の眷属《けんぞく》は一切手出しができぬ場所。本来ならそこで清らかに成長されるはずだったのだから無理もない。なに、国入りされれば追々《おいおい》に俗世の垢《あか》など祓《はら》われよう」

「そうですね」

父の言葉にガルドランは素直にうなずいた。

実は皇王からの公式親書とは別に、私的な機密文も届けられ、そこには御子の〝穢れ〟は少々厄介な類《たぐい》であり、対処の仕方によっては世界の理に影響が出るかもしれないと記されていた。

しかしその結果が吉と出るか凶となるかについては言及されていない。どちらにせよ、それらの影響が明らかになるのは五年、十年先の話だ。今ここで父に伝えて心配させることはない。

「ですから父上、私が跡継ぎのために結婚しなくても、竜種の血脈は安泰《あんたい》です」

努めて明るく宣言してガルドランが立ちあがると、

「う…む、まあ、それとこれとはまた別の…」

父は皇王からの親書を手にしたまま、もごもごと口籠った。それ以上何か言い出す前にと、ガルドランは小さく微笑んで暇乞《いとまご》いをした。

「思わず長居をしてしまいました。そろそろ表に戻ります」

「…うむ。——妃には言っておくから、もっと頻繁に顔を見せるようにしなさい」

「はい。三日後にまた寄らせていただきます」

父が釘を刺しても、どこまで母に通用するか怪しいが、とりあえずうなずいておく。

把手《とって》に手をかけて扉を開けたところで、背後から独り言のようにつぶやきが聞こえてきた。

「そなたが選んだという人物を喜んで受け入れることができない儂を許せ。妃だけでなく儂も、孫を…そなたの子をこの手で抱きたいと、願うことを止められぬのだ」

息子が選んだ道を尊重してやりたいと思う心と、親としての我欲がせめぎ合う。窓の向こうを見つめたままの父の背中に、ガルドランは返す言葉もなくただ一礼して、部屋を出ることしかできなかった。

‡ 旋毛風《つむじかぜ》 ‡

カレス・ライアズの一日は、隻眼の公爵の腕の中で始まる。

晩夏の早朝。ひんやりとした空気を避けて温もりを探る。夢見心地で男の胸に顔を埋めると、ためらいのない力強い腕が背中にまわされる。互いに一糸もまとわないまま抱き合って眠ることの違和感はとうに消えた。

さらりとした肌が、密着した互いの体温で少し汗ばむ。熱を持ちはじめた腰をこっそり離そうと身動ぐと、逆に強く抱き寄せられた。

「おはよう」

挨拶と同時に唇をふさがれる。

肌を重ねて唇も重ねて。隻眼の大きな男に抱きしめられるたび、カレスの心は奇妙にざわめく。いつまでもくっついていて、何もかも委ねてしまいたい気持ちと、すぐにでも逃げ出して男の前から消えてなくなりたい、そんな相反する気持ち。

「熱は出てないな。昨夜は少し無理をさせたから心配したけど、ずいぶん丈夫になったな」

『無理』というのは、裸になってなにやら身体中を触り合ったりすることだ。ガルドランは時々カレスが泣くまであちこちを舐めたりくすぐったりする。

最初は怖かったけれどもう慣れた。…本当は今でも少し怖いけれど我慢する。我慢してるうちに気持ちよくなる。あの感じは嫌いじゃない。

額に手を当てられ、欠伸をした口の中を覗かれる。慌てて口を閉じると、もう一度唇接《キス》された。

ガルドランに手伝ってもらって着替えを済ませると、用意された朝食を一緒に摂る。水気の多い食材を好むカレスのために、卓の上には旬の野菜や新鮮な果物を使った料理が並ぶ。

相変わらず食器の使い方はヘタだったが、ウィドやマイアに見守られながら摂る食事は楽しい一日のはじまりを予感させる。


食事が終わると、ガルドランはたくさんの紙の束に目を通し、同じくらいたくさんの紙に何かを書きつけはじめた。ときどき従者に難しそうな書物を持ってこさせ、難しい顔をして読みふける。

本宮殿に行ってしまわず、こんなふうに離宮で過ごす日は、カレスも朝からガルドランの後をついてまわる。

日が中天にさしかかる頃、軽い昼食を摂ってから、ふたり揃って西南の露台に設えられた寝椅子で昼寝をする。

紗幕《しゃまく》の作る淡い日陰に守られて、森から吹きあげる風を子守歌にまどろむこの時間は、カレスのお気に入りのひとときだった。

昼寝を終えて午後になると主席顧問官のロスカリウスがやってきて何やら難しい話がはじまる。この頃になるとカレスは少し飽きてきて、ひとりで散歩に出かけたりする。ガルドランの袖をひっぱって注意を引き、森を指さす。

「散歩か？」

こっくりうなずくと、

「足下に気をつけて、転ばないように。シルヴァを呼んで一緒にいてもらいなさい」

毎回同じ注意を受けてから出かける。わざわざ呼ばなくても、シルヴァはカレスが森に入れば必ず現れた。

カレスは少しも気づいていないが、森の要所には衛士が配され、足場が悪く危険と思われる場所には巧妙に偽装した柵が回《めぐ》らされている。近づきすぎるとシルヴァが逃げてしまうので、衛士は一定の距離を保って公爵の大切な想い人を護っている。

シルヴァの肩に手を添えながら森の奥深くに分け入る今のカレスには、そうしたあれこれに気づく力はない。

ガルドランがどれほど自分のことを大切に思っているか、気遣ってくれているか。自分を見守る親の愛情に子どもが無頓着《むとんちゃく》なように、男が示す無言の愛情について深く考えることができない。

カレスの頭の中にはぼんやりとした靄《もや》がかかっている。目に映る何もかもが曖昧でぼんやりとしている。はっきりしているのはガルドランという男の存在と、毎日笑顔を向けてくれるやさしい人々のさざめきだけ。

たくさんのことは覚えられないし、複雑なことは理解できない。

『カレス…、俺の名を呼んでくれ』

耳に染み入る甘く切ない声で、隻眼の男がささやきかけるそのときだけ、胸がしくりと痛む。

ガーディ…。

唇を男の名前の形に動かしてみる。

癖のある黒髪。甘い声、広い背中。片方だけ残された深い緑色の瞳。ひとつひとつ思い描くたびに、胸の奥が熱くなる。

この感情がどこから来るのか、なんと呼ばれるものなのか、カレスにはわからない。

ぼんやり歩いていると、右手の下から毛皮の温もりがふいに消えた。顔をあげるとシルヴァが少し先を駆けて行く。

「――…！」

追いかけて走り出したカレスを確認するように、シルヴァは二、三度振り返ったあと、小さな淵《ふち》の向こうへと姿を消した。

はじめは追いかけっこだろうと思った。シルヴァは時々からかうように姿を消したり現れたりする。だからカレスは声もなく笑いながら白銀の狼のあとを追いかけた。

白い影が姿を消した淵にたどり着き、腹這いになって急な斜面を覗き込んだ瞬間、カレスの全身から血の気が引いた。

遥か下方を流れる沢へと至る斜面の途中、突き出た岩棚《いわだな》の上に白い狼が横たわっていたのだ。

半開きの口から大きな舌がだらりとはみ出している。

「――――…ッ！」

大きく開けた口からこぼれたのはかすれた空気の音だけ。カレスは地面を叩いてシルヴァの注意を引こうとした。けれど白い身体はピクリとも動かない。

途方に暮れて立ちあがり、両手を口に当ててその場を歩きまわってから、カレスは再び地面に跪いて崖の上から横たわるシルヴァを覗き込んだ。

ぐったりとして動かないやさしい大きな獣の姿に涙が出る。泣きながら立ちあがり、カレスは走り出した。救いを求めて、森の外へ。

ガルドランの元へ――。

泣きながら走っているせいで、すぐに息があがる。涙で視界が歪んで足下がよく見えない。

道なき森の腐葉土《ふようど》は柔らかく、地面に足がめり込んでうまく走れない。何年分も降り積もった枯葉に隠された木の根につまずいて、何度も転ぶ。手のひらを擦り剝き、小石の切っ先でひざを切る。

ルドワイヤ風の丈の長い寛衣は土にまみれ、絹の

上衣はかぎ裂きだらけになった。泣き濡れた頬は泥に汚れた手で拭ったせいで、全体が奇妙なまだら模様に染まる。

早く、一刻も早く――。助けを求めて走り続けるカレスの足音に驚いて、梢《こずえ》の小鳥が飛び立つ。

森の濃密な緑の香りと葉枝の紗幕が途切れると、突然視界が開ける。黄色味を帯びた午後の光の中に走り出たカレスの目に、ちょうど昇降機から降り立った男の姿が映った。

走り寄る間が惜しかった。ピクリとも動かないシルヴァの姿が脳裏を過《よ》ぎる。

早く助けて欲しい。早く、はやく。

胸が引き裂かれるような焦りの中で、カレスは唯一救いを求められる相手に向かって、絞り出すように叫び声をあげていた。

「ガー…ディ！　――助けてっ…！」

‡

カレスが飛び込んでくるよりも早く、異変の報せはガルドランの元へ届いていた。衛士から報告を受けたガルドランが昇降機から降り立った時、泥だらけで駆《か》けてくるカレスの叫び声が響いた。

半年以上、聞くことの叶わなかった声。

「ガー…ディ！　――助けてっ…！」

それはしゃがれてかすれていたけれど、確かにカレスの声だった。

「おまえ…！　声が…――」

「ガーディ…！　シルヴァが…、落ちて…動かない――」

抱き留めたカレスは泥だらけで傷だらけ。泣き濡れてしゃくりあげているせいで、訴える言葉も要領を得ない。

「わかった。俺がなんとかするから心配するな」

ガルドランは落ち着いた口調で衛士に網や縄梯子の準備を言いつけ、従僕には薬と着替えを用意しておくよう指示してから、泣きじゃくるカレスを抱きあげて森へ入って行った。

現場にたどり着くと、淵を覗き込んで声をかける。

「おいシルヴァ、なにを寝転がってるんだ！」

なんの反応も見せない白狼の様子に微かに眉をひそめたガルドランの背後から、カレスが嗚咽《おえつ》混じりのかすれ声を出した。

「シルヴァ…、今助けてあげるから、しっかりして」

その声を聞いたとたん白狼はむくりと起きあがり、しっかりと四肢を踏ん張った。

「やっぱりな…」

ガルドランがつぶやくと、シルヴァは危なげのない足取りでひらりひらりと岩棚を跳び移り、立ちすくむカレスと訳知り顔の公爵の前に姿を見せた。

森の守護者と呼ばれる白狼の姿を初めて間近で見た衛士たちが息を呑んで見守る中、シルヴァはいつものようにカレスの手に湿った鼻先をやさしく押しつけ、尻尾をひと振りすると、くるりと背を向けて森の奥へゆっくりと去って行った。

音楽的で優雅な足取りを見送りながら「感謝するよ」とつぶやいたガルドランの言葉で、カレスもようやく、あれはシルヴァの芝居だったと気づけたのである。

‡　凱風《がいふう》　‡

長い長い眠りから覚めたようだった。

眠りにつく前は、石と鋼でできた北部の陰鬱《いんうつ》な街で暮らしていた。目覚めると、そこは緑したたる森の中だった。

葉のさざめき、甘い木々の香り。

木漏《こも》れ日《び》の眩しさ。

白い獣の後ろ姿を見送ってから、隣に寄り添う大男を振り仰いだ。

「……ここは、どこ?」

「ルドワイヤだ。カレス、…俺が誰かわかるか?」

「――公爵…」

答える声が自分でも可笑《おか》しいほどしゃがれてかすれている。

「ずっと…、夢を見ていたような気がします」

視線を落とし、あごに指を添える。

僕は、どうして…。


ノルフォールでの記憶の断片が鋭い刃物のように脳裏を過ぎりかけて、慌てて首を振る。

「どうして…、何が…」

「落ち着け、カレス。ここは安全で、誰ひとりおまえを脅かすような者はいない」

混乱しはじめた青年の背に手を添えて、ガルドランはやさしく言い聞かせた。

「おまえはノルフォールでひどく衰弱して、冬至《とうじ》の大祭中に倒れたんだ。それは覚えているか」

「…いえ、あまり」

森から離宮に連れ戻され、露台に居心地よく設えられたお気に入りの寝椅子に座ったカレスは、ガルドランから丁寧な説明を受けた。

「ノルフォールでいろいろと辛い目に遭《あ》った。それは?」

「……あまり」

「無理に思い出さなくてもいい。ただ、おまえがあまりに辛そうで、事実倒れるほど弱っていたのを放ってけなくて、連れてきた」

カレスは途方に暮れたようにガルドランの顔を見つめた。

「リオは…、ライオネルは知っているんですか?

僕がルドワイヤに来ているんですか?」

ガルドランは一瞬目を眇《すが》め、静かにうなずいた。

「知っている。ノルフォール侯には直接承諾を得た」

「…そうですか……」

「迷惑だったか?」

カレスは力なく首を横に振る。

「どうせあのまま彼の傍に居ても、あまり役には立てなくなっていましたから…」

切れ切れに浮かびあがる記憶は、ライオネルに休養を勧められている場面だった。

政務に支障をきたすほど、ライオネルに対する複雑な心情が制御できなくなっていた。たかが恋に破れたくらいで身体を壊すような人間では、彼に見限られても仕方ない。


重い溜息を吐くカレスのこめかみに、そっと指先が触れた。

「そういう顔をさせたくなくて、ここへ連れて来たんだ」

夕暮れの涼やかな風が吹き抜ける。うつむく視線に映る自分の髪が、知らないうちにずいぶん伸びたなと場違いな思いが浮かぶ。

風になびいて頬にかかった栗色の髪を、大きな手でやさしくかきあげられた。

「俺の傍では役に立つとか立たないとか、そういうことは考えなくていい」

カレスは再び迷子のような顔でガルドランを見つめた。

「僕はここにいて、いいんですか」

「もちろんだ」

「ひとつ聞いてもいいですか?」

「どうぞ」

「あなたはノルフォールにいた頃から、ずいぶん僕にやさしくしてくれた。それはなぜですか」

　ガルドランは「あーあ」と天を仰いだ。

　従兄であるノルフォール侯ライオネルに十年以上恋心を抱きながら、ずっと無自覚であったというカレスの、そちら方面への鈍さを改めて納得したのだ。

「カレス、君がここへ来てからかれこれ九カ月になる。そのあいだ、俺が何度その答えを言い聞かせてきたか、君は覚えていないというわけか」

「いろいろな事がぐるぐると渦巻いていて、あまりよく…。すみません……」

「謝る必要はないけどな」

　ガルドランはカレスの頬に寄せた手のひらをするりと滑らせた。あごの下へ差しこんだ指先でうつむいた顔を軽く上向け、真剣な眼差しで告げる。

「カレス、俺はおまえを愛している。それが理由だ」

「え…」

　告白を受けたカレスの表情に浮かんだのは驚き、そして困惑。

「今はいろいろ混乱しているだろう。だから答えは落ち着いてからでいい」

「答え…って――」

　思いもしなかった話の展開にカレスが戸惑っていると、ガルドランは椅子から立ちあがり、一歩離れて背筋を伸ばした。

「すぐにとは言わない。いつかノルフォール侯よりも俺を好きだと思えるようになったら教えてくれ」

　低く張りのある美しい声でやさしく告げられる。

　夕陽を背にしたその表情は逆光のせいで、カレスからはよく見えなかった。


　シルヴァ転落偽装事件から数日が過ぎた。

　薄い紗幕を隔てて見る風景のように鮮明さに欠け、どこか他人事のようだったノルフォールでの辛い出来事を少しずつ思い出すようになると、カレスは逆にこれまでの記憶が薄れてゆくのを感じた。

　ルドワイヤに来てから声が出るまでの出来事は、

朝方見た夢のように、日が経つにつれどんどん曖昧になってゆく。昨日まで鮮明に覚えていたことが、今日はもう思い出せなくなっている。それでも満ち足りた幸福感だけは薄れることなく、カレスの心を豊かに満たしていた。

声とともに意識がはっきり戻ってから、カレスがまず一番驚いたのは、ガルドランと同じ寝台で眠っていたという事実である。

「さすがに、まずいんじゃないでしょうか」

「何が」

「身分を隠し、お忍びで赴いたよその土地で一夜の情事に耽《ふけ》るならともかく、ここはあなたの領地《くに》でしょう？」

「だから構わないと言ってる」

「――――…」

成人した同性同士が同衾する。その意味は明白だ。ガルドランはそれを、自分に仕える従僕や女官たちに知られても構わないと言う。その神経をカレスは理解しかねた。

「…なぜ一緒に寝ていたのかわかりませんが、これからは寝室は別にしましょう」

「おまえが…」

自分から潜り込んできたくせに、とはさすがに言いかねたガルドランがもごもごと言い訳を考えているうちに、カレスはさっさと隣の部屋へ移ってしまった。

その夜。

寝惚けまなこで夜具に潜り込んできたカレスを、ガルドランは苦笑しながら迎え入れた。

「寂しくなったか？」

「うん…」

「おまえ、寝惚けていた方が素直だぞ」

「……ん…」

もぞもぞと寝心地の良い場所を探り、いつものようにガルドランの胸許に鼻先をくっつけ、くぐもった返事をする青年の栗色の髪を、ガルドランは愛しそうにいつまでも撫で続けた。

未明に目覚めた時、カレスは咄嗟《とっさ》に自分が誰なのか、今いる場所がどこなのかわからなかった。

「…ん、起きたのか？　まだ早い、もう少し眠れ」

青ずんだ闇の中、低く張りのある声とともに温かく力強い腕に抱きしめられて、ようやく自分の居場所を思い出す。

「ガーディ…、公爵…――」

夢から覚めたばかりの曖昧さの中では、カレスの記憶もあやふやになる。抱き寄せられるまま、広い胸元に顔を埋めて浅い眠りの小波《さざなみ》に身を預ける。

緑の光に囲まれながら、隻眼の大男の腕に無邪気にすがりついて甘えている自分。

現実の子ども時代、ライオネルの実家へ預けられるまでは縁のなかった無償の愛を、あふれるほど与えられた記憶。

それが本当にあったことなのか、自分の願望が見せた夢なのかがわからない。幸福な記憶は、朝方見た淡い夢の欠片のように現実の時間の流れとともに薄れてしまった。

けれどこうして、世界中のどこよりも安全な場所でまどろんでいると、どちらでもよくなる。

この腕の温もりは、本物なのだから。

翌朝。起床を促すマイアの声で、カレスはしっかり目を覚ました。

それからどうして自分がガルドランの腕の中で目覚めたのか、しばし真剣に思い悩んだのである。

その日、下着の脱ぎ着にまで手を貸そうとする女官長に向かって、カレスは丁寧に断りを入れた。

「マイアさん。着替えはひとりでできますから、お気遣いは無用です」

経験豊かな女官長はわずかに目を見開き、それから「あらあら、まあまあ、ほっほっほ」と大らかに笑った。

余分な布を使わない、どちらかといえば簡素なノルフォール風の着衣とは異なり、ルドワイヤの寛衣は薄く裾長でたっぷりとした襞《ドレープ》ができる上に、重ね着が基本なのだ。

　幼児退行していた時のカレスにとって、これをひとりで身に着けることはまず不可能だった。

「ずいぶんしっかりしてきましたのね。最近閣下が物足りないとぼやいていた理由がわかりましたわ」

「……」

「それでは何かありましたら遠慮なくお呼びください」

　一礼して退室してゆく年嵩《としかさ》の女官長を見送ってから、カレスは軽く息を吐いた。

　気がついたら森の都ルドワイヤの離宮で暮らしていた。ノルフォールで記憶が曖昧になってから目覚めるまで九ヵ月ものあいだ、自分がどんなふうに暮らしていたのか思い出せなくなったのは悔しいが、不思議と不安はない。それにしても、

「どうしてみんな僕を子ども扱いするんだ…」

　服くらいひとりで着られるさ。そりゃあ少しはややこしいけれど、基本は一緒だろう。ここに腕を通して、ここを結んで…。

　袖に首を通して襟ぐりがきついと不満を洩らしながら、左右対称にならない前合わせと格闘しているカレスに向かって、迎えに来たガルドランが思わず吹き出す。

「――…何をやってるんだ？」

「こちらの衣裳は、どうしてこんなにややこしいんですか！」

　己の不器用さを棚あげにして、カレスは唇を尖らせながら抗議した。

　星待月《じゅうがつ》に入ると、カレスは以前の明晰《めいせき》さをだいぶ取り戻してきた。

　それでも時折り記憶が混乱したり、ぼんやりすることもある。簡単な単語が出てこなかったり、服を

後ろ前に着てしまったり。

ある朝、カレスが食事のために広間に現れると、ガルドランはひとつしかない目を大きく見開いて絶句した。

「カレス…、おまえ、その服…――」

上衣とその下に着る長衣または胴衣、最低二枚は重ねる衣裳の色合わせや、上衣を飾る刺繍模様の選び方。色とりどりの帯や飾り紐の巻き方など。ルドワイヤの衣装は見た目が優美な分、カレスのような美的感覚が疎《うと》い人間には一筋縄ではいかない。

ひとりで着替えをするようになっても衣装の選び方の基準がまるでわからないカレスのために、ガルドランは毎晩係の者に指示を出し、翌日の衣装を用意させていた。

しかしこの朝、カレスが身に着けてきたのは鮮やかな紅紫の上衣に薄黄色の長衣。どちらも絹の艶やかな光沢を帯びて目に眩しい。その上さらに水色の帯と朽葉《くちば》色の飾り紐という、喜劇役者の舞台衣装の方がまだましという組み合わせである。

「――カレス。その服はいったい…」

「？　どこか変ですか」

「いや、その色合わせは如何《いかが》なものかと思うんだが」

言われて自分の姿を見下ろし、再び顔をあげる。首を傾げて、

「…変なんですか？」

「変だと思わないのか…」

「こんな色の花、咲いてましたけど」

紅紫と薄い黄色の絹布をぴらりと掲げて見せる。

「花、ああ花ね。花はいいんだ。あれは自然の中で調和が取れてるだろう。虫を引き寄せるためだったり、ちゃんと理由がある――と言うか、カレス。それを変だと自覚できない時点で、おまえかなり…」

カレスが拗ねたように唇を尖らせたのに気づいて、ガルドランの語尾は口の中に消えた。

「…まあ、好みは人それぞれだからな」

「これはあなたが…」

用意したくせにと、さすがにカレスが腰を浮かせて抗議しかけたとき、給仕していた年若い従僕が堪えかねたように「ぶふっ」と吹き出した。それから慌てて口許を手で覆い顔を背けて謝罪する。

「も、もうしわ…け、ございませ…くっくっく」

抑えきれない笑い声とともに肩が震えている。

「やはりおまえの悪戯《いたずら》か。ハリード」

「申し訳ございません、閣下。カレスさまがあまりにも素直な方なので、つい」

目尻に涙が溜まるほど笑ったあとで、ハリードと呼ばれた従僕は明るく答えた。

彼は織の善し悪しを見抜く力と審美眼《しんびがん》、季節や天候、その日の主人の気分に合わせて巧みに衣装を選ぶ才能を買われて、公爵家の衣装係に就いている人間で、最近はガルドランの指示に従ってカレスの衣装を用意していた。

「常々、装うことについて無頓着《むとんちゃく》な方だなぁと思ってはいたんですが、ここまでとは…は、わはは」

「………」

そこまで言われて、ようやくカレスも己の美的感覚のなさを自覚しはじめた。

「…妙に派手だとは思ったんですが、あなたが用意してくれたものだからと」

わずかに上目遣いでガルドランを見やると、長衣も胴着も嫌味なほど美しくかつ爽《さわ》やかに着こなした隻眼の公爵は、複雑な笑みを浮かべていた。

「ノルフォールに居た頃は、どうしてたんだ」

ガルドランはカレス本人にではなく、彼の後ろに控えていたウィドに向かって声をかけた。

「旦那さまはいつも決まった形の衣服を好まれましたので…」

控えめなウィドの申告を引き取って、カレスが言い繕《つくろ》う。

「まわりと同じような物を着ていれば、特に問題はありませんでした。それにリオは、お洒落に気を使う人間だったから…」

彼の助言を聞き入れ、彼の服装に合わせておけば何も問題はなかった。そう続けようとしたカレスの言葉は、

「ああ。そういえばノルフォール侯は、ずいぶん見栄えの良い青年だったな」

ガルドランが下した素っ気ない人物評によって、衣裳談義はそこで途切れ、そのあとは天候や午後の予定についてなど、当たり障りのない話題に移った。


皇国最北端に位置しているノルフォールにくらべて、ルドワイヤは夏が長い。ノルフォールでは雪が降りはじめる頃、ようやく木々が色づきはじめる。

ルドワイヤで迎える初めての秋。

燃えるような紅葉の素晴らしさに、カレスは朝な夕なに散歩にでかけ、時に紅、時に黄金色へと視界を染める自然の彩色を楽しんだ。特にお気に入りの時間は夕刻である。黄金色に燃えあがる空と森、露台の列柱が西陽を浴びて薔薇色に染まり、長く伸びる影が幻想的な美しさを創りだす。

自分を装うことには興味がないが、自然の美しさには心が動く。茜《あかね》、薔薇色、紫、紫紺。やがて濃紺へと移り変わり満天の星空が輝き出すまで、カレスは寒さも気にせず露台に佇んでいた。

「風邪をひくぞ」

「あ…」

ふわりと軽い、それでいて暖かな上衣を肩にかけられて、ようやくガルドランが本宮殿から戻って来たことに気づく。

「誕生日に何か欲しいものは？」

着せかけられた上衣の上から肩を抱かれて、初めてカレスは明日が自分の生まれた日であることを思い出した。

「特に何も」

「…して欲しい事は？」

ふたつ目の問いにもカレスは首を横に振った。

「記念日に何かするのは嫌いか」

「そういうわけではありませんが…」

一年前の誕生日、カレスはライオネルからひと振りの小剣を贈られた。同時に恋敵であるエリヤには到底《とうてい》敵わないという痛烈な事実も叩きつけられた。

誕生日と聞くと、あのときの居たたまれない思いが押し寄せて辛くなる。だから本音では、そっとしておいて欲しかった。

「俺はおまえに、何かしてやりたくて仕方ないんだがね」

沈んだ様子の声に慌てて顔をあげると、隻眼の公爵の顔に浮かんだ〝がっかり〟という文字が、鈍い自分にもわかるほどはっきり見えた。

「すみません…」

こんなふうに堂々と好意を示されると、いつもは考えないようにしている告白のことを思い出して、視線が合わせられなくなる。

記憶を取り戻したとき愛していると告げられたのに、カレスはまだ返事をしていない。

公爵には言葉に尽くせないほど感謝しているし、彼が望むことで自分にできることなら何でもしたいと思う。けれど、ライオネルに抱いていた焼けつくような恋心を彼に持てるかと問われれば、否《いな》と言うしかない。

ライオネルへの想いは、他の誰より自分を優先して欲しい、一番だと言って欲しい…という、身の内が爛《ただ》れてしまうほど激しく苦しいものだった。

――あんな想いはもう二度としたくない。

それが今の正直な気持ちだった。

公爵との関係は、このまま親しい友人のようなおだやかさを保っていけたらそれでいい。自分はこのままで充分幸せなのだから。

「それでは本を読ませてください。ルドワイヤには古くて貴重な蔵書がたくさんあると聞いています。それを見せていただけますか?」

出せない答えの代わりに無邪気な希望を口にする。物欲はもともと少ない方だが、せっかくの申し出を無下《むげ》に断ればガルドランが悲しむ。

——あなたが僕を喜ばせたいと思うように、僕もあなたの喜ぶ顔が見たい。

恋や愛には応えられなくても、その想いは紛《まぎ》れもない事実だった。

「もちろんだ」

カレスの要求はいかにも色気のないものだったが、それでもガルドランは喜んでうなずいた。

皇都ラ・クリスタでも揃わないと言われる貴重な古書が、ルドワイヤの本宮殿の書庫には多く収められている。本宮殿は聖所である白蓉山の頂きに建っており、森を守護してきた火除けの真言《しんごん》が同時に本殿とその蔵書を守ってきた。

代々のルドワイヤ領主はこうした貴重な書物を死蔵することなく、積極的に活用するよう努めている。そのおかげでルドワイヤ領は昔から学問の盛んな土地でもあった。特に森林守護の任に就いている〝森人《もりびと》〟が蓄《たくわ》えてきた知識を基に、植物学、薬学、地学、共生学、精霊学などが盛んだ。大学院に進むのなら皇都ラ・クリスタかルドワイヤ、と言われるほどで、天文学や数秘学などにも、国内で一、二を争う優秀な研究者が数多く存在している。

そして翌日。

昼食後に、ガルドランの案内でカレスは初めて本宮殿に足を踏み入れた。

白蓉山の中腹に建つ離宮から頂上の本殿へは、公爵家専用の昇降機を利用する。昇降機を降りて専用の門をくぐり、宮殿内を歩いているあいだ、カレスはずっと緊張していた。

一年近くものあいだ、繭《まゆ》のようにやさしく自分を守り続けてくれた瑠璃色の離宮と、静かな森だけがカレスの世界だったのだ。

本殿では幾人もの官吏や家臣らしき人々とすれ違った。カレスにとっては見知らぬ人々が、ガルドランに対して第一級の礼をして畏《かしこ》まる。それを目にして、カレスは改めて自分の横を歩く男の身分と立場に思い至った。

中央からある程度の自治を任されている各領地は、それぞれが小さな国に喩えることができる。領主であるガルドランはいわば王のようなもの。

名状《めいじょう》し難い奇妙な感覚がカレスの胸に湧きあがる。それが『不安』という名の憂いであることに気づく前に書庫にたどり着き、目の前に広がった貴重な蔵書の数々に目と心を奪われた。

「ああ、これはすごい。素晴らしい…！　エリセル真言書の原本がある。こちらは『失われた王冠の島』に関する学術書だ」

案内された蔵書室の床から天井までを埋める貴書、稀《き》書、奇書の山にカレスの心は子どものように弾んだ。

「第七魔天録、精霊系譜《けいふ》、星辰《せいしん》大全…！」

背表紙を眺めて歩くだけでもうっとりするような時間が流れる。気になる本を何冊か書架から抜き取ってはしばらく読みふけり、紙葉に覚え書きを記してから次の棚に移る。

書庫は大小合わせて七部屋あり、すべてを見てまわるだけで半日近くが過ぎた。最後のひと部屋を見終わったカレスは、それまでずっと、影のように静かに寄り添ってくれていた長身の男を見あげた。

「何冊か、部屋に持ち帰ってはいけませんか？」

「いや、ここの本はどれも禁帯出だな。たとえ俺でも閲覧《えつらん》はここでしかできない。書庫には特別な守護真言が施されているから」

「守護真言？」

「火除け、魔除け、盗難除け。本自体が発する力を外へ洩らさないための結界もあるな」

「そう…ですか」

「おまえの出入りに関しては自由になるよう手続きしておこう。これからは、いつでも好きな時に閲覧できるように」

ガルドランはカレスのために許可を取ってくれると言う。

特別に扱われることに面映《おもは》ゆさと嬉しさを感じる。頬にうっすらと昇った血の色を隠すため、カレスはうつむいて礼を言った。

「すみません。…ありがとう」

「どういたしまして。今日はもう遅い、そろそろ戻るか」

蔵書室には窓がない。代わりに置かれている水時計を指さしたガルドランに促され、カレスは素直にうなずいて書庫を出た。そのまましばらく進むと、来たときには素通りした大きな扉の前でガルドランが立ち止まった。

「ああそうだ。さっき案内した書庫の本は持ち出し禁止だが、この部屋のものは貸し出し自由だ」

そう言いながら開けてくれた扉の中を覗くと、舞踏会が開けそうなほど広い部屋に、棚がいくつも並んで、びっしりと本が詰まっていた。

先程の書庫とちがって、遠くの方にちらほらと官吏らしき人の姿も見える。

「本を持ち出すときは司書に、ほらあそこにいる赤い上着の人物だ。彼に伝えて記録を取ってもらえばいい。あとは決められた期間内に返却すること」

本の借り方をガルドランに教えてもらったカレスは、さっそく何冊か借りてみたいと訴えた。

「晩餐に間に合うよう手早くたのむ。心配するな、明日からいつでも好きなときに来られるんだから」

苦笑とともに許してもらい、カレスはさっそくルドワイヤの歴史関係が収められた棚に近づいた。

途中でちらりと振り返ると、ガルドランは扉近くの長椅子に腰を下ろし、壁際の棚から取り出した薄いけれど美しい装丁《そうてい》の本を眺めていた。

カレスは再び棚に視線を戻すと、これからも公爵の傍にいるなら、必要不可欠だと思われる知識を得るための書物を選びはじめた。

公爵家の歴史、樹木の種類と加工方、税法についての書物をそれぞれ二冊ずつ選び出し、教わった通り司書に記録してもらって出口に向かった。

扉脇の長椅子にガルドランの姿がない。

廊下に出てあたりを見まわすと、少し離れた柱の陰から肩先だけがちらりと見えた。

思ったよりも待たせてしまったと、申し訳なく思いながら駆け寄ろうとして、聞こえてきた話し声に足が止まる。

「――シャルーアとはどうなっているの？　叔母さまは、そろそろ婚約間近だなんて仰っていたけど」

「母の言うことは本気にしないでくれ。彼女とは、仕立ての打ち合せで何度か会っただけだ」

「あら、やっぱり。それなら早めに訂正しておいた方がいいわ。彼女も乗り気な様子だったから」

ガルドランの大きな溜息が、近くで身を潜めていたカレスの耳にも届く。ふたりが立っているのは外に張り出した出窓部分《アルコーヴ》なので、そこからカレスの姿は見えないようだ。

「シャルーアはアーヤーとちがって、あなたに好意を抱いているわ。血筋もアーヤーより条件がいいみたいだし。唯一、疵があるとすれば夫に先立たれた未亡人ということだけど、それはあなたも同じだから、案外うまくいくかもしれないじゃない」

「ラウラ、君まで母の手先になったのか？」

「あら、私は客観的に意見を述べたまでよ。人聞きの悪いことを言うと、せっかく手に入れた情報を教えてあげないわよ」

「情報…というと、あの子の行方がわかったのか」

「ええ。まだ確定ではないけど、レニエの施慈院に特徴が一致する子がいるらしいの。数日中に報せが届くはずよ」

「ありがとう、ラウラ。感謝する」

「御礼はあの子が見つかってからでいいわ。この件に関しては公爵であるあなたより、慈善活動している女の情報網の方が役立つみたいね。……あら？　そこにいるのはどなた？」

「あ…」

たった今、耳にした会話から導き出される事実に動揺していたカレスは、出窓部分から出て振り向いたガルドランと、その向こうから姿を現わした女性の顔を見分けた瞬間、さらに驚き衝撃を受けた。

美しく結いあげられた黒髪と均整の取れた身体つき。そして人目をひく美貌。

――ノルフォールで一度だけ見たことがある。

ライオネルが自分よりもエリヤを選んだことに打ちのめされ、寂しさに耐えきれずガルドランに逢いに行った夜。

凍えるような冷たい雨の中。現れた彼女とガルドラン、ふたりの姿は仲睦まじい恋人同士に見えた。そしてカレスは、自分でも理解し難い胸の痛みを抱えながら、独りみじめに逃げ帰ったのだ。

雨に黒く濡れた石畳。冷え切って感覚がなくなった手足。濡れそぼり頬に張りついた髪の厭わしさ。

胸の痛み。行き場のない苦しさ。

「あ…」

あの夜、自分が取った行動を思い出したとたん、思わず両手で胸元を押さえて後退《あとずさ》った。腕からこぼれ落ちた本が足下でくぐもった音を立てる。

「カレス！」

よろめいてつまずきかけたカレスの腕を、ガルドランの大きな手がつかんで引き寄せる。そのまま背中に腕をまわされ肩を抱き寄せられた。

「どうした、気分が悪いのか？」

「いえ…あの」

戸惑うカレスの様子をひと目見て、ガルドランは何かに気づいたらしい。

「それとも何か誤解したのか」

「誤解…ではなく、あの…その女性は」

「気になるか？」

ガルドランは小さく肩をすくめてから、カレスの右手をつかんだまま身を屈《かが》めて本を拾い終わると、艶やかな黒髪の女性をカレスに紹介した。

「彼女は従妹《いとこ》のラウラ・ラトバリクス。人妻でふたりの子持ちだ。母のお気に入りだが、俺にもいろいろ情報を流してくれる頼もしい味方でもある」

ラウラという名の女性は、ガルドランの恋人でもなんでもないとわかった瞬間、自分でも驚くほど深い安堵の吐息が洩れた。その意味をきちんと考える前に、ガルドランが続けた言葉に全身の血がざわめいて頬が熱くなる。

「ラウラ、彼はカレス・ライアズ。俺の一番大切な、生涯の伴侶となる人だ」

「な…」

いつの間にそんなことになったんだ。人前でなんてことを言うんだ。僕はまだあなたの恋人になるとか、そんなことは伝えてない。

言われたことの重大さに、血の気が引くような眩《め》暈《まい》を感じながら、カレスはラウラに向かって弁解しようとした。けれどその前にラウラが両手を打ち合わせ、瞳をきらめかせながら身を乗り出した。

「まあ…！　あなたが例の！　じゃ、あの噂は本当だったのね」

好奇心に満ちたその追及を呆然と受け止めたあと、カレスは視線をガルドランに向けた。

「あの、噂って…？」

「ラウラ、母上に余計なことは吹き込まないでくれ。それと例の噂とやらがどんな内容か、だいたい察しはつくが、あまり無責任に広めないように」

「あら、私は広めてないわ。ただ行く先々で耳に入ってくるだけよ。この調子だと早晩《そうばん》、叔母さまの耳にも入るわね。その前にあなたの口から報告した方が、問題が大きくならずに済むんじゃないかしら」

「忠告、肝《きも》に銘じよう」

ガルドランは眉間に寄りかけたしわを意思の力で押し留めながら会話を切りあげ、貴婦人に対する優雅な一礼を残してその場をあとにした。

左脇に本を抱え、右手でカレスの手を引いて環翠宮に帰り着くまでガルドランはずっと無言だった。

怒っているわけではなく、何か考え込んでいたようだ。ラウラとの会話からカレスに推測できたのは、

自分とガルドランの関係が噂になっているらしいこと。母親に結婚を迫られていること。それから、

「結婚、していたんですね」

「ああ…」

自室に戻ってからカレスが遠慮がちに確認すると、ガルドランは少し疲れた様子でうなずいた。

窓辺に置かれた長椅子の、いくつも重ねられた鞍嚢に身を埋め、両目を手のひらで覆いながら天を仰ぐ。

「黙っていてすまなかった。隠していたわけじゃないんだが…。亡くなった妻とは、あまり良い思い出がなくてな」

カレスはガルドランの足下にそっと跪き、彼のひざに手を置いた。

「僕がここにいることで、あなたの立場が悪くなるような噂が立っているんでしょうか?」

もしもそうなら、身の処し方を考えなければいけない。覚悟しながら訊ねたとたん、ガルドランは勢いよく飛び起きた。

「まさか。おまえは何も心配しなくていい」

カレスの手に自分の両手を重ねながら即座に否定する。その直後ふっと視線を逸らし、わずかに瞑目《めいもく》してから思い直したように口を開いた。

「いや…、正直に言うべきだな。母は俺が再婚して子どもを作ることを何よりも望んでいる。けれど俺はもう、他の女性と結婚するつもりはない。何年も前からずっと説得してるんだが、母にも事情があって、なかなか聞き入れてもらえない」

家族の確執《かくしつ》という私的な事情を隠さず教えてくれるガルドランの心情が、痛いほど伝わってくる。

カレスのことを大切に思ってくれているからこそ、こうして悩みも打ち明けてくれるのだ。ならば自分もしっかりと受け止めなければいけない。

そう頭ではわかっていても胸がざわめくのを止められない。そもそも自分はガルドランと恋仲になるつもりなどないのに、どうしてこんなに苦しいのか。

動揺で瞳が揺れるのが自分でもわかる。とっさにまぶたを伏せて隠そうとしたけれど、聡《さと》い男には簡単に見抜かれてしまった。

「母があきらめるまで、ときどき勝手に俺の婚約者だという女性が現れるかもしれないが、本気にしないでくれ。母のせいでおまえが傷つく必要など、欠片もないのだから」

そう言って力を込めた男の温かな手のひらの下で、カレスはもぞりと指先を動かした。

「別に傷ついてなんか…」

いないとつぶやきかけて、ひとつしかない深緑色の瞳を見つめ返して言葉を飲み込む。

いつもは自信にあふれている男の瞳が、強い憂いを含んで揺れている。母親や亡くなった妻の話題は彼にとって鬼門《きもん》なのだろう。

思いがけず弱っている姿を目にしたとたん、心の底から湧きあがってきたのは、いつも自分がしてもらっているように彼を慰めたい、なんとか力になりたいという強い想いだった。

「御母さまのことは、立場を考えれば当然のことでしょう。僕は平気です。それよりもあなたの方が参っているように思える」

大きな手の甲をたどたどしく撫でながらささやいたとたん、ガルドランの顔から憂いが消えた。代わりに、まるで蜜が蕩《とろ》けるような、愛しくて仕方ないとでも言いたげな笑みが浮かぶ。

周囲の空気に甘やかなとろみが加わった気がして、ふいに胸が高鳴る。慣れないことをしている自分がなんだか恥ずかしくなり、カレスは頬を染めて視線を逸らした。

すぐ傍で衣擦《きぬず》れの音がする。

耳元にガルドランの唇と体温が近づく気配。

続いて、低く甘い声で請われた。

「唇接《キス》してくれ」

ノルフォールにいた頃の自分なら決して従ったりしなかった。けれど今は彼の望みを叶えたいと思う。

カレスは頬の熱さを自覚しつつ素直に身を起こし、そっとガルドランの唇に自分のそれを重ねた。

「抱いていいか？」

吐息が触れる距離でささやかれ、それにもこくりと素直にうなずく。

彼が望み、自分が与えられるものならなんでも差し出せる。何ひとつ惜しくない。ライオネルより愛しているとは言えなくても、この気持ちに嘘はない。

そのとたん、嵐に巻き込まれたように身体がふわりと浮きあがり、眩暈《めまい》のように視界がまわる。

息が止まるほど激しい唇接けと、唾液が絡まる淫《いん》靡《び》な音に朦朧《もうろう》としながら、気がついたときには大きな寝台の上にいた。

ノルフォールで身体だけ重ねていたときとはまるで違う。これまでにない深さで求められている。

その事実が胸の深い場所にストンと収まった瞬間、カレスは強くやさしく、自分のことを〝一番大切〟だと言ってくれる男の逞しい背中に腕をまわして、溺れる者のようにすがりついた。

着衣を脱がされながらの愛撫はやさしかった。

布が離れ、夜気が触れるよりも早く男の唇と舌が肌を埋め尽くしてゆく。

「…ぁ、…ぅ」

「もっと声を出してくれ。おまえの声が聞きたい」

そんなふうに言われるとかえって恥ずかしく、つい声を抑えてしまう。

「カレス…」

耳朶を軽く噛まれ、ゆっくり舌で舐めまわされ、仕上げに低く張りのある美声で名前をささやかれると、脇腹のあたりが痺《しび》れたようになる。

「あ…っ、んぅ――」

いつの間にかすっかり露《あらわ》にされた両脚のあいだにガルドランの大きな、けれど繊細な手指が潜り込んでいた。カレスが身をよじるよりも早く、敏感で熱く湿ったその場所は男の思うがままに嬲られはじめる。

「ここで…」

ガルドランは二本の指先で、傷つきやすい粘膜を突つきながらささやいた。

「おまえを感じたい。内《なか》に挿《い》れて繋がって、朝まで番《つが》ったままでいようか?」

「そ…、んな、無理……」

「無理? 挿れるのが? それとも朝までが?」

あんまりな問いに、真っ赤になって顔を背けた。

「うっ…、ぅ…」

恥じらうカレスの後孔に容赦なく愛撫を施しながら、ガルドランはさらに言い募る。

「ちゃんとほぐして、ぬるぬるになるまで慣らしてからなら大丈夫だろう?」

「ど、どうしてそんな、いやらしい言い方…」

ノルフォールで肌を合わせたときは、こんなふうに言葉で責められた記憶はない。ガルドランはいつもどこか一歩引いた冷静さで、カレスの反応を見ながら抱くのが常だった。


「いやらしいか?」

ガルドランは小さく笑った。

「俺は元々、助平《すけべい》なんだ。身体だけじゃなく心も一緒に抱きたい、おまえと相愛になれるまでは…と、ずっと我慢してたんだ」

一年待った。念願叶って思う存分抱ける。そう思うとそれだけでこんなに昂《たかぶ》る。言いながらカレスの手のひらを己の雄芯に導く。

「ぅ…っ」

男の言葉に嘘はない。吐息は熱く、男の象徴《しるし》もカレスに負担を与えかねないほど熱く滾《たぎ》っている。

押しつけられる熱くて固い塊と、一年待ったという言葉がカレスの理性をもろくして……、それでも自分から挿れて欲しいなどとは到底言えなかった。代わりに男の首にしがみつき、目を瞑《つむ》ったまま己の腰をガルドランへ押しつける。

互いの徴《しるし》が粘着質な音を立てながら、密着した身体のあいだで戯《たわむ》れ合う。

「…ハ…ッ、ぅあ…──」

経験の少ないカレスの方が先に音《ね》をあげた。

目尻に涙を溜めながらあっけなく逐情して、すがりついたガルドランの肩に爪痕を残す。

「ハァ…ハァ…、……なに…？　ま、待って──」

全力で走ったあとのような息苦しさが収まる前に、ガルドランはカレスの脚を大きく割り広げた。制止の言葉は聞き流され、果てたばかりで蜜を滴らせている花芯を口に含まれて。

「ひ…ぁ──…ッ」

抑えようのない悲鳴がほとばしる。ねっとりと熱い口腔《こうこう》内で軟体動物のような舌が蠢く。その信じられない動きにカレスは為す術《すべ》もなく翻弄《ほんろう》され続けた。

「あ…あっ…、ガーディ…、ガーディ──…！　助けて…ッ」

両手で顔を覆い、自分を責める男に身も世もなく救いを求める。

何かが身体の内側に入り込んでいる。下腹のあたりから鋭い光が弾けて広がる感覚があった。その直後、カレスは二度目の吐精をしていた。口腔に含まれたままの花芯が、蜜を飲み下す男の喉の動きにヒクリと反応する。

「う、そ…」

どうしてそんなものが飲めるんだ。言いかけた抗議の言葉は、後孔で再び蠢きはじめた複数の指の動きに遮られた。

秘蕾《ひらい》に潜り込んだガルドランの長い指は抜き挿しだけではなく、右に左にカレスの粘膜をこねまわし、左の二本指で開いた入り口に右手の人差し指を挿し込んで来る。

「あ…、あぁ…ッ　待っ…、それいじょ…は…」

ほどけかけた癖のあるガルドランの黒髪に両手を差し込んで、息も絶え絶えに抗議した。

「よしよし、少し休もうな。待ってやるけど、止めないぞ」

指の動きはゆるんだけれど、あやすような睦言《むつごと》は容赦がない。

「うう…」

カレスは慌てて息を吸い込みながら、情欲に濡れた瞳で無体な男を睨みつけた。

「そんな瞳で睨んでもダメだ。よけい可愛くなる」

「ばか…」

憎まれ口に笑い返しながら、そろそろいいかとガルドランは再び動き出した。

入り口を丹念に揉みほぐされ続けるうちに、カレスは奇妙に居たたまれない感覚に襲われはじめた。

背徳感か、それとも過去の忌《い》まわしい記憶がよみがえるせいか。

カレスのことを一番好きだと言いながら、いつの間にか違う人を伴侶に選んでしまったライオネル。

それでも彼への恋情は一生消えることはないだろう。

そう思っているにもかかわらず、ガルドランに抱かれてこんなふうに悦《よろこ》んでいる自分。

いつの間にか彼のことを好きになりかけている、その事実が怖い。ひとり息子の結婚と孫の誕生を心待ちにしている大公夫妻の存在が怖い。

心を寄せた相手が、やがて別の誰かを選んで離れてゆく未来が…――。

「怖い…」

腰椎あたりから小波のような震えが湧きあがり、無意識の内にカレスは男の腕の中から逃れようともがいた。

「ここを使うのは、嫌か?」

後孔をさんざん好き勝手に嬲っていた男がカレスの怯えに気づいたとたん、動きをゆるめてやさしい気遣いを見せる。

「…ちが…」

「嫌がることはしたくないんだ」

「そうじゃなく…」

怖いのは自分の気持ちだ。

ずっと二十年近くもライオネル一筋だった。今、目の前にいる隻眼の大男とは、出会ってから二年にも満たない。

それなのに、僕の心は傾きかけてる。ちがう。もうとっくに傾いている。

ノルフォールで、仲睦まじく寄り添うガルドランとラウラを見てしまったとき、あれほど動揺した理由が今ならわかる。結婚していたと知ったとき、胸に走った痛みの意味も。

「イヤなんじゃなくて…」

僕はこの男が好きなのだ…。

こうして抱き合うのは、ノルフォールで結んだ身体だけの関係の延長なんかじゃなくて。

汗に濡れたガルドランの逞しい肩口に両手を伸ばし、黒髪が乱れかかる首筋にしがみつきながら、カレスは目を閉じた。

人の心は変わってゆく――。

僕がいつの間にか、リオよりもこの男を好きだと思ってしまったように、彼にもいつか僕よりも好きな人ができるかもしれない。

それが…――、

「怖い…」

‡

怖い怖いとしがみつかれて、ガルドランは途方に暮れた。

カレスのそこを使って繋がるのは初めてというわけではないが、一年ぶりということもある。さらにカレスには、ノルフォールで政敵に輪姦《りんかん》されたという忌まわしい過去がある。

「今夜は止めるか？」

これ以上ない鋼の自制心で己の欲望を抑えながら、ガルドランはカレスの気持ちを優先しようとした。

「や、めて欲しくない…、あなたを感じたい。もっと深く強く…」

すがりつかれて耳元でそんなふうに求められて、どれだけの人間が聖人君子でいられるか。

「————…!」

耐えられるわけない。

左手で背中を支えながら右手で片脚を持ちあげる。腿を割り込ませて閉じられないようにして、指先を添えながら入念に準備を施した後蕾《こうらい》に雄芯の切っ先を押し当てる。

「…ふっ、ぁ」

びくりと引ける腰を逃さないよう右手で固定して、身体全体を使って情欲の塊を愛しい身体に挿入した。

「———…ハ…ッ」

「息を吐いて、ゆっくり…力を抜いて」

「う…ぅ…ぁッ」

体内に他人の身体の一部を受け入れる苦しさに、カレスは右に左に頭を振る。身動きするたびに目尻から涙がこぼれ落ちる。

「辛いか…?」

「あ…あぁ……ぅ」

「無理…だな、これ以上は」

ふぅと息をひとつ吐いて、ガルドランは途中まで埋め込んだ充溢をゆっくりと引き抜いた。

「や、いや…」

「今夜はここまでにしておこう」

抜かないでと哀願するカレスを慰めるように先端から三分の一ほどで浅い場所をゆるく突き、こねまわし、刺激をくり返す。

「ぁ…あっ…、う…ぁあっ、や…———」

やがてカレスが三度目の吐精を果たし、そのときの腔壁の収縮とともにガルドランも逐情した。

肉がついてきたとはいえ、まだまだ細い身体を潰してしまわないよう気をつけながら、自分の胸に溶け込んでしまえとばかりに抱きしめると、カレスも息絶え絶えになりながら、背中にまわしていた両腕に力を込めてくれた。

肩先に食い込んだ指先から伝わってくるものは、痛いほどの恋情。

『おまえを愛している。いつかノルフォール侯よりも俺を好きだと思えるようになったら教えてくれ』

以前告げた想いへのこれがカレスの答えだと、この時ガルドランは信じて疑わなかった。

これで晴れて両想いだ。

ようやく成就《じょうじゅ》した嬉しさのあまり、もう一度求めそうになったものの、半分気を失いかけている恋人の体力を慮《おもんぱか》り、ガルドランはこの日何度目かになる鉄の自制心を己に課したのだった。

‡

すぐにでも眠りに落ちそうな心地良い疲労感に抗《あらが》い、カレスはなんとか唇を開いた。

「ごめん、なさい…」

「何を謝っているんだ」

ガルドランの雄芯は体格に見合った立派なもので、平常時ですらすべてを受け入れるのはどうかと思うほどある。それが臨戦態勢に入ったとき、とてもではないがカレスには受け止めきれない。

ノルフォールで何度も身体を重ねたときも、ガルドランは決してカレスと無理に全部で繋がろうとはしなかったし、カレスもそれを当然と思っていた。

けれど愛しいと自覚した今、相手のすべてを受け入れられないことが切ない。

「できれば、ぜ、全部、感じてみたいと…」

面と向かって告げるには恥ずかしすぎる言葉を、背中を向けることでようやく押し出す。

ガルドランが、ああと得心したようにうなずく気配がした。それから背中に温もりが寄り添う。

「その気持ちだけで充分だ。俺が今どれだけ幸せか、おまえにわかるか?」

「……?」

「おまえは…」

言いかけてガルドランは口をつぐみ、続きを待つ内に、カレスは本格的な眠りに囚われてしまった。

†

『早くおいで、カレス』

待って…っ、リオ…！

『早くしないと……ちゃうよ』

待って！　ぼく、リオに言わなくちゃいけないことがあるんだ。

『ダメだよ、早く行かないと……が待ってる』

行かないで、ぼく言うから！

ちゃんと言うから…っ！

「待っ…」

自分の声で目が覚めた。

懐かしくて、それなのに苦しくて。置いてきぼりにされる焦燥感を伴った奇妙な夢からカレスが覚醒したのは、額を撫でるやさしい指先の温もりのおかげだった。

「ガー…ディ？」

「おはよう。今日も良い天気だ」

見あげた窓から射し込む陽光が、あふれんばかりに室内を満たしている。光を背にしたせいでガルドランの表情はよく見えない。けれど朝の挨拶をするその声が、昨日までとほんの少し違うことにカレスは気づいた。

——…失望、落胆。それに、わずかな怒り？

やはり昨夜《ゆうべ》、すべてを受け入れられなかったのがまずかったのだろうか。

体力的にも経験値的にもガルドランより遥かに劣るカレスには、彼を心ゆくまで満足させることはできていないという自覚がある。

愛していると言われ、自分も好きだと認めた。

世間で言うところの相愛になったとたん、相手のささいな変化が気にかかる。合意の上で身体を重ねたあとであればなおさら。

そんなに僕は下手だったんだろうか。呆れるほど？でもそれは今後の努力次第であって——。

「この傷痕は…？」

「え…」

額に指先を添わせながらささやいたガルドランの声は、もういつも通りで、やさしく思いやりに満ちていた。勝手にあれこれ思い悩んでいたことは、的外れの杞憂《きゆう》だったと気づいてほっと肩の力を抜き、指先で額を探った。

「この傷は…」

カレスの額の生《は》え際《ぎわ》には、小さな傷痕が白く微かに浮かびあがっている。

普段は栗色の髪に隠れて決して人目に触れることはない。頬が触れ合うほど傍に寄らなければわからない、そんな小さな傷に、これまで気づいた人間などいなかった。

「…昔、僕がまだとても小さかった頃、母に抱きつこうとして、逆に扇で撲《ぶ》たれたんです。そのときできた傷…」

我ながら他人事みたいに平坦な口調だと、自嘲《じちょう》が洩れる。

それほど大した傷ではなかった。血はたくさん出たけれど、しばらく布で押さえていたら止まったし、その後も特に手当てされた記憶はなかったものの、いつの間にか治っていた。

——そういえば…。

カレスはガルドランの指の上に自分の手を重ねながら思い出す。

この傷のことはリオにも話したことがない。話してしまえば、親に疎まれた自分を認めるみたいで惨《みじ》めだったからだ。

「そうか…、痛かったな」

沁《し》み入るような声とともに羽毛が触れるよりやさしく傷痕を撫でられて、首を横に振った。

「いえ、それが不思議と痛くはなかったんです…」

あの頃はわりと不感症で、暑さも寒さも大して感じなかった。皮膚病がひどくて体表の感覚が鈍かったせいかもしれない。

呆《ほ》けた感想を述べると、ガルドランの方が痛そうに顔を歪める。それに気づかずカレスは続けた。

「僕は、本当に醜い子どもだったんです。文字通りガリガリのボロボロ。母はきれいなものが好きな人間でしたから、……視界に入らないよう遠ざけられていました」

父親はカレスが自分の子どもか、それとも妻の浮気相手の子どもかわからなかったせいもあって、やはり息子に愛情をそそぐことはなかった。

「四、五歳になって知恵がついてくると憎まれ口を叩くようになって、皮膚病もどんどんひどくなるし。それで結局フライシュタットに追い払われて…」

「そこで、あいつに会ったのか」

ガルドランの不機嫌そうな低い声に、カレスは少し驚いて目を見開き、それからうなずいた。

「…そう、生まれて初めてきちんと僕を抱きしめてくれた人、それがリ…」

「それ以上言うな」

積年《せきねん》の想い人の名を告げるよりも早くガルドランに強く抱きしめられる。有無を言う間もなく唇をふさがれて、カレスはそれ以上何も言えなくなった。

「俺だって子どもの頃のおまえと出会っていたら、こうして抱きしめていた。誰よりも大事にしてた」

「そ…」

そうだろうか？　反論しかけて口をつぐむ。

「…そうですね。きっとあなたは僕を大切にしてくれた。今、こうして抱きしめてくれるように」

いつでも泰然《たいぜん》とした大人の態度でカレスを見守り、余裕綽々《よゆうしゃくしゃく》としているガルドランだが、唯一、ライオネルの存在を嗅ぎつけたときだけ思春期の少年のように余裕をなくす。

カレスにはそれが不思議だった。

愛しているとは言われたものの、ガルドランほどの男が自分のために、ライオネルに対して嫉妬の炎を燃やすなどということは実感が湧かない。

それでもこんなふうに気を揉んでもらえると、こそばゆいような不思議な気持ちになる。

誰にも告げたことのない傷の由来を話したことと、ガルドランに求められているという慣れない幸福感に包まれて、自分も勇気を出すことにした。

男の唇にそっと自分の唇を重ねてから、静かに問いかける。

「あなたのこの傷痕《きず》は、どうして…?」

ずっと聞きたくて聞けないでいた疑問を口にすると、ガルドランは一瞬何かを探るような視線をカレスに走らせた。

「カレス、おまえ…唇接けはしてくれるのに、どうして――」

「え?」

「いや…」

昨夜と同じ、何か言いかけて止めた男の顔に、一瞬浮かんだのは困惑? ちがう。

落胆したように首を振った理由を思いついて、カレスは「ああ…そうか」と納得する。

「すみません、聞いてはいけないことでしたか…」

表情は変えない。けれど瞬時に血の気が引くのは止められなかった。指先が無様に震え出すのが我ながら情けない。

両手を握りしめ、敷布に押さえつけて震えをごまかしながら、カレスはガルドランに詫びた。

ほんの少し拒絶の素振りを見せられただけで呆気なく怯えてしまう自分の弱さを自覚する。

好きだと言われてやさしくされても、無条件にそれを信じてはいけない。〝好き〟の基準は人によって違うのだから。

真《ま》に受けて好意にあぐらをかいているとどんな目に遭うか、ライオネルとの関係で嫌というほど思い知らされたはず。

「ごめんなさい。立ち入ったことを…」

「何を怯えてるんだ」

「え…」

うつむいていたあごをそっとつかまれて上向かされる。たったひとつ残された深緑色の瞳が、怖いほ

ど強い眼差しでカレスを覗き込んでいた。

「聞きたいことがあるなら聞けばいい。それとも聞くほどの価値が、俺にはないのか？」

「そんな…」

やはりガルドランは少し怒っている。

理由がわからなくて心底戸惑う。

それでもカレスは勇気を振り絞り、ガルドランの右目を覆う眼帯にそっと触れながら、初めて自分から男の過去を訊ねた。

「どこで、どうして、こんなにひどい傷を負ったんです？」

語尾を震わせたその問いに、ガルドランはようやく笑顔を見せた。

傷のことを訊かれて怒ったわけではないとわかって安心すると同時に、カレスの胸には小さな、けれど皮膚の下に潜り込んだ棘のような疑問が残った。

「傭兵《ようへい》時代、友人を庇《かば》って負った傷だ」

朝陽の射し込む寝台の中で、ガルドランは自分の過去をカレスに話しはじめた。

「俺は十六の歳に出奔して、世界を旅して歩いたんだ——」


十六年前。

ガルドランは領境を越えて北西に進路を取り、緑したたる故郷ルドワイヤを離れた。

灌木《かんぼく》から草原地帯、荒野へと姿を変える大地をひた走り、ウルカント山脈に唯一刻まれた道を通って、前年滅亡したフェルス聖王国領へと踏み込む。

滅んだ国から逃れる難民と、荒廃し果てた大地を再生するため、ル・セリア皇王によって派遣された精霊使いたちだけが行き来できる危険な道を選んだのは、公爵家の追っ手を巻くためだ。

山を越え、谷を越え、湿地を抜け、半月ほどかけてフェルスを踏破《とうは》して、他国との国交がほとんどないため、文化習慣などの多くが謎《なぞ》に包まれたテネブリオ共和国に逃げ込んだ。

他国人《よそもの》を歓迎しないテネブリオ人の中に身を潜めて服装を改め、なるべく目立たないようにしながら人々の様子を観察して過ごすこと数日。

目立たないようにしていても、ガルドランの身長は既に成人男子としてかなり高い部類になっている。さらにそこに乗っている顔が極めて整った野性的な美貌とくれば、女たちの視線は自然と集まり、男からは因縁をつけられやすくなる。

目が合っただけで喧嘩をふっかけられること十数回。そのたび適当にあしらったり、時には真剣にやり合って相手を昏倒させたりした。

瞬《また》く間にガルドランの腕っ節の強さは噂になり、それを見込まれて用心棒の職にありついた。

ガルドランの仕事ぶりは評判を呼び、その地を束ねる有力者の信頼を得て、南国ルブリカ行きの隊商に雇われることになった。

隊商は百人ほどの大所帯で、護衛だけで二十人。商人たちは自国の香草、香辛料、毛織物、絹布、乾果などを運び、代わりに砂漠の国ルブリカ特産の貴石を仕入れて戻ってくる。

ルブリカは大陸中で唯一、良質な貴石を豊富に産する国で、国土の大半が砂で覆われていながら国庫は潤《うるお》っている。ただし貴石の多くは砂漠の最深部から産出する上、不思議なことに鉱脈が移動する。

そのためルブリカの王は代々血筋ではなく、この鉱脈を探り当てる特殊な能力の有無によって選ばれていた。砂漠外縁でクズ貴石《いし》拾いを生業《なりわい》にしていた少年が選ばれた事もあれば、オアシスの水汲《く》み少女が選出された事もある。

ガルドランが隊商の用心棒としてルブリカ入りしたのは、ちょうど新しい王の選定に伴って国内が混乱している時期だったが、それが幸いした。しつこかった公爵家からの探索がついに途切れたのだ。

ルブリカのお家騒動の原因は古来からの例に洩れず、本来王位に就くべき資格のない人間が野心と権力欲によって簒奪《さんだつ》を企んだせいであった。

「やれやれ、自分からあんなに面倒くさい地位に就きたいと思う奴の気が知れん」

多くの人間の命運を握る立場に立つことの意味を理解しているガルドランにとって、それが正直な感想である。

権力というものを、自分の意のままに世界を作り替える力と勘違いしている者には、ガルドランのように自らその地位を手放したいと願う気持ちは理解できないだろう。

天与の直観が導くままに、国家的お家騒動に深く関わることを極力避けながら、途中で隊商一行に別れを告げた。大陸西岸部の貴重な緑地帯をゆっくりと南下して砂漠の国を抜けると、一転して水の都ローリスにたどり着く。

ローリスは代々女王が統治している国で、女性の持つ豊かな包容力と癒しの力が国土全体を包んでいる。運河、水路、浄水、水を利用した動力。自領に戻ってからもいろいろと応用の利きそうな素晴らしい知識を、無意識に詰め込みつつガルドランは旅を続けた。

ルドワイヤを出奔するとき持ち出した資金は、どの国でも使いやすい小指の先ほどの金板で、それらは腰帯の裏や靴の底といった場所に隠してある。節約して使えば三年分の食費と宿代くらいにはなるが、ルブリカ隊商に用心棒として雇われ、それによって報酬を得る——自分の食い扶持《ぶち》は自分で稼ぐ——という新しい経験が、ガルドランに新鮮な充足感をもたらしていた。

水の都で充分に心身を癒したあとは、山賊に狙われやすい富裕者の用心棒として旅を再開し、小国がひしめく大陸南部へと足を踏み入れた。

南部沿海州は、大国ル・セリアから見れば小さな地方都市規模の小国が連なっている地域だ。

少部族が互いに牽制《けんせい》しあい、時に協定を結び、裏切ったり寝返ったり吸収併呑《へいどん》されたり、再び分裂したりを忙しく繰り返している。子どもの喧嘩《けんか》のような他愛のない諍《いさか》いもあれば、虐殺行為に至る深刻な紛争も起こったりする土地柄である。

用心棒だったはずのガルドランは、気がつけば傭兵としていくつかの争いに関わるようになっていた。

初めは世話になった小部族の長に請われて、略奪者を追い払う助太刀《すけだち》をしただけのつもりだった。

その族長の口利きで血縁の一族を助け、さらにそこでの活躍が噂で広がり、それを耳にした小国の王に助力を求められ赴いた戦場。

ガルドランはそこでひとりの精霊使いと出会った。

「彼の名は、フェイと言った…」

ガルドランは眼差しを過去に向けたままカレスを抱き寄せ、無意識に右目の傷痕に指先を当てた。

灰白の髪と鈍《にび》色の瞳を持ったフェイと言う名の精霊使いは、矢羽が飛び交い白刃《しらは》が閃く戦場《いくさば》のまっただ中でも敵味方関係なく怪我人に駆け寄り、癒しを施していくような人間だった。

家族を失って気鬱《きうつ》に沈む人々を慰めるやさしい言葉と仕草。

ほんのわずか一緒にいただけで、誰もがフェイを素晴らしい精霊使いだと認める。

おっとりとした草食動物のようにやさしく、無垢《むく》な雰囲気を身にまとい、水辺に咲く白い花のような清涼さと儚さをにじませて微笑む。

驚くほど利他的な人間で、言動の端々には他人を優先するあまり自分の命を危険に晒すことも辞さない徹底した覚悟がうかがえた。

そしてガルドランはなぜかそれが不安だった。

「君には精霊使いの素養があるね」

フェイはガルドランの、見た目は厳《いか》ついが繊細で柔らかな本質を見抜いて助言してくれた。

そうしていくつもの真言や印の結び方、薬草学や風の読み方、星からの助言を読みとる知識をガルドランに教えながら、

「僕のはほとんど自己流だから、本気で学びたいならどこかの院の門戸を叩くよう勧めるけどね」

そう言って儚く笑った。

「フェイ。あんたこそ、そんなに優秀なのにどうして正式に認証式を受けないんだ？」

「…その資格が、ないからだよ」

疑問はいつも、フェイの自嘲によって流されてしまう。

風に流れる柳枝のような、どこかとらえどころのない言動のその理由をガルドランが知るのは、彼の死の直前であった。


ふたりで何年も旅をした。無認可とはいえ腕の良い精霊使いと屈強な傭兵兼用心棒という取り合わせは、行く先々の街角で、村で、争い事を収め、困窮《こんきゅう》していた人々を救った。

「人殺しは好きじゃない」

揉め事に遭遇するたび、そう言って顔をしかめるフェイに影響されて、ガルドランは滅多に剣を抜かなくなっていた。

若さにまかせて暴走気味だった若者は、そうして剣を使わず暴力に頼らず、互いの主張を譲り合う術を覚えていったのだ。

ルドワイヤの宮殿奥深くにいたのでは決して知ることのできなかった様々な事柄を、フェイとともに経験し、導かれ、そして学んでいった。

「〝御使いの片翼〟へ行ってみたいと言いだしたのは俺だ」

ガルドランは悔いの残る表情で言葉を継いだ。

「あんなところへ行きたいなんて、言わなければよかったんだ…」

自分たちが暮らす精霊の片翼大陸を鏡で映したように、そっくりな大陸が海の向こうに存在するということは、ある程度学問を修めた者なら誰でも知っている。けれど実際に旅した者は皆無に等しい。

ふたつの大陸のあいだには〝源初の大陸〟が横たわり、その地を治める天藍聖王家が、決してふたつの世界を交わらせてはならないという、太古からの契約を守っているからだ。

とはいえ、まるきり断絶しているわけでもない。天藍王家の厳しい審査を受け、ごく稀《まれ》に許しを得た者が御使いの片翼大陸へ赴くことがある。そうした者からもたらされる貴重な見聞録は、天藍聖王家と各国王室、有力貴族といった、ごく一部の者たちの知的財産となる。

ガルドランは大陸一の大国、ル・セリア皇国五大公爵家の後継者として、そうした貴重な知識をそれなりに持っていた。だからこそ未知の大陸への好奇心を抱いたのだ。

公爵家の家出息子の存在を知る者に見つかる危険を冒《おか》しながら、皇都ラ・クリスタの北東岸にあるウラル港から西虹藍《にしこうらん》に渡り、三月かけて天藍にたどり着いた後、ふたりは足止め状態となった。

「十一年前から天藍はほぼ鎖国状態だそうだ。人でも物でも、入出国には異様に厳しい審査が課せられる…と、教えてくれたあそこの親爺《おやじ》さんはもう一年半も待っていて、まだ許可が下りないそうだよ」

街中で情報を集めてきたフェイが淡々と告げる。

「どうする？　あきらめて引き返すかい」

「……」

ガルドランは腕を組んで考え込んだ。

十一年前…、何があったのか。

ガルドランは十五歳。そういえばあの頃、それまでに輪をかけて護衛士の数が増えたことがあった。

母は片時もガルドランから目を離そうとせず、あまりの窮屈さに城を抜け出した。街をぶらぶら散策してまわり、暗くなってから城に戻ると、出迎えた母は蠟《ろう》より白い顔で震えながら泣き出した。

母の様子がいつもと違うことには気づいたものの、素直に謝る気にもなれずばつの悪い思いを抱えてふてくされていると、父に呼ばれて事情を教えられた。

『海の向こうの尊い国の御子が、何者かに攫われて行方知れずになってしまったそうだ。その報せを聞いて、母上はそなたのことが心配でたまらなくなったのだよ』

無防備な市井の子どもならともかく、太古の叡智を今なお伝え、竜種の純血をも受け継ぐという聖なる皇家の、世継ぎの君である。厳重な警護をくぐり抜けての誘拐《ゆうかい》は、世界中の王家を震えあがらせた。

語る父の声もめずらしく湿っている。だから、

『しばらくはおとなしくして、母上を安心させてやりなさい』

その言葉に、ガルドランは素直にうなずいた。

しかし結局は、そうした過度の警備と束縛に耐えかねて出奔する羽目になったのだが。

「まだ見つかっていないのか…」

ガルドランのつぶやきに、フェイが小首を傾げる。

「なに？」

「いや。もう少し様子を見てみよう」

ガルドランの答えにうなずいてから、フェイは人助けができて宿の代わりにもなる施慈院を探しに行った。


街の住人の細々とした悩みや病気を癒し、争いごとの仲裁などをこなしつつ待ち続けること半年。

ふたりはようやく天藍への入国を許可された。

半年というと、一国の入国審査としては異様に長い期間に思えるが、天藍入りを待つ他の旅人から見れば、奇跡とも言える早さである。

ガルドランははじめ正攻法で審査を待っていたが、埒《らち》が明かないと悟ると、己の出自を利用して特別許可をもぎ取った。皇国五大公家嫡子の肩書きはここでも充分通用したのである。

もちろん特権を利用した報いとして、自分の居場所が知られる危険は承知していたが。

「まあ、なんとかなるだろう」

公爵家を出奔してそろそろ十年になる。行き当たりばったりとも言える行動は、旅の終わりをどこかで自覚していたせいかもしれなかった。

深味のある空の色、澄んだ空気。流れる河が水晶よりもきらめく。世界から特別な恩寵《おんちょう》を賜《たまわ》った国、

それが天藍皇国である。

素晴らしく清浄に保たれ、あふれるほどの力を内包した大地の祝福を受け、天藍山脈の峻厳《しゅんげん》な峰々にも傷つけられることなく、ふたりは無事、東虹藍《ひがしこうらん》東端の港にたどり着いた。

未知の国へと渡る船の中で、フェイはずっと何か言いたそうにガルドランを見つめていた。

「どうした？」

聞いても、小さく首を振って答えない。代わりに、

「御使いの片翼に着いたら、どうするんだい？」

「まずは見物。フェイは？」

「僕はこれまでと変わらないよ」

「人助け…か」

そうだよと白い髪の精霊使いがうなずいた時、船が大きく傾いた。

突然の強風に船の進路を変えられて、なんとかたどり着いたのは、予定していた港よりかなり手前にある小さな島だった。


破損した船の修理は島にある小さな設備では間に合わない。船長は西虹藍本国に救援を要請し、ガルドランとフェイのふたりはしばらく小島に留まることになった。

島の住人は朴訥《ぼくとつ》で信心深い。

その『信心深さ』という心の状態がガルドランにはもの珍しく感じられた。

ガルドランやフェイの馴染んでいる世界には神という概念がない。世界に満ちている不思議な力は精霊という名をつけられて利用され、敬われる。

光の精霊、木の精霊、何々云々と名づけられてもそこに人格が付随することはない。力は力であり、存在は存在として人型に嵌めることなく受け入れられている。

しかしこの島の人々は、ガルドランたちにも馴染みのある精霊に〝神〟という概念を縒《よ》り合わせて信仰している。

「〝神さま〟というのは全知全能な存在だそうだ。

ここの人々は不思議な考え方を持っているんだな」

島の人々が語る不思議な概念をフェイに話して聞かせながら、ガルドランはしきりに首を傾げる。

「大陸の方ではもっと厳しい教えなんだそうだよ。ここの人々は〝精霊〟という概念を知ったせいで本国の教えから外れてしまった。それでこんな小島に逃れ住んでいるらしい」

フェイは珍しく責める口調で続けた。

「なんだか、きな臭い…」

無認可精霊使いの嗅覚《きゅうかく》は、襲い来る嵐の存在を正確に予知していた。


何艘《そう》もの帆船が平和な小島に姿を現したのは、ガルドランたちが流れ着いた三日後である。

西虹藍からの救援船でないことは、黒い鋼鉄板を張りめぐらせた見慣れない形で一目瞭然《いちもくりょうぜん》だった。

黒々とした帆船の船影を目にしたとたん、島の住人たちは恐慌状態に陥り小さな砦《とりで》に立て籠もった。

砦と言っても、島で一番大きな屋敷のまわりを、素焼き煉瓦《れんが》を積みあげた貧弱な壁で囲んだだけのものだ。人の背丈より少し高いだけの囲いは、屈強な戦士の一撃で簡単に崩れ落ちてしまうだろう。

「何事なんだ？　あの船はなんだ⁉」

ガルドランの疑問に、住民は悲鳴のような叫びで答えた。

「異端狩り…本国から派遣された殺戮《さつりく》部隊だぁッ！」

「…なんだそれは」

「ガーディ、こっちだ」

わけがわからないままフェイに引っ張られ、ガルドランは説明を受けた。

「ここはすぐに戦場になる。夜まで持ちこたえれば西虹藍から救援船が着く。君はそれに乗って国へ帰るんだ」

「あんたは？」

「僕はここに残る。ここの人たちは精霊使いの僕をとても頼りにしているんだ。残してはいけない」

「全員で船に乗って逃げればいいだろう」

「船は小さい。それに、あの人たちには源初の大陸への上陸許可がない。船で逃げても、どのみち港には入れないんだ」

「死ぬか生きるかの時だろう！」

「そういう決まりなんだ。君のことは西虹藍の船長にしっかり頼んである」

「あんたが残るなら俺も残る」

「ダメだ。僕が残るのは人の命を救うためだ」

「俺だって…」

「君がここに残れば剣を使うだろう？　僕は君が人を殺《あや》めるところを見たくない」

そんな理由があるか！　俺だってあんたが怪我をしたり、命の危険に晒されるところなんて見たくない。反論が次々と喉元に込みあげたが、同時に、何を言っても彼の考えを変えることはできないと、わかってしまう。

ガルドランは説得する代わりに訊ねた。

「…異端狩りって、なんだ？」

「赤と青、好きな色が違うという理由で人を殺すことだ」

「な…」

「急げ、砦には入るな。このまま島の裏に隠れて夜を待つんだ！」

言葉と一緒に首の気脈に衝撃を受け、ガルドランはそれ以上追いすがることもできないまま昏倒してしまった。


鉄と土と木の燃える匂い。遠く近く響くのは鎧《よろい》が立てる禍々《まがまが》しい音だ。ガルドランが目覚めたとき、空は赤銅色に燃えていた。

夕陽と、島の素朴な住居を燃やし尽くす炎の色。

一緒に救援船を待っていた西虹藍の船長の制止を振り切ってガルドランが駆けつけた時、住民の立て籠もる砦は、黒い鎧を身にまとった蟻《あり》のような戦士たちに囲まれて、今にも攻め落とされそうだった。

『君が人を殺めるところは見たくない』

腰の大剣を抜きかけた瞬間、フェイの憂いを含んだ瞳を思い出す。柄を握る手が鈍ったが、それでも彼の命には替えられない。

ガルドランは青白く光る刀身を構え、黒い鎧の中に飛び込んでいった。

右に左に敵を打ち払い包囲網へ切り込む。中から逃げ出そうとする人間には警戒していても、その逆には油断していたのだろう。不意打ちは功を奏した。ガルドランが飛び込んだ砦の中で、必死に怪我人の手当てをしていたフェイが驚いて顔をあげる。

「ガーディ…！」

「フェイ、逃げよう。あんたをこんなところで死なせたくない」

「だめだ。ガーディ、離すんだ…ッ」

ここの人たちを見殺しにはできない。悲痛な声で叫ぶ精霊使いを無視して、ガルドランは彼を抱きあげた。

「ガーディ、頼むから…！　僕はもう、僕を頼りにしてくれる人たちを見殺しにしたくないんだッ！」

「…それがあんたの献身の理由か？」

「そうだ…、僕は昔、自国の民を見殺しにしたことがある」

フェイは苦しそうに告白した。

「いつか再興する日も来るだろう、だから王家の者だけは生き延びてくださいと、涙を流す忠臣の言葉を素直に信じた大馬鹿者の末路が僕だ。民は殺され、生き残った数少ない人々も奴隷にされて売り飛ばされて、小さな国は跡形もなくこの世から消え果てた。数年後、散々に踏みにじられた領土に舞い戻った僕を迎えてくれたのは、雨ざらしにされた骨の山…。僕はもう、あんな思いはしたくない――…！」

いつでもおっとりと、弟を見守る兄のような大らかさでガルドランを見守ってくれていたフェイは身も世もなく泣き崩れ、自分を運び去ろうとする男に取りすがった。

「お願いだから、僕をここに置いて行ってくれ…ッ」

魂からしぼり出すような悲痛な声で懇願されても、ガルドランは足を止めることができなかった。

フェイの苦痛はわかる。けれど彼に死んで欲しくないと思う自分の気持ちの方を優先させた。

生きていれば、いつか罪を贖《あがな》える日がくるかもしれない。それまで自分が彼の支えになってやればいい。

支えになりたいのだと、ガルドランが切なく告白しかけた瞬間、背後で轟音《ごうおん》がとどろいた。湧きあがる鬨《とき》の声とともに炎と煙幕が響き渡る。進路を変え、混乱を縫い、燃えあがる砦の出口を目指した。

あとは黒鎧たちを何人か叩き伏せれば逃げることができるだろう…。その油断が命取りになった。

燃えあがる櫓《やぐら》の脇を通り過ぎようとしたとき、黒鎧に追いつかれた。腕に抱えたフェイを庇ったせいで反応が遅れ、振り下ろされた剣を背に浴びる。

「ガーディ！」

「大したことはない、逃げろ…！」

肉を割られた衝撃でひざを着き、凶刃《きょうじん》が届かない場所にフェイを突き飛ばした瞬間、肩口にもう一太刀浴びて判断力が鈍った。

直後、櫓の巨大な組木が燃え落ちた。落下の衝撃で、火の粉とともにいくつもの金属片が飛び散る。

目にも止まらぬ勢いで飛来した赤く焼けた鉄片がガルドランの右の眼球を丸ごと抉り取り、頬から額にかけて醜い裂傷と火傷《やけど》を残した。

「——うぁあ…——ッ」

「ガーディ……！」

右顔面を襲った凄《すさ》まじい衝撃に、さすがのガルドランも自失状態となった。

あとは細切れの記憶しか残っていない。

ただひとつ、はっきり覚えているのは、紅い炎と夜空を背にしたフェイが涙を流しながら告げた言葉。

『君には、君の帰りを待つ人、そして守らなければならない人々がいるはずだ。彼らを悲しませてはいけない…。——僕はかつて守ることのできなかった人々への償《つぐな》いに、この島の人々と運命をともにする。君には成すべきことがあるはずだ。だから生き続けなければ…』

嫌だ、フェイ…。俺を置いて行くな…！

どうしてあんたがここで死ななきゃならないんだ。俺に生きろと言うのなら、俺のためにあんたも生きてくれ。

叫びながら伸ばした手の先には、虚しく星空が広がっていた——。


過去を語り終えて、ぐったりと寝台に身を埋めたガルドランの頬に、カレスはそっと手を添えた。

右目を覆う手の甲に唇を寄せると、

「慰めてくれるのか…？」

答えるよりも早く、半身を起こした男に抱き寄せられた。

首の後ろに手を添えられ、男らしい貌が近づいてくる。カレスが目を閉じるのと同時に、熱い吐息と舌に唇を奪われた。

解けて肩に落ちかかる黒髪に指を差し込みまさぐりながら、カレスは不思議な愛しさを感じていた。

これまでガルドランに感じていた庇護される安心感とは別の、こちらから抱きしめたくなるような感情。守ってやりたいと願う愛情。

頬に落ちかかる癖のある黒髪をかきあげて眼帯を外し、現れた右目の傷に唇接けを落とす。

あなたが好きだ…。

言いかけて、言葉を呑み込む。

告白のあとに広がる、未知の領域に踏み込むのが怖かった。

ためらっているとこめかみに唇接けられ、さらりとした髪を何度も梳きあげられた。ガルドランは身体を入れ替えてカレスを寝台に押しつけ、耳朶、頬、伏せられたまぶたへと唇を寄せてくる。

汗ばみはじめた両脚が割られ、熱を持った互いの徴が触れ合う。

「ガ…、公爵――」

陽はもうずいぶんと高くなっている。ガルドランの許可がなければ勝手に入室する者はいないとわかっていても、明るい光の中、男同士で抱き合う背徳感にカレスは震えた。震えながら愛しい男の背に腕をまわした。

‡

「名前を呼んでくれ…」

カレスがルドワイヤに来てから、もうすぐ一年になる。未だに自分のことを好きだと言ってくれないつれない恋人の、憂いを含んだ琥珀色の瞳を覗き込みながら、ガルドランは願いを口にした。

「ガルドラン…」

「もっと親密な呼び方で」

「……ガーディ…？」

恥ずかしそうに頬を染めたカレスの声には、愛しさが宿っている。それは決して気のせいではない。

けれどカレスの心が、どこかでガルドランに対して扉を閉ざし、逃げ腰なのも事実だった。

――ノルフォールにいたときも、ルドワイヤで記憶と声が戻ってからも、おまえが夢の中で呼ぶのは決して俺の名前ではない。だから…、

「ずっと、おまえに呼んでほしかった」

いつもとは逆。まるで溺れかけた者が助けを求めるように、ガルドランはカレスにすがりついた。

「俺はおまえにいつでも笑っていてほしい。俺の傍で満たされる喜びを知ってほしい。そして俺が差し出す…」

この愛を、どうか受け入れてほしい。

祈る思いでカレスを見つめ、深く唇接ける。

それからゆっくり顔を離して、その珊瑚《さんご》色の唇が愛の言葉を紡ぐのを待つ。

「カレス…?」

促しても、カレスは困惑した表情で首をわずかに傾げただけだった。その拍子に栗色の髪がさらりと頬にかかる。そのまま琥珀色の瞳をわずかに伏せ、ガルドランの首に両手をまわした。

自分からしがみつき、胸と下腹をピタリと合わせ脚を絡ませても、互いの熱で眩暈がするほど抱き合っても。

それでもカレスの唇から、ガルドランへの愛を告げる言葉がこぼれることはなかった。

‡ 秋霖《しゅうりん》 ‡

「二年前からファイアル地方で問題になっている立ち枯れの問題ですが、原因は地滑りによる地脈の断絶と水脈の乱れによるもので、ほぼ間違いないそうです。精霊使いと森人たちが解決策を探していますが、有効な手だては見つかっていません。次に、テルティア地方の穀物高騰の件ですが、原因は――」

環翠宮の一階にあるガルドランの執務室。

首席顧問官ロスカリウスの定期報告を、ガルドランは行儀悪く長椅子に寝そべって聞いていた。

カレスはその様子を横目で眺めながら、本来ガルドランが座るべき執務机に座って真面目に記録を取っていた。べつに義務でも仕事でもない。強いて言うなら趣味である。

ガルドランとともに、ロスカリウスや本宮殿からやってくる大臣の報告――本来なら領主とその側近、ごく限られた範囲にしか報されることのない第一級

の情報――を聞いているうちに、身に染みついた職業病とでもいうべきか、ノルフォールで書記官長を務めていたときの感覚がよみがえり、会話の要点を記録して、問題点や解決策を考えるのが習慣になっていた。

初めてカレスの行動に気づいたとき、ガルドランは書き終わった記録に目を通してうなずいた。

「このままロスカリウスの報告書に転用できそうな出来映えだな」

「すみません、勝手に…。部屋を出るときに破棄しますから」

「いや、せっかくだから使わせてもらおう。これからも、根《こん》を詰めたり義務だと思って負担にならない限り、好きにしていい」

あくまで趣味の範囲ではあったけれど、ガルドランの傍でなんらかの役割を得たことが嬉しかった。

夏に記憶と声を取り戻してから四ヵ月。

ガルドランはカレスに仕事をさせる気はないらしく、時間があれば芝居や演奏会に誘ったり、楽器を習わせたり、乗馬や舞踊《ダンス》、詩作に絵画といった娯楽や教養磨きを勧めている。

芸術に造詣の深いルドワイヤ公爵の客人として滞在している以上、それらを身につけることも義務だと自分に言い聞かせ、ひとつひとつ苦手を克服するべく努力しているのだが…。

元々の生真面目な性分《しょうぶん》が災いして、心から楽しむには至っていない。――ちがう。楽しめないのは、公爵の愛人として、ただ彼の好意を受けるだけの立場に不安があるからだ。

たとえばロスカリウスのように、領主を支える人材として確固たる地位を築いていれば、もっと自信が持てるのに。

執務室で記録をはじめた背景には、カレスのそんな気持ちが影響していた。

報告を終えたロスカリウスが退室すると、入れ替わりに典部《てんぶ》長官が現れる。

「冬至の大祭についてですが、今年は特に地鎮《じちん》を行いたいと精霊院より申し出がありました。その際、奉納する舞いの規模は――」

長官もロスカリウス同様、長椅子に寝そべっているガルドランや、執務机に座っているカレスを見ても驚くことなく報告をはじめる。

自分ではすっかり思い出せなくなっているが、カレスが子ども還りしていた頃から環翠宮に出入りしている人物なので、慣れているのだろう。

――僕がロスカリウスや典部長官の立場で、報告を聞く主君が寝椅子でゴロゴロしていたら、小言のひとつも言ってやるところなんだけど。

ルドワイヤの家臣たちはずいぶん鷹揚《おうよう》だなと思ったあとで、だからこそ、何も官職を持たない自分のような者が、公爵の傍に侍《はべ》っていても許されるのだから、この気風に感謝すべきだと思い直す。

四半刻ほど過ぎて報告を終えた典部長官が退室すると、ガルドランは寝椅子から立ち上がり大きく伸びをした。いくつか頭の痛い案件があるせいか、少し表情がかたい。

たぶん、ファイアルの森林立ち枯れ問題のことを考えているのだろう。

カレスは自分で書いた記録を見つめ、考え込んだ。

――地脈の乱れで土地が枯れる…って、どこかで似たような話を聞いた気がする。どこでだっけ？

ああちがう。話じゃなくて、何かの文献で見たんだ。かなり古い…、でもルドワイヤに来てからだ。

「どうした？　何か悩みでもあるのか」

手許に影が落ちて物思いから覚める。

「いえ。誤字がないか気になったものですから」

カレスはとっさに誤魔化《ごまか》した。

確証のないことを言ってぬか喜びさせたくない。明日、本宮殿の書庫に行って調べてみよう。うまくいけば、何かきっかけが見つかるかもしれない。

「おまえは本当に真面目だな。仕事じゃないんだ、もう少し肩の力を抜いて楽に構えていろ」

「は…い」

　僕が真面目と言うより、あなたが不真面目なだけなんじゃないか…と言いかけて、口をつぐむ。

　仕事ではないと言われたことにチクリと痛みを感じたけれど、ノルフォールで自分が晒した醜態を思えば、責任ある立場を任されないのは仕方ない。

「『僕が真面目なんじゃなく、あなたが不真面目なんです』と言いたそうだな」

　まるで心を読んだかのような言葉に、カレスは驚いてガルドランを見あげた。

「どうしてわかったんですか？」

「なんだ、やっぱりそう思ってたのか」

　ガルドランは軽く噴《ふ》き出しながら、椅子に座ったカレスの背後にまわり、長くなった髪をひと房手に取った。頭皮に伝わる感触から、どうやら三つ編みをはじめたようだ。

「おまえの考えていることは、なんとなくわかるんだ。特に、俺について考えてるときは」

「……それなら、今、僕が何を考えているかわかりますか？」

「『三つ編みもいいけど、どうせなら首筋に触れて欲しい。それから唇接けも』」

「勝手なことを言わな…ッ」

　抗議は唇でふさがれ、逃げる間もなく首筋を捕えられた。宣言通りの愛撫を受けて、身体の芯に甘い痺れが生まれる。

　カレスはそのまま半分抱きあげられるようにして二階の私室に連れ込まれ、冬の午後のひと時を蕩けるような熱の中で過ごした。


　翌日。朝食のあと、ガルドランから城下で行われる詩吟《しぎん》の集まりに誘われたカレスは、調べたいことがあるからと断って本宮殿の書庫へ向かった。

　ガルドランと一緒に出かけるのは楽しい半面、己の芸術方面に対する見識のなさを思い知ることが多く、情けない思いをする。

人前で下手くそな詩歌を諳《そら》んじて『斬新《ざんしん》ですね』と微妙な顔でお世辞を言われるより、書庫にこもって古代の文献を漁《あさ》っている方がよほど有意義だ。

誘いを断ったときの、ガルドランのがっかりした表情を思い出すと罪悪感が込みあげたけれど、立ち枯れた森の再生方法を見つければ、詩を創ってみせるよりきっと喜んでもらえるはず。

カレスは期待を胸に、書物の海に身を沈めた。

記憶を頼りに書物を確かめてまわり、何冊目かで大地の蘇生法らしき文献に行き当たる。古代語で書かれていたけれど、なんとか読み解ける時代のものだったので助かった。

持ち出しは禁止されているので、紙葉の束に蘇生法を書き写していると、隣の部屋から男女の話し声が聞こえてきた。

「あら、隣に誰かいるようね。ガーディ、あなたなの？」

予期せぬ人物の登場に驚いてカレスは椅子から腰を浮かせる。同時に、品良く調合された香りを従えて厚い扉の向こうから姿を現したのは、金糸の縫い取りが目に鮮やかな衣装を身にまとった、姿勢のよい年輩の貴婦人だった。

「あ…」

「まあ、いったいどなた？　ここは公爵家の者以外、許可のない立ち入りは禁じられているはずだけど」

貴婦人は特に慌てた様子もなく、不思議そうに首を傾げた。

女性にしては背が高く、すらりと姿勢の良い女性の顔には見覚えがある。

――もしかして、ガーディの母上？

カレスの考えを肯定するように、貴婦人の後ろから低くて張りのある声が響く。

「妃よ、どうした？」

「あなた、こちらに見覚えのない方がいるのです。あなたのお知り合いですか？」

大公妃が扉を大きく開けると、大きな椅子に腰を下ろした白髪のルドワイヤ大公の姿が見えた。

大公が座っているのは、両側に大きな車輪をつけた可動式の椅子で、押したり自分で車輪を動かすと、座ったまま移動できるよう工夫したものらしい。

大公妃は目許や口許が、大公はがっしりとした身体つきや顔の輪郭、泰然とした雰囲気が、ガルドランにとてもよく似ている。

いや、ガルドランがふたりに似ているのだ。たとえ初対面でも、三人が親子だと見抜けない者はいないだろう。

カレスは姿勢を正して、第一級の礼を取った。

「初めまして大公殿下、妃殿下。私の名はカレス・ライアズと申します。公爵閣下の客人として年明けから環翠宮に滞在しております。長《なが》の逗留にもかかわらず、挨拶もせずにいた無礼をお許しください」

「環翠宮に滞在…ですって？」

「はい」

カレスの口上を聞いたとたん、それまでおっとりと構えていた大公妃の眦《まなじり》がきりりと吊りあがる。

「ではあなたが、息子がノルフォールから連れてきたという、例の噂の方ね」

「……ッ」

声に含まれた非難の色に、カレスの頬から血の気が引いてゆく。手足の感覚が曖昧になり、堅牢《けんろう》なはずの床板がぐにゃりと歪んだような気がした。

これから彼女に何を言われるのか、だいたい想像がつく。以前カレスがエリヤに言い聞かせた『正論』とたぶん同じだろう。

「カレスと言ったわね。あなた、息子と同衾しているという噂は本当なの？」

「あ…」

カレスが答える前に、大公妃は非難を重ねた。

「男同士で何を考えているの。不毛な関係に息子を巻き込まないでちょうだい。あの子は領主として、相応しい相手と結婚する義務が、そして跡継ぎを作る義務があるのよ。邪魔しないで」

「……申し訳、ございません」

ガルドランとの関係を恥じているわけでも、卑下《ひげ》しているわけでもない。けれど、息子の幸福を願う母親に非難されれば、頭を下げるしかなかった。

『母のせいでおまえが傷つく必要など、欠片もないのだから』

そう言って抱きしめてくれたガルドランの言葉が、今すぐにでもこの場から逃げ出したい衝動を抑え、踏みとどまらせる。

「申し訳なく思うのなら、今日にでも離宮を出てノルフォールにお帰りなさい」

「それは、できません」

考えるより先に口から飛び出していた。

言ってから自分の言葉に驚く。鼓動が嫌な具合に高鳴り、冷や汗がにじみ出る。けれど受け入れるわけにはいかない。

大公妃にどれほど非難されても迷惑がられても、ガルドランから必要とされている限り、傍を離れるつもりはない。それだけはできない。

「まあ…、なんて恥知らずなの！」

容赦のない言葉が、まるで本物の剣のように突き刺さる。あまりの居たたまれなさにカレスが眩暈を起こしかけた、そのとき。

「リシャ、止めなさい」

それまで隣の部屋で黙って聞いていた大公が、動く方の手だけで車輪を操りながら扉の傍までやってきて妻を諌めた。

「それ以上追いつめて、その者の身に何かあったら、今度こそガルドランは戻って来なくなるぞ」

「でも、あなた」

「いいから。この椅子を彼の近くまで動かしてくれないか。少し話がしてみたい」

「でも」

「リシャ」

ほんのわずか低めただけで、大公の声には抗い難い威厳が生まれる。大公妃はクッと息を呑み込んで椅子の背後にまわると、嫌々ながらも夫の指示に従った。

「しばらく、ふたりきりにしておくれ」

大公妃は何か言いたそうに夫とカレスに視線を走らせてから、肩を強張らせて部屋を出て行った。

音もなく扉が閉まるのを待って大公が口を開く。

「すまなかった。妃は昔から、息子のことになると冷静さを失いがちでな」

先刻までの大公妃にくらべれば、やさしいと言って差し支えない柔らかな口調で詫びられて、カレスは緊張を解いた。気がゆるんだせいか足下がふらつく。目立たないよう机に指をついて身体を支えながら、正直に答えた。

「いえ…。お気持ちは、理解できますから…」

かつて自分も似たようなことをしたことがある。

「ふむ」

大公はしばらくじっとカレスを見つめ、それから左手を差し出した。

「手を、触らせてもらえるかね」

「手…ですか？」

カレスは内心で首を傾げながら、大公の手のひらに右手を重ねた。「左手も」と言われて素直に従う。

「なるほど」

大公はカレスの両手に触れたまま目を閉じ、しばらくすると、何かを見つけたように小さくうなずいてまぶたをあげた。

「この手は人の痛みを知っている。犯した罪を許すことと、許されることの意味を知っている。それから、修羅を味わった者の強さと怯えがともにある」

「え…、あの…？」

何を言われたのか頭では理解できなかった。

けれど、理論や理屈をこねまわす場所ではなく、どこか別の部分で大公の言葉をきちんと受け止めている自分を感じる。

「そなたの胸には傷があるな」

言われてカレスはハッと息を呑む。その反応に目を細めた大公は、両手を戻し、動かない自分の右半身に視線を移しながらささやいた。

「――…息子にも傷がある。そなたたちは出逢うべくして出逢ったのかもしれないな」

どう反応すればいいのかわからず、ただ立ち尽くしていたカレスの耳に、大公の独り言のような最後のつぶやきが焼きついた。

「そなたが、女であったなら…――」


その夜、大公夫妻と会って話をしたと報告すると、ガルドランはカレスが驚くほど真剣な表情で、何を言われたのか聞き出そうとした。

いくつか言われた言葉は伏せたまま手短に経緯《けいい》を告げると、ガルドランは顔色を変え、今にも部屋を飛び出さんばかりに大公妃への怒りを露にした。

カレスは慌てて男を引き止めてなだめた。

「大公妃殿下の言い分はもっともだし、大公殿下は庇ってくださいました」

「…――」

ガルドランも、自分が感情にまかせて抗議したりすれば、母はより一層意固地になってカレスを恨むかもしれないと気づいたのか、気持ちを静めるように大きく息を吐いて、長椅子に座り込んだ。

そのまま身を横たえたガルドランに腕を引っ張られたカレスは、胸の上に倒れ込み、腕の中にすっぽりと包み込まれてしまった。

「母に何を言われようと気にするな。公爵家の後継者問題は、おまえの責任じゃない。頼むから、俺の傍を離れるとか身を引くとか言い出さないでくれ」

慰めと説得と懇願が混じり合ったささやきの合間に、頭を撫でられ頬を撫でられ、唇接けを受け、互いの身体が溶け合ってしまうかと思うほど強く抱きしめられる。

唇はもとより、まぶたや目尻、鼻先、頬、あごの先や首筋に数え切れないほどの唇接けを受けながら、真摯《しんし》なきらめきを放つ緑色の瞳で見つめられ、「傷つけてすまない。守ってやれなくてすまなかった」と詫びられた。

この問題は、今のところ全員が納得して幸せになるという選択肢が見つからない。誰かが満足すれば、その陰で必ず誰かが落胆する。

最も現実的な選択肢はガルドランが領主の義務を遂行し、自分は身を引くというもので、互いに納得した上なら、そういう未来もあり得る。

ガルドランの深い思いやりと真摯な愛情に疑いの余地はない。けれど周囲の圧力に屈し、いつの間にか気持ちが離れてしまうかもしれない。

――人の心は変わっていくから…。

永遠に続く愛を信じられないのはあなたのせいじゃなく、僕の心が弱いせい。カレスはガルドランの腕の中で、小さな溜息を吐いた。

‡　冬紅葉《もみじ》　‡

冬至の大祭を経て年が改まり、カレスがルドワイヤにやって来て丸一年が経った。

元月《いちがつ》が過ぎて春待月《にがつ》に入ると、ときどき雨が降るようになり、吹く風にも春の気配が混じりはじめる。

年末に大公夫妻と遭遇してからしばらく出入りを控えていた本宮殿の書庫に、カレスは再び通いはじめた。大公妃に見つかって気まずい思いをする危険はあった――すでに二度ほど呼び止められ、きつい小言を言われた――が、それよりも珍しい書物に対する好奇心の方が上まわっていたからだ。

いや…、好奇心というより、知識を蓄えることで不安を誤魔化しているに過ぎない。

カレスが己の行く末の曖昧さ加減に溜息を吐いたとき、書架の向こうから声をかけられた。

「どうしました？　元気がありませんね」

「フィアス首席顧問官…」

「ロスカーとお呼びください。あなたにそんな堅苦しい呼び方をされると具合が悪い」

「ロスカー…さん」

「今日はおひとりですか。珍しいですね、あの道楽公爵があなたにくっついていないのは」

「こちらの人はずいぶん気さくですね。ご自分の主君を道楽者呼ばわりできるなんて…」

「私たちが気さくなのではなく、主《あるじ》が大雑把《おおざっぱ》なだけですがね」

ロスカーは「ハハハ」と大らかに笑ってから、カレスの隣に腰を降ろした。

「元気がないのは、先ほど大公妃殿下に言われた嫌味のせいですか？」

「見ていたんですか…」

カレスが再び本宮殿の書庫に通うようになってから、大公妃に声をかけられたのは、今回で三度目。三度ともガルドランが傍にいないときである。

大公が説得でもしてくれたのか、最初のときのように「ノルフォールに帰れ」とまでは言われないものの、冷たい視線で睨まれたり、嫌味を投げつけられるのはなかなか辛い。

だからと言ってガルドランに訴えたところで問題が解決するわけでもない。むしろ親子のあいだの溝が深まるだけだ。

「公爵には言わないでください」

ロスカリウスは曖昧に笑い、嫁いびりする姑《しゅうとめ》の扱いは夫に任せましょうと、カレスには答えようのない結論を下した。

「ところで、カレス殿はノルフォールで書記官長をなさっていたそうですね？」

「はい。あまり、役に立てませんでしたが」

「何を仰る。カレス・ライアズといえばノルフォール侯の懐刀《ふところがたな》、切れ者として有名でしたよ」

「昔の話です…」

ノルフォールでの過去はあまり思い出したくない。辛い出来事がいくつもあった。細かいことは今でも思い出せないが、思い出せないならそのままにしておけとガルドランに言われたので、その通りにしている。

「ご謙遜《けんそん》を。年末に『大地蘇生の法』を見つけて、施術に必要な材料とその分量まで正確に導き出した手腕はさすがだと、心から感服しております」

カレスが発見した『大地蘇生の法』は、気脈が枯れた土地に大量の炭《すみ》と、塩それに酒を埋めるというものだ。埋炭する場所や深さ、分量に決まりがあり、炭や塩の種類にも指定があった。蘇生させたい土地が広ければ広いほど埋炭も大規模になるので、古代語を読み解いて概算を出したカレスの覚え書きは、施術の大きな助けになった。

「あれは、貴重な文献を保存してきたルドワイヤ公爵家の功績です。僕はたまたまそれを見つけただけで…」

「書庫《ここ》への出入りはこうして私も許されていますが、残念なことに私には見つけられなかった」

「ロスカーさんは忙しいからですけど」

僕は暇ですから…とつぶやくと、ロスカリウスの瞳が何かを見つけたようにきらりと光った。

「博物学、地理、歴史、民俗学、医学、薬学、精霊諸学。カレス殿は勉強家ですね。…何に一番興味をお持ちですか？」

カレスが書架から抜き出し、机に積みあげて読みふけっていた本を指し示してロスカリウスは訊ねた。

「特に何が…というわけでもないですが、読書は昔から好きでした。僕は身体を動かすことが苦手だったので」

知らない事を理解してゆくのは楽しかった。書物で得た知識は長じてからカレスの強い味方になってくれたけれど、同時に頭でっかちで堅苦しい人間という評価も受ける羽目になった。

「そうですか。ところで、古代語を読み解ける人間は皇都にもそう多くはいません。その貴重な能力をルドワイヤのために使うつもりはありませんか？」

「え？」

「我が領地《くに》は主があの通り道楽者ですから、家臣がしっかりしないといけません。それであなたが閣下にいくつかなさったという助言を聞き及びました」

「あれは…」

助言というほどのものではない。

ガルドランは大局的にものを見て、偏りや不正の有無を見抜くことはできるのだが、具体的な原因や細々とした経緯の究明は苦手である。

だからこそ最適な責任者を任命して事に当たらせるのだが、その責任者の能力が足りなかった場合は解決に時間がかかる。

そうした問題のひとつに、レシフという街で長く続いていた徴税官と住民の反目があった。

住民は徴税官が着服していると言い、徴税官は住民の未納が多いと訴えた。調査官を派遣して詳しく調べてみたが、徴税官の言い分や書類に不審な点はなく、住民たちが口裏を合わせて納税逃れを画策《かくさく》したと判断された。

しかしその後も根強い不満が残り、抗議の書状がロスカリウスの許に届き、ガルドランの耳にも報告が入るようになった。調査報告と各種帳簿の写しを眺めたガルドランは、そこに不正の匂いを嗅ぎつけて再調査を命じたものの、やはり原因がわからない。

やりとりを聞いたカレスはガルドランに頼んで報告書と帳簿を見せてもらい、半刻ほどで帳簿の不備と徴税官の不正を見抜いた。

『細かく辻褄《つじつま》を合わせてありますが、穀物の価格に矛盾があります。現場に行って確認しないとはっきりとはわかりませんが、たぶん買値の設定が記録用と実際の二重設定になっているんでしょう』

街中の穀物商を抱き込めば不可能ではない。口裏を合わせていたのは住民ではなく、徴税官と商人たちということになる。

さっそく新たな調査官が内密に派遣され、念入りに調べた結果、カレスの指摘が正しかったことが判明した。

　他にも、作物の仲買人が禁止されている領外取引を行い、不正な利ざや稼ぎをしている絡繰《からく》りを見抜いたこともある。

　どれも、ノルフォールで書記官長を務めていたカレスには馴染みのある事柄だったので、問題点が見つけやすかったに過ぎない。

「助言というのは、ロスカーさんがされているようなことでしょう。僕のは単なる粗《あら》探しです」

「いえいえ、とんでもない。カレス殿はご自分の能力を過小評価しすぎですよ」

「そんなことはありません。その証拠に、公爵は僕に決して仕事をさせようとはしませんし。あ、いえ別に官職をねだっているわけではありませんから」

　カレスは慌てて言い添えた。

　公爵の客人――正確には愛人――という立場を利用して宮廷での地位を得たと言われるのは避けたい。

　それでも、ただの下級官吏でも構わないから仕事を任せてもらえれば、ガルドランのために何かできると自分を慰められるのに。

　知らず溜息を洩らしたカレスを見て、ロスカリウスは両手の指を組み合わせて言い重ねた。

「閣下はあの通り、細かい実務には向いていません。しかし人を見る目は確かです。勘が恐ろしく鋭い。それから大局を見極める力も優れています。普段はちゃらちゃらんぽららんと、道楽領主を決め込んでますが、いざというときには必要な場所に必要な人間を的確に配する力がある。まずいところはどんどん差し替えてゆく。そういった人選がうまくいっている限り、あの方の出番は限りなく少なくて済みます……が、実際には細々とした問題が起きるものです。そういうとき細部に目を配れる人間が、閣下の傍には必要なんです」

「それは、ロスカーさんが立派に」

　務めているじゃないですかと言いかけたカレスに、首席顧問官は苦笑しながら首を横に振った。

「私にも、限界というものがございまして」

……確かに。

仕事は可能な限り家臣に任せ、時間があれば視察と称して遊びに出かけたがり、実際、半年も領地を留守にしたことのある領主の補佐は、端で見るより苦労が多いだろう。

「閣下のお許しがないので、正式な役職には就いていただけませんが。いかがでしょうか？」

ロスカリウスの申し出は魅力的に感じられた。

文化教養に勤《いそ》しんで日々を過ごすのは、どうやら自分には向いていないというのは、すでに自覚済み。

カレスが健康体に戻ってから、ガルドランは以前より気軽に環翠宮を留守にするようになった。

年の瀬と新年は祝賀行事や皇都への使節、他領の領主たちとの挨拶が続き、さしもの道楽領主ガルドランも忙しそうだった。

そんな中、カレスは仕事もないまま環翠宮で寝起きするだけの自分を持てあましている。公爵の愛人という立場がなければ、何者でもない己に不安を覚えることも増えた。

そうしたカレスの気持ちに気づいていないのか、気づいていながらあえて無視しているのか。ガルドランは『そろそろ舞踏会にも顔を出すようにするから、今のうちに最新の舞踊《ダンス》を習っておくといい』などと言って、運動の苦手なカレスに新たな悩みを抱かせたりしている。

舞踊などより、あなたと一緒に会議に参加したいとは言い出せず、カレスは今日も書庫に逃げてきた。

「書庫に通うようになってから、私が数えただけでも、三百七十二回」

「？」

「カレス殿が落とした溜息の数です」

「まさか」

カレスは思わず笑ってから、ふう…と新たな溜息を落として苦笑する。それから姿勢を正し、ルドワイヤ公爵領首席顧問官に向かって一礼した。

「僕にできることでしたらなんなりとお申しつけください。お手伝いいたします」

そして数日後。

「最近、ロスカリウスの執務室に出入りしているそうだな」

昼食の席で、少し不満そうな声を出したガルドランにカレスは素直にうなずいた。

「ええ。書簡の整理や、簡単な書類作成のお手伝いをしていますが…、何か、不手際がありましたか？」

「いや、そういうわけじゃないが…」

何か言いたげなガルドランに、カレスは首を傾げて見せた。

ロスカリウスから頼まれる仕事は本当に些細なものだ。ただ、書面の内容は機密扱いのものが多く、首席顧問官のロスカリウス以外、滅多な人物には任せられないらしい。機密を扱うといっても単に口が堅いというだけでは務まらない。政を理解した上で、いくつもの隠語、比喩《ひゆ》を理解し、各種専門的な知識も必要になる。そういった意味でカレスは重宝《ちょうほう》がられた。

最近ではロスカリウスの紹介で幾人かの官吏と知り合い、彼らと協力して仕事をすることもある。

「瑠璃宮《こ こ》での暮らしに、何か不満があるのか？」

食器を脇によけて両手を組み合わせたガルドランが、真剣な表情で訊いてきたので、カレスは少し慌てた。

「そんなことは…」

ない、とは言い切れない。

本宮殿の書庫でガルドランの母に詰《なじ》られてから、カレスの心には常に不安が巣喰っている。不満ではなく不安なのだと、正直に言うのもはばかられて、結局カレスは口をつぐんでしまう。

何か言いたそうにしながら言わないカレスを見つめ、ガルドランは肩をすくめた。

「ロスカリウスの手伝いをしたいのなら止めはしな

いが、無理はしないでくれ。それから俺と過ごす時間を削るほど夢中にならないでくれ」

大の男が少し拗ねた口調でこぼした最後の要求に、カレスは思わず微笑んで、うなずいてみせた。

† †

『ねえカレス、いつまで拗ねてるの？　言いたいことがあるならはっきり言わなくちゃ』

――ああ、またいつもの夢だ。

夢の中でぼんやりと覚醒したカレスは、必死に反論した。

『拗ねてなんかいない…！』

相手は聞いているのかいないのか。呆れたような、困ったような笑みを浮かべてカレスを急かす。

『早くしないと行っちゃうよ？』

『待って…』

傍らにあった温もりと光が急速に遠ざかってゆく。

カレスは焦って手を伸ばした。

『行かないで…ッ』

『言ってくれないなら、もう行くね。あっちで……が待っているから』

『待って…！　ぼくはずっと、ずっと――…リオのことがっ…』


「す…」

――…き？

自分の寝言で目が覚めた。夢の中で、誰に何を言おうとしたのか思い出そうとしたけれど無理だった。カレスはしばらくぼんやりしたあと、隣の温もりを無意識に探った。

「……？　ガーディ…」

空はようやく白んできた程度なのに、ガルドランの姿は寝台にも部屋の中にもなかった。

「公爵…？」

どこに行ってしまったのだろう。

直前まで見ていた夢の焦燥感が尾を引いて、独り残された寝台の上でカレスの不安は増してゆく。

年末から時々、こんなふうにガルドランは姿を消すことがある。カレスが目覚めると、隣で何か考え込んだまま深く沈んでいることもある。

カレスを見つめる瞳の中に、以前はなかった感情が見え隠れするのは気のせいではないだろう。

苛立ち、怒り、苦しさ。

カレスに読みとれるのは負の感情ばかりだ。どうしてなのかその理由を知りたくても、なんと訊いていいのかわからない。

ガルドランは何も言ってくれないが、ロスカリウスから聞き出した話では、大公夫人が再び見合い攻勢をはじめたらしい。

勧められた令嬢たちの中に気に入った人ができて、それで僕のことが疎《うと》ましくなったのか。

ガルドランに限ってそんなことはありえないのに、みじめな妄想に囚われてしまうのは、彼とのあいだに見えない膜のようなものを感じるせいだ。

君が一番大切だよ、大好きだよと言われたあとで、ライオネルに去られた記憶がよみがえり、涙がこぼれそうになる。

僕はまた…見捨てられるのだろうか。

寒さとは違う理由で身体が震える。

誰かを好きになるたびこんな思いをするのなら、もうこれ以上好きになりたくない。深入りする前に、あきらめた方がいい。

悲しい夢の余韻と夜の暗さに引きずられ、抑えきれずに嗚咽がこぼれた。

「何を泣いているんだ」

いつの間に戻って来たのか、すぐ近くからガルドランの声が降ってきて、カレスは慌てて涙を隠した。

「いえ、これは…、欠伸をしたせいで…」

「……」

溜息の気配に、カレスはなおさら身をすくませる。

「身体が冷えてるな。一緒にもうひと眠りしよう」

寝台に潜り込んできたガルドランはいつもと変わらないやさしさでカレスを抱き寄せた。そうされるとさっきまでの不安は嘘のように溶けて消える。

暁《あかつき》の青白い光に浮かびあがる彫りの深い貌《かお》を見つめて、小さく息を吐く。

相愛になり身体を重ねたからといって、すべての不安が消えるわけではない。むしろ恐ればかりが増える気がする。

いつまでこんなふうに抱き合って眠れるだろう。

あなたは、いつまで僕を好きでいてくれるんだろう――。


翌日。

昨夜降り積もった雪が白く残る中庭に出て、カレスは空を仰いだ。

雲の切れ間に青空が見える。ルドワイヤの空の色はノルフォールにくらべると冬でも色濃く鮮やかだ。

冷えた両手に息を吹きかけ、吐く息の白さに目を細める。

綿飴《わたあめ》のような白い息。

濡れた石畳と、雲を銀色に染める満月。

突然閃いた情景に、何かを思い出しかけたとたん、頭の芯に痛みを覚えて強く目を瞑る。

「ぁ…」

理由のわからない不安を消すために、強く握りしめた両手で胸を押さえ、そのまましゃがみ込んだ。

うつむいていた額に温かな息がかかり、急いで顔をあげると、白銀の毛皮が目の前にあった。

「シルヴァ！」

返事の代わりに頬をペロリと舐められる。

久しぶりに現れた森の守護狼シルヴァは、励ますようにカレスのまわりをグルグルまわり、カレスが笑顔を浮かべると嬉しそうに尻尾を振ってみせた。

カレスはもう一度しゃがみ込んで白狼の毛並みに顔を埋め、昨夜の出来事を打ち明けた。

「ガーディとのあいだに、溝のようなものを感じるんだ」

シルヴァの耳が『気のせいじゃないの？』と言いたげにピピッと揺れる。

「ううん。だってたまにだけど、僕のことを責めるような目で見ることがある…」

けれど理由がよくわからない。思い当たることはいくつかあるけれど、訊ねる時機も勇気も得られないまま時が過ぎてゆく。このままではよくないと、焦燥感が募るばかりだ。

「シルヴァ？　どこへ行くんだい？」

突然、悩むカレスの腕の中からするりと抜け出したシルヴァが、中庭の端までトトト…と走ってゆくと、振り向いて尻尾を振った。

どうやらついて来いということらしい。

久しぶりに現れた白狼に誘われるまま環翠宮を出たカレスは、森ではなく別の離宮にたどり着いて首を傾げた。

「ここに何かあるのかい？」

白蓉山に点在している公爵家の離宮は数多いが、正確な場所や規模は防犯上の理由から明らかにされていない。

カレスの前に現れた離宮は、こんもりと繁った木立に埋もれて見えるほど小さい。

位置は本宮殿と環翠宮のちょうど中間あたりだろうか。規模といい外観といい、ひっそりと目立たない地味な建物である。雪の降り積もった中庭は手入れの行き届いていない印象が強く、公爵家が所有する建物にもこんな寂《さび》れた物があるのかと、少し不思議な気もした。

一見無防備なようでいて、針のように固い枝がびっしりと絡まった生け垣に囲まれているせいで、それ以上近づくことができず、立ち尽くしていると、足下から盛大に土を掘る音が聞こえてきた。

「シルヴァ、何してるんだい？」

中庭に面した生け垣の根本をものすごい勢いで掘りはじめた白狼を、カレスは呆れながら見守った。

見る間に人ひとり通り抜けられるほどの穴を掘り終えて、シルヴァは生け垣の向こう側へ姿を消した。カレスがぼんやりしていると、穴から鼻先だけ見せて小さく呻る。

どうやらついて来いという意味らしい。

好奇心というより義務感で穴を通り抜け、閑散とした中庭を横切って生け垣をかき分けると、さらに寂れた造りの小庭園が現れた。

手入れが悪く半分葉が落ちた灌木。そこここに吹き溜まった落ち葉の山。立ち枯れたまま放置された草花の残骸のあいだを歩いていると、

「だあれ…?」

雪が降り積もり荒れ放題の茂みの向こうから小さな女の子の声が聞こえてきて、カレスは足を止めた。その脇をシルヴァがさっさと通り抜け、声の主を目がけてまっしぐらに駆け寄って行った。

「おっきな犬ね…。おまえ、どこから来たの?」

突然現れた巨大な狼に驚きもせず、話しかける少女の胆力に驚きつつ、カレスはそっと茂みをかき分けた。

「犬じゃない。狼だよ。名前はシルヴァ」

喋れない白狼の代わりにカレスが答えると、茂みに囲まれた小さな空き地にしゃがみ込んでいた女の子が、きれいな深緑色の瞳で見あげてきた。

「あなた、だあれ?」

四、五歳くらいだろうか、肩にかかる癖のある黒髪が誰かに似ている。

「僕の名はカレス。君は?」

「カティア・ローズ。お父さまがつけてくださったの」

「——…そう。素敵な名前だね」

やさしくうなずいたカレスを見あげて、カティアははにかんだ笑みを浮かべ、それからすぐに困った顔になる。

「でも、内緒なの。お父さまのことは誰にもしゃべったらいけないって、いつも言われてるの」

項垂れた少女にシルヴァが近づく。寒さで紅くなった頬に柔らかな鼻先を押しつけると、カティアは自分よりも大きな白狼を少しも怖がることなく、雪よりも白く輝く白銀の毛皮に手と顔を突っ込んだ。

「うふふ。ふかふかね。あったかくて気持ちいい…」

カティアはうっとりと目を閉じた。小さな紅葉の手には細かいあかぎれができている。身に着けている物はカレスから見てもみすぼらしい。

どういう境遇の子なのだろう。

「カティア・ローズ…」

カレスは雪の中に跪き、少女の目線に合わせた。

「お父さまの名前は？」

「言ったらいけないの。カティアはうその子だから、人に名前を言ったらいけないいんですって。ねえ、うその子ってなあに？」

「――…！」

幼い少女が訊いてくる疑問に、カレスの胸は鋭い杭《くい》を打ち込まれたように痛んだ。

荒れた庭と、あまり愛情をかけてもらっていない様子に加え、少女が訥々《とつとつ》と語った言葉の意味を考えれば、答えは自ずと導き出される。

――この子もたぶん僕と同じように、両親に望まれずに生まれ、放っておかれているにちがいない。

「カティア、君を抱きあげていいかな？」

きょとんと自分を見つめる少女を、カレスはゆっくり抱きあげた。足下に広がる独り遊びの跡に、胸がつまる。

「肩車をしてやろうか。それともシルヴァに乗ってみる？」

冷え切った服の奥から微かに伝わってくる子どもの体温。頼りないそれをやさしく抱きしめながら、カレスは彼女を喜ばせたい一心で提案した。

森の守護精霊の化身と言われるシルヴァは驚いた顔でカレスを見あげたけれど、背中に少女を乗せられても振り落としたりはしなかった。

雪の庭でふたりと一頭はなかよく遊んだ。しばら

くして奥に建つ質素な建物からカティアを呼ぶ声が響いた。そのとたん、少女はあきらかに怯えた表情になり、

「ここにいるのが見つかったら、カレスとシルヴァ、きっと撲《ぶ》たれるわ」

聞き捨てならない少女の言葉にカレスは眉をひそめ、素早く訊ねた。

「君も誰かに撲たれたことがあるの？」

「…養育係のマリシアは、わたしが失敗すると手のひらを鞭で撲つの。でも侍女のソーニャがやさしくしてくれるから平気。だから早く隠れて」

カティアはそう言って、自分を呼ぶ声の主が現れる前に建物の方へ走り去ろうとした。

「また来るよ」

ささやき声でカレスが約束すると、少女は少しだけ振り向いて嬉しそうに手を振った。

その日以降も、カレスは約束通りシルヴァとともに少女を訪ねた。

いつも声をかける前に垣間見る、独り遊びをしながら泣くのをこらえているような少し怒った表情が切ない。名を呼ぶと、唇を引き結んでカレスをぎゅっと見あげるその姿が、昔の自分と重なり放っておけない。

だから訪ねるたびに、何度でも彼女を抱きしめた。

「カティア、君は良い子だ。とても良い子だ」

母親に一度も抱いてもらえず、寂しさで壊れそうになっていた昔の自分を抱きしめるように。

‡

春待月《にがつ》末。

日陰に解け残っていた雪が、前夜の雨で洗い流され、大地から立ちのぼる靄で森が白くかすんでいる。

政務を終えて本宮殿の執務室を出たとたん、待ちかまえていた母につかまったガルドランは、提案を真面目に検討する振りで適当に聞き流した。

「とにかく一度会ってみれば気が変わるわ。とても素敵なお嬢さんなのよ」

再婚するつもりはないと、どれほどきっぱり宣言しても母の耳には届かない。無視すれば却って強硬な策に出る。被害を被《こうむ》るのが自分だけなら耐えられるが、カレスに何かあれば、いくら母とはいえ許すことができなくなる。

最悪の事態を避けるには、母がいつかあきらめてくれることを祈りつつ、のらりくらりとあしらい続けるしかない。

我ながら情けない限りだが、何かもっと根本的な解決法が見つかるまでは現状を維持するしかない。

「そうですね。気が向いたら顔を出しましょう」

来年の春にでも…と心の中で言い足して、ガルドランは母の追撃をかわして逃げ出した。

環翠宮に戻るため乗り込もうとした昇降機の搭乗口から、二層下の降り口を出たカレスを見かけた。

――あんなところになんの用だ？

あのあたりは岩場が多いため小規模な離宮と、夏至祭や冬至祭のときのみ使用する屋敷しかない。

ロスカリウスに使いでも頼まれたのだろうか。

ガルドランは不思議に思いながらあとを追った。

ようやく春めいてきた陽射しを浴びて、肩の下まで伸びたカレスの栗色の髪が、さらさらと風になびいている。

ノルフォールにいた頃はあごの下あたりで神経質に切り揃えられていたが、ルドワイヤに来てからは一度も鋏《はさみ》を入れてない。

『短い方が手入れが楽なんです』

ウィドに頼んで無造作に切ろうとしていたのを慌てて止めに入ったガルドランに向かって、カレスはそうぼやいた。

『俺が代わりに手入れしてやるから、勝手に切らないように』

癖のない柔らかな髪の感触をガルドランが好んでいることに、まるで気づかない鈍感なカレスは、少し不満そうに唇を尖らせて見せたが、それ以来素直に髪を伸ばしている。

「そういうところが可愛いんだよなぁ」

ひとり惚気《のろけ》ている隙に、カレスの隣にはいつの間にかシルヴァが寄り添っていた。白い大狼が神出鬼没なのはいつものことだが、彼が理由なく現れることはまずあり得ない。

ひとりと一頭が、壁樹《へきじゅ》と呼ばれる生け垣の根本に掘られた穴をくぐって姿を消したのを確認してから、ガルドランも上衣を脱いであとに続いた。壁樹には結界が張られていた気配が残っていたが、穴のせいで破られてしまっている。

「蕃紅花《サフラン》と風信子《ヒヤシンス》がもうすぐ咲きそうなの」

気配を消して簡素な中庭を横切ると、茂みの向こうから小さな女の子の声が聞こえてきた。ガルドランは息を潜めてそっと近づいた。

「いちばんはじめに咲いた花を、カレスとシルヴァにあげるわ…」

不揃いな小石で囲いを作っただけの花壇の前にしゃがみ込み、花の蕾を指さしている少女の顔を見分けた瞬間、ガルドランは気配を消すのを止めた。

ザワ…と茂みを揺らして現われた大きな人影に、小さな花壇を囲んでいたふたりと一頭が同時に顔をあげる。

「公爵?」

「おとうさま…!」

「…カティア!」

シルヴァ以外の三人が同時に声をあげ、三者三様の驚きから最初に回復したのは黒髪の少女だった。

「おとうさま！　カティアをむかえに来てくださったの？　もうお家に帰ってもいいの？」

自分から駆け寄ることができず立ちすくみ、洗いざらしの粗末な上衣を小さな手で握りしめながら、少女が必死に言い募る。泣くのをこらえて震え出した小さな身体を、ガルドランは急いで抱きあげた。

「こんな…ところに隠されていたのか。ずっと捜していたんだ――」

　まさかこれほど近くにいたとは…。灯台下暗《とうだいもとくら》しとはこのことか。

　一年半前、不義の子だと知った大公妃によって連れ去られたとき、まだ四歳になっていなかった。

　それでもひと目で、ガルドランを父と見分けた聡明さが却って不憫に思える。

　赤子の頃から物覚えがよく、頭の良い子だった。先刻の『もう家に帰っていいのか』という言葉も、この子がある程度自分の立場を理解している証拠だ。

「もう大丈夫だ。一緒に帰ろう」

　ひっくひっくとしゃくりあげはじめた小さな頭を胸元に抱き寄せ、安心させるようにやさしく背中を撫でおろしながら、ガルドランは深い安堵とともに瞑目した。

‡

　父娘の再会を呆然と見つめていたカレスの手に、シルヴァが気遣わしげに鼻先を押しつける。それでようやく自分が何に動揺しているのか自覚した。

　――子どもが、いたんですね…。

　癖のある黒髪、深緑色の瞳。

　一緒にいる姿を見れば、言われなくても父娘だとわかる。

　子どもがいるということは、しかるべき行為を為した結果だ。そのことに対して自分でも驚くほど冷静でいられない。――僕は自分で思うより、ずっと嫉妬深いらしい…。

　カレスが自嘲に歪んだ顔を手のひらで覆いかけたとき、建物の中からひとりの侍女が飛び出してきた。

「人攫い!!　誰か来て！　曲者《くせもの》が…ッ」

　身分が低いせいで公爵の顔を見分けられなかった侍女の悲鳴を聞きつけて、小さな中庭にたちまち数人の女官と下男らしき老爺《ろうや》が、手に手に火掻き棒や箒《ほうき》を握って駆けつける。

「待て。俺たちは曲者ではない」

集まった人々を手振りで制しながら、ガルドランは落ち着いた声で、最初に悲鳴をあげた侍女に話しかけた。

「そなたはこの子の養い手か？　心配するな。俺はこの子の父親だ」

「え？　あ、まさか…そんな、だってあなたは…」

侍女はようやくガルドランが誰であるのか気づいたらしい。顔で見分けたというより、長身で隻眼という特徴から推測したのだろう。半信半疑で戸惑いながら、主君の顔とその腕に抱かれた少女の顔を見くらべている。

「公爵閣下のお嬢さまが、どうしてこんなところに預けられたりする…、あ…っ」

そこまで言って、おぼろげに事情を察したようだ。

高貴な家柄に生まれた子どもが、人知れず余所へやられる理由はだいたい決まっている。不義の子か、浮気の結果だろう。

侍女はバツが悪そうに視線を泳がせたあと、気を取り直した様子でカティアに笑いかけた。

「よろしゅうございましたねカティア…さま、これからはお父さまと暮らせるのですよ」

「ソーニャ…」

カティアが父親の腕の中から手を伸ばすと、ソーニャと呼ばれた侍女はガルドランに遠慮しながらおずおずと近づいて、小さな手のひらを握りしめた。

カレスが最初心配したように、完全に育児放棄されていたわけではないようだ。

「お城に連れて行かれるのですか？　ならばせめて泥汚れを落とし、着替えをさせていただけないでしょうか」

女性らしい心遣いに、ガルドランが苦笑する。

別に汚れていようが服が破けていようが、離宮に連れ帰るだけならさほど人目にはつかないから、構わないと思ったのだろう。

しかし、カティア本人が爪のあいだに入り込んだ

泥を落としたそうに指をわきわきと動かしたのに気づいて思い直したのか、

「わかった。手早く頼む」

そう言ってソーニャの手に娘を預けた。

庭に面した露台から室内に消えたふたりの背中を見送るガルドランの表情がわずかに曇る。

「どうしたんですか？」

「いや…、気のせいだろう」

カレスが訊ねると、ガルドランは不安を振り払うようにゆるく首を振った。

しかし彼の予感は的中した。

そのあといくら待ってもカティア・ローズは姿を見せず、代わりに大公妃が現れたのである。

「あの子はわたくしの宮で預かりました。あなたには渡しません」

人払いをした中庭で大公妃はきっぱりと宣言した。

大公夫妻が住む奥殿の一画には、大公以外の男子はたとえ息子でも立ち入ることを許されない女の苑《その》がある。カティアはそこに連れ込まれたのだ。

「母上…、いい加減にしてください」

ガルドランは拳を握りしめ、大きく息を吐いて声を荒げないよう務めた。

「いい加減にするのはあなたの方でしょう」

母と息子のあいだに流れる険悪な空気は、成り行きを見守っていたカレスにまで及ぶ。

「あなた…確かカレスと言ったわね。あなたもあなただわ。息子の結婚を邪魔するだけではあきたらず、カティアのことまで暴き立てるなんて…」

理不尽な非難を受け止めるカレスの視界が、途中で広い背中に遮られる。

「止めてください、彼を責めるのは筋違いです」

言いながら後ろ手にまわしたガルドランの指が、慰め力づけるようにカレスの右手を握りしめる。

カレスは深く息を吸い込んで、ぎゅっと男の手を握り返した。

外敵から雛を守る親鳥のような息子の振る舞いに、

大公妃は頰を引き攣らせている。結婚話を蹴り飛ばして同性同士の深い関係に溺れる息子を、どうすれば正気に戻せるだろうかと思案しているようだ。

やがて攻める場所がまずいと気づいたのか、口調を和らげて話題を変えた。

「どうしてもお稚児《ちご》さん遊びがしたいのなら、結婚してからでもできるでしょう？」

「母上は、父上が浮気しても許せるんですか？」

「まぁ…！　あの人はそんなことはしないわ」

「俺だってしませんよ」

「良かった。それなら妻になるお嬢さんも喜ぶわ」

「何言ってるんですか。結婚はしないと言ってるんですよ」

大公夫人は硬い笑みを張りつけて、息子の主張を聞き流した。

「立派な後継者を作るのは、公爵家当主の大切な義務よ」

「子どもならちゃんと…」

「わたくしは貴方の子どもが見たいの」

「あの子はアーヤーと俺の」

「貴方はまだそんな――」

言いかけて、大公妃は慌てて口をつぐんだ。どうやらカレスには聞かれたくない話題のようだ。

黙り込んだ母に向かってガルドランは宣言した。

「再婚する気はありません。ここにいるカレス・ライアズがこれからは俺の伴侶になります」

「お止めなさい！　冗談でもそんなことは聞きたくないわ」

理解し難い出来事に遭遇した人間特有の、拒絶の鎧で身をかためる大公妃に、ガルドランは追い打ちをかけた。

「そして家督はカティア・ローズに譲ります。だからあの子を俺に返してください」

「――…！」

大公妃は耳をふさいでいた両手を下ろし、開き直った表情で息子を見据えた。

「あの子に家督を譲るなんて許しません。でも、それほど手許に置きたいなら戻してあげてもいいでしょう。ただし、交換条件があるわ」

「どんな条件ですか、聞きましょう」

『カレスと別れろ』と『結婚しろ』という条件以外なら譲歩してもいいとガルドランが訊ねると、大公妃はツンとあごを逸らして宣言した。

「あなたの誕生日に大舞踏会を開くわ。国中から名家のお嬢さんを集めて。それに必ず出席して、全員と踊りなさい」


その夜。カレスは明かりを消した寝室の窓辺に立ち、月明かりに照らされた森の樹冠を見つめていた。

ガルドランはカティアの処遇について大公と相談すると言って奥殿に行ったきり、まだ戻っていない。

「今夜は、戻らないんだろうか…」

昼間の会話を思い出し、思わず洩れた溜息に窓硝子がほんのり白く曇る。それを指先でこすって消してから、握りしめた拳にコツンと額を乗せた。

ガルドランに子どもがいたという事実は衝撃だったけれど、同時に安堵している部分もある。

子どもがいれば、どうしても再婚する必要はないんじゃないか。

大公夫人があれほど躍起《やっき》になって跡継ぎを作れと勧めるのは、男の子が欲しいからだろうか。

男子の長子相続を定める家は多いが、絶対ではないはずだ。

「どうした。具合でも悪いのか？」

突然、耳元でささやかれた声に驚いて顔をあげると、ガルドランが心配そうな顔で覗き込んでいた。

「…僕が鈍いんでしょうか。それともあなたが気配を消すのが上手いんですか？」

「両方だろう」

ガルドランはカレスの肩に腕をまわして抱き寄せ、そのまま寝台まで連れ戻ると、並んで腰を下ろした。

カレスの隣で、ふう…と息を吐きながら疲れた顔で束ね髪を解くと、癖のある黒髪が頬にかかり、彫りの深い貌に淡い陰影を落とす。

「カティア・ローズは…？」

「駄目だ。母は誰の説得にも応じようとしない」

額に手を当て、呻るように吐き捨てる『父親』の顔を、カレスはじっと見つめた。

「あなたの子どもでしょう？　どうして一緒に暮らせないんですか」

「――…」

「すみません。出過ぎたことを」

ガルドランは無言で眼帯を外し、右目の傷を項垂れるカレスに晒した。

「この傷、醜いだろう」

「痛かっただろうな…とは思いますが」

醜いと嫌悪したことは一度もない。

「おまえはやさしい。――だけど妻は違った…」

不器用だがやさしい恋人を抱き寄せながら、ガルドランは過去の不幸な結婚の経緯《いきさつ》を初めて口にした。

‡

「――俺のこの傷は今よりずっと生々しくて、十六歳になったばかりの夢見る少女には受け入れ難かったんだろうな」

醜いという理由で、夫でありながら傍に寄ることも拒絶された。

「だから彼女とは、一度も夫婦の交わりを持たないままで終わった」

「じゃあ、カティアは…」

「不義の子だ」

しかし大公夫人言うところの血筋的にはルドワイヤ公爵家次期当主として申し分ない。妻だったアーヤーも不義の相手であるアンウィルも、ガルドランと同じ先々代の孫にあたる。

ガルドランの母よりもアンウィルの母の方が血筋

がよかったことを考えると、この先ガルドランが誰を相手に子どもを作ったとしても、竜種の血脈の濃さはカティアの方が上になる。

「十年放浪した挙げ句、半死半生で帰還した負い目もあって、父母を安心させてやりたかった。愛せる自信もあった。だが——」

結局、義務感で結ばれた関係はそれ以上の愛情を育《はぐく》むことなく、最悪の結果に終わってしまった。

不義の発覚を恐れたアーヤーは心身ともに衰弱し続けた。

狂気に囚われてゆく彼女を見守った三年半。なんとか助けたいと手を差し伸べ続け、振り払われ続けた三年半だった。

だからこそ、カレスがノルフォールで壊れかけたのを察したとき、とても放っておけなかった。

本人の了承も得ないままルドワイヤに連れ帰り、その結果が記憶も声もなくした幼児退行だと知ったとき、自分がどれほどの嘆きと悲しみに襲われたか。


多分カレスにはわからないだろう。

ガルドランは、うつむき加減で話を聞いている青年の顔を見下ろした。

——俺のことが好きか？　それともまだノルフォール侯を忘れられないか。彼の元に帰りたいか？

何度も聞こうとしてはそのたび呑み込んできた問いが、ふいに喉元にせりあがる。

追い詰めたくない。辛い思いをさせたくない。

追い詰めて、再び心を閉ざされるくらいなら自分の不安など耐えてみせる。

その覚悟が、最近揺らぎはじめている。

「カレス…」

頰に手を添えて顔を仰向かせ唇を寄せると、複雑なガルドランの心情を知ってか知らずか、カレスは熱っぽく瞳を潤ませてまぶたを伏せた。

胸に指を這わせ、服をはだけても拒まない。癒えない過去の傷を抱えて苦しむガルドランを、無言で抱きしめてくれる。

楔を打ち込まれて喘《あえ》ぎ、苦しそうにガルドランの動きに耐えながら、カレスは切ない声をあげて逐情した。汗ばんだ栗色の髪が濡れた肌にまといついている。それをやさしく梳きあげてやるうちに、涙をにじませた琥珀色の瞳が安心したように閉じられる。

こんなふうに夜毎肌を重ね合いながら、それでもカレスの唇からガルドランへの愛の言葉が告げられることはない。

今夜も、すうすうと寝息を立てはじめたカレスは何度か寝返りを打ち、やがて耐えきれなくなったようにつぶやいた。

「リオ…、好き…」

もう何度聞いたかわからない酷《むご》い寝言を耳にして、ガルドランは音もなく起きあがり、カレスの隣から抜け出した。

「――…くそッ」

上衣を羽織り、酒瓶《さかびん》を手にして露台へ出る。春とはいえ未明の風は震えるほど冷たい。

西に傾いた月の光を浴びながら、大理石造りの円柱に身を預け瓶から直接酒をあおる。

カレスが、少なからず自分に好意を寄せていると確信したからこそ抱いているのだ。言葉はなくても、ガルドランを慰めようと差し出される腕には愛情が宿っている。それは間違いない。

「なのにどうして、あいつを好きだと言うんだ…」

どうすれば、彼の心から恋敵を追い払うことができるんだ。

青い月明かりを弾く大理石の床に伸びた長い影が、頼りなく揺れ動く。

夜明け前の冷たい風は憂いを帯びた黒髪をもてあそび、答えを与えることなく吹き過ぎていった。

‡　春疾風《はやち》　‡

「例の大舞踏会。大公妃殿下が各家に出している招待状の下書きを入手したんですが、なかなかすごい内容でしたよ」

　知りたいですかとロスカリウスに問われて、カレスは曖昧にうなずいた。聞かなくても、なんとなく内容は察せられるけど。

「まあ要するに『息子の嫁探しをするから、我こそはと思う者は自慢の娘、孫、姉、妹、姪を引き連れていらっしゃい』というわけです」

「そうですか」

「驚きませんね」

「もうずっと前から覚悟してますから」

　感情が表に出ないよう気をつけながら答えて、カレスは書類の山に視線を戻した。

　ロスカリウスは淡々としたカレスの反応に『やれやれ』と首を振って肩をすくめた。


　首席顧問官ロスカリウスの執務室は、本宮殿を構成する蓮の花びら状の建物の一画にあり、カレスは最近ここで彼の手伝いをすることがよくある。

「閣下の誕生日は風待月《しちがつ》ですから、あと三ヵ月ですか。大公妃殿下も懲りないと申しますか、あきらめが悪いと申しますか…。それでも閣下が再婚して子どもさえ作ってくれたら、カレス殿との関係は黙認すると仰ったそうですから、進歩した方ですかね」

　主君であるガルドランの薫陶によるものか、最初からそういう性格なのか、ロスカリウスは家臣にあるまじき意見をずけずけと口にする。

　カレスは首席顧問官の情報収集力に内心で驚きながら、訊ねてみた。

「ロスカーさんは、気にならないんですか」

「何がです」

「…その、僕と公爵の——」

　関係という言葉を口中で濁したカレスの潔癖さを好ましく感じているロスカリウスは、目を細めて微笑んだ。

「私は閣下が幸福であることを最優先に考えていますから。あの方が心から望んだ相手なら、それが男だろうが女だろうが気にしません」

揺るぎない忠誠心と達観した立ち位置。

どうすればこんなふうに考えられるようになるのだろう。羨《うらや》ましくなって思わず溜息を吐きかけた瞬間、扉を開けてガルドランが顔を出し、開口一番に宣言した。

「カレス！　遠駆けに出かけるぞ」

突然の誘いに反応できずにいると、ガルドランは大股で部屋を横切ってカレスの腕をつかみ、有無を言わせず立ちあがらせた。

「乗馬の訓練は進んでいるんだろう？　ロスカーの辛気くさい手伝いなんか後まわしにしとけ」

「え…、あの、ロスカーさん。すみません、書類の検分はまた後で…」

慌てて詫びるカレスに向かって、ロスカリウスは鷹揚に手を振ってみせた。

「かまいませんよ。ゆっくりお相手なさって来てください」


ガルドランは黒馬、カレスは調教の行き届いたおとなしい白馬に乗って白蓉山を降り、春分を過ぎた春の陽気に賑わう広大な市街地を通り抜けた。

「毎日毎日、ロスカーの所へ入り浸りだな。彼を手伝うのは楽しいか？」

「観劇や詩の朗読会に出るよりは…」

ちょうど通りかかった壮麗な劇場をちらりと横目で見あげて、カレスは半分申し訳なく思いながらも、正直に答えた。

記憶が戻って以来、ガルドランはカレスを環翠宮から連れだして、さまざまな遊興《ゆうきょう》を体験させようと努めている。

カレスがノルフォールで書記官長だった頃から、

その無趣味ぶりに呆れ、ろくに休日も取らずに仕事漬けだった毎日を心配していたせいだろう。

苦手でも気が進まなくても、とにかくひと通り試してみろ、気に入るものがあるかもしれないと、お忍びで市街へ下りて、各地から集まってくる文化人と交流を持たせたり、演奏家や画家や役者と引き合わせて極意の伝授を頼んだりしている。

「国の発展には人材が必要で、人材は教育から生まれる。そして教育には、知識だけではなく教養も必要になる」

ガルドランの主張に気負いはない。

「剣を振りまわして陣地争いに勤しんだのは過去の話だ。領主は土地の広さを誇るより、人々の暮らしと心の豊かさに気をそそがなければいけない」

カレスはうなずきながら、ガルドランが自分にそうした仕事の一端を正式に担わせてくれないことに寂しさを覚える。

ノルフォールの、夏でもどこか陰鬱な影が残る街とは違い、活気にあふれ、自由と豊かさと春の恵みを謳歌《おうか》する陽気なルドワイヤ市街を抜けて、萌《も》え出ずる緑の野に馬を並べて進めながら、カレスは小さく吐息をこぼした。

ロスカリウスのようにとまでは高望みしないけれど、せめて彼の部下程度には信頼して仕事を任せて欲しいのに。

——頼りにされていないんだ。

知識ばかり詰め込んだ、頭でっかちと思われているからだろうか。自覚はあるので、ガルドランの勧めにはなるべく従うようにしているのだが…。

空は青く、山の峰々は白く霞《かす》み、陽光は柔らかく新緑の大地を照らしている。少し汗ばんだ頬を撫でて行く風の爽やかさとは裏腹に、最近ガルドランとのあいだにできた薄い膜のような距離感と相まって、カレスの悩みは尽きない。

先刻ロスカリウスと話したように、ガルドランが公爵家当主の義務を果たすため、二人目の妻を娶《めと》り正式な後継者を成すことも、やはり覚悟しておかなければいけないだろう。

家格が高くなればなるほど、後継者問題は当主の責任として重くのしかかる。そうしたことは本人がどれほど拒絶しても無駄なのだ。

時々弱気になることはあっても、ガルドランが求めてくれている限り、自分から彼の傍を離れるつもりはなかった。

けれどいつか…、たぶんそう遠くはないだろう未来。公爵が妃を迎えたら、その時は僕が身を引かなければならない。

ひとりの人間の愛情を、複数で奪い合うことの不毛さは身に沁みている。家と跡継ぎのためとはいえ、正式に妻として迎えられた女性を自分の存在で苦しませたくはない。——本音は、妻を慈しむガルドランの姿を見ていたくはない。

そのときはルドワイヤを出よう。ルドワイヤを出て、その後の行くあては思いつかないけれど。


鬱々と考え込みながら駒《こま》を進め、いつの間にか郊外に出ていた。畑と牧草地を抜けて、いくつか林を通り過ぎ森に入る。

しばらくそのまま進み、やがて空気が変わったのを感じて、カレスは埒もないもの思いから顔をあげた。ガルドランが馬を止めて指し示す。

「このあたりは三百年前の大洪水時代に河床《かしょう》だった場所だ」

左右を人の背丈の五倍ほどもある崖に挟まれた足下に、驚くほど平坦な道が延びている。

そして視界のすべてを覆う緑、碧、翠《みどり》。

元は河床だった道から崖にかけてびっしりと生え競う苔《こけ》や羊歯《しだ》植物。仰ぎ見る崖の上に生えた木々が天然の天蓋を形作り、そこから小指の先ほどの小さな木漏れ日がふたりの上に降りそそぐ。

ちらちらと衣服の上で踊る光の粒は、まるで小さな妖精だ。

「歓迎されているんだ。ほら、他の場所より光が多く降りそそいでいるだろう」

ガルドランに当然のように微笑まれて、カレスは戸惑った。

「僕には、精霊使いの素養がまるでないので」

「目を閉じて、感じるだけでいい。気持ちいいとか、安心できるとか、そういった思いに身をまかせて…」

ピタリと寄り添う馬上から伸びてくる逞しい腕に抱き寄せられて、カレスは素直にまぶたを伏せた。

ガルドランの身体から漂う森と同じ香りに包まれる。

「なあ、カレス」

しばらく抱き合った後、ガルドランはそっと口を開いた。

「言霊《ことだま》というのがあるだろう。心の深い場所から湧き出る想い、そこから形作られた思考の次に言葉がある」

言葉には力がある。口に出し音にすることで力を得た言の葉は、人と世界に様々な影響を与える。

「俺を好きだと言え。そうすればおまえの世界は大きく変わる。おまえ、人に…、誰かに好きだと口に出して伝えたことがないだろう?」

「……」

ガルドランの指摘はカレスの弱い場所を正確に突き刺した。

このところ毎晩のように見ている、告白を促す焦燥感に満ちた夢。それはカレスに進むべき道を指し示し、同時に警告していたのかもしれない。

このまま臆病風《おくびょうかぜ》に吹かれ勇気を出さずにいれば、やがてガルドランも、ライオネルのように心変わりをするぞ…と。

「俺はおまえを愛している。どんな理由があったとしても、おまえがいるのに妻を迎える気など欠片もない」

母の当てこすりなど気にする必要はない。ただ俺の言葉を信じて、そして応えてほしいんだ。

ガルドランの真摯な言葉に、カレスは拗ねた子どものようにうつむき加減でつぶやいた。

「――でも、リオだって…」

「奴がどうした」

真剣な告白の最中にその名を出されたせいか、珍しくガルドランの言葉に怒気が混じる。

「ずっと僕を好きだと言いました。僕が一番好きだと、そう言ってくれていたのに…」

いつの間にかその場所は、黒髪の少年のものになってしまっていた。

「あいつと一緒にするな」

「ちがいます…、でも」

火傷を負った人間が、火を怖がるのを責めないで欲しい。

温もりが欲しい。闇夜《やみよ》を照らす光も欲しい。

それでも火に焼かれ痛みにもがき、消えない傷痕を抱えてしまった心は臆病で、再び炎に近づくことを怖がる。

カレスは黙り込み、唇を噛みしめた。

誰かに深く想いを寄せすぎるのは、――心を預けすぎてしまうのは、怖いのだ。

カレスがガルドランを好きだと認めることは、心変わりを認めることであり、それは同時に、ガルドランも心変わりする可能性があるということを認めることになる。

いつの日か、ガルドランがカレスに飽きたら？

カレス以上に大切にしたい存在が現れたら？

妃を娶れば、彼女を一番に愛するようになるかもしれない。どんなにあがいても、人の心を変えることはできない。

カレスにはかつて無条件に信じていたライオネルの愛情を、呆気なくエリヤという少年に奪われてしまったという手痛い過去がある。

エリヤより自分を愛してもらいたくて、いろいろと努力もしたつもりだったが、何ひとつ報われることはなかった。

たった一度の、そして最大の失恋でカレスが学んだことは、どんなに努力しても叶わないことがあるという事実だ。

それでも……――。

好きだと言えばずっと愛してもらえるのか。

では、ライオネルに好きだと告白していれば、今、彼の隣にいるのはエリヤではなくカレスだったかもしれないと?

好きだと告白し合えばずっと愛し合えるとでも?

答えは否だ。

「言葉にしたって、無意味でしょう…」

言いながら、自分でもこれは嘘だと思った。

カレスはただ、言葉にすることで、引き返せない場所まで自分の心が深く強くガルドランに囚われるのが怖いだけなのだ。

言の葉には力がある。それはたぶん真実だろう。

ガルドランを好きだと認めて告白することで、再び恋の修羅《しゅら》に陥るのが恐ろしい。

ライオネルに続いてガルドランにまで『おまえのことは好きだが、他にもっと大切な人ができた』などと言われたら、二度と再び立ち直ることなどできないだろう。

この先一生ガルドランに大切にしてもらえると自《うぬ》惚《ぼ》れられるほど、自分に魅力があるとも思えない。

『いつか見捨てられる』

その確信は、誓約書に記された決まり事のような重圧でカレスを苦しめる。それを覆《くつがえ》すことが不可能ならば、そっと息を潜め、愛など告げず想いも交わさず、ひっそり風化するのを待つ方がましだ。

どうせあきらめるのなら早い方がいい。ガルドランの愛情は今だけのものと割り切ってしまえば、いっそ楽になれる。

本気でそう思うほど、カレスは臆病になっていた。

‡

身を離してうつむいた頬に栗色の髪がかかる。

表情を隠し、自らの身体を抱きしめて他者を寄せつけようとしないカレスの姿に、ガルドランの心も重く沈む。

告白など無意味だと嘯《うそぶ》くカレスの本当の理由は、結局、未だ金髪の貴公子ライオネルに想いを寄せているからだろう。

ガルドランには決して言おうとしない「好き」のひと言を、夢の中で夜毎告げずにいられないほどに。

恋人の心が他へ向いているという理由でガルドランの愛情が薄れることはなかった。しかし、カレスの臆病な心が原因で作り出された亀裂は、思わぬ事件によって深く大きく広がることになったのである。

‡ 洒涙雨《さいるいう》 ‡

「公爵閣下、閣下の御友人だと申されるアルヴァス・バルトラム侯爵が訪ねてまいりましたが、お通ししてもよろしいでしょうか」

橘月《ごがつ》初旬。環翠宮の広間でカレスに円舞曲《えんぶきょく》の足運びを教えていたガルドランは、扉口に現れて一礼したウィドの言葉に振り返った。

ノルフォールからカレスについてきた老僕は、ルドワイヤと環翠宮の暮らしにすっかり馴染んでいる。

「アルヴァスが？　あいつはまた先触れもなしに」

相変わらずだなとつぶやいてから、ガルドランはウィドに応接室へ通すようにと指示した。

「カレス、残念だが円舞曲の練習は中断だ」

宣言したとたん、あからさまにほっとした表情を浮かべる青年に思わず苦笑が洩れる。

「中止じゃなく中断、だからな。最低でもあと三種類の動き《ステップ》を覚えるまで、書庫への出入りは禁止」

「…はい」

無意識に唇を尖らせて肩を落とす姿を見ると許してやりたくなるが、このくらいの条件を出さないと本気を出さないのだから仕方ない。

――いや、本人は本気を出してるつもりだろうが、いかんせん覚えが悪い。報告書や収支計算書は一読しただけで覚えてしまうくせに、この差はなんだ。やる気の問題か。などと考察しつつカレスの手を引いて応接室へ向かう。

扉を開ける寸前、カレスをあの男に引き合わせるのは止めておくべきか…と迷ったが、自分の知らないところで勝手に顔を合わせられても厄介だ。

とりあえず、釘を刺しておくか。

「カレス、これから紹介する男の言うことはあまり真に受けないように」

「アルヴァス・バルトラム卿ですね。どういった御友人なのですか？」

「昔馴染み、だな。子どもの頃、一緒にいろいろと悪さをした」

若気の至りと脛《すね》の傷をいくつも共有していて、中にはあまり褒められない類のものもある。

「ああ…、なるほど」

ガルドランが言外に言いたかったことを、カレスは理解したようだ。こういう面では察しがいい。

満足して扉を開いたガルドランの背後で、カレスはぼそりとつぶやいた。

「それは却って興味が湧きますね」

‡

「三年ぶりだな、アルヴァス」

「正確には三年と四ヵ月ぶりだ、ガーディ。真面目に働いてるか？」

「おまえさんよりはな」

「俺が各国を渡り歩いてるのは、あんたと違って仕事だぜ」

「趣味と実益を兼ねた、な。今回も滞在先にひとりずつ愛人を作ってきたんだろう？」

互いに肩を叩き合って再会を喜んでいるふたりの、爵位のちがいなど毛ほども気にしていない様子を、カレスは少し離れた場所で見守っていた。

やがてガルドランが何かささやいて振り向くと、アルヴァスもそれに続いてカレスを見つめ、表情を改めて近づいてくる。互いに一歩の距離で足を止めたバルトラム侯爵は、ガルドランにひけを取らない恵まれた体軀《たいく》と洗練された身のこなしで、カレスに向かっていとも優雅に一礼してみせた。

「外交官をしております、アルヴァス・バルトラムです。以後お見知りおきを」

ガルドランの身のこなしも、しなやかで美しいと常々思っていたが、侯爵にはそれに加えてきらびやかな華やかさがある。

背丈や身体つきはガルドランとよく似ているが、全体的にやや線が細い。癖のある柔らかそうな黒髪と、黒に近い焦茶色の瞳が異性にも同性にも警戒心を抱かせない親しみやすさを醸し出している。

女性が好みそうな甘く整った顔を失礼にならないようさりげなく観察していると、突然吐息が触れるほど距離をつめたアルヴァスに左手を取られた。

「瞳は炎に透かした琥珀、髪は夕陽を浴びた黄水晶。美しい方、あなたのお名前は？」

「――…っ」

経験したことのない挨拶に、絶句するカレスの戸惑いをよそに、アルヴァスは手の甲に唇接ける仕草をしながら、射抜くような強さで見つめてきた。

「あ…の、」

予想外の成り行きに呆然としているカレスの代わりに、ガルドランがアルヴァスの手首をつかんで引き離し、泥でも振り払うように投げやった。

「勝手に触るな」

言いながらカレスとアルヴァスの間に割って入る。

「おや、彼は君の所有物なのかい？」

「そうだ。頭の天辺《てっぺん》から爪先まで俺のもの。貴様がつけ入る隙は微塵もない。だから口説くな近づくな。ついでに色目も使うな」

「やれやれ。久しぶりに帰国した幼馴染みに対してなんたる物言い」

アルヴァスは芝居がかった仕草で肩をすくめ、呆れ顔で天を仰いでみせた。

「しかしガルドラン、君がそんなに独占欲を露にするなんて、長いつきあいで初めて見たな。ますます興味が湧いたぞ。で、彼の名前は？」

懲りない調子でカレスに流し目を送るアルヴァスを睨みつけたガルドランは、仕方なさそうに背後に隠していたカレスを前に出して紹介した。

「彼の名はカレス・ライアズだ。口説くなよ」

釘を刺すガルドランの渋顔と、甘く微笑むアルヴァスを見くらべたカレスは、ついに耐えきれなくなって小さく噴き出してしまった。

「仲がいいんですね」

カレスの言葉に毒気を抜かれたガルドランは、苦笑してアルヴァスに椅子を勧め、三人は午後のひとときを歓談して過ごした。

‡

その報せがもたらされたのは、アルヴァスが赤砂漠越えで隊商とはぐれた顛末《てんまつ》を面白可笑しく披露していたときだった。

「歓談中に失礼いたします。閣下、セロンでまたも洪水が発生しました」

足早に入室してきたロスカリウスの報告を受けたガルドランは、素早くカレスとアルヴァスに視線を走らせて首席顧問官に続きを促した。

「被害状況は昨年を上まわっている模様。堤防《ていぼう》の決壊、濁流による家屋倒壊と水没、家畜と作物への被害は未だどの程度か把握できていませんが、楽観はできません」

さらに、おおよその死者行方不明者の規模などを素早く聞き終えると、

「救援軍を明日の夜明け前には出発できるよう準備しろ。俺も同行する」

即座に命じてから、ガルドランは視察にカレスを伴うか否かを一瞬思い悩んだ。

一年前は、数日留守にしただけで恐慌状態に陥った。ノルフォールで政敵に陵辱《りょうじょく》された記憶も、未だにすっぽりと抜け落ちたままである。

表面上はすっかり回復したように見えても、心の傷が完全に癒えたとは言いきれないそんな状態のカレスを、独り残して行くのは不安だった。

「一緒に連れて行ってください」

ガルドランの迷いを察したように、カレスは自ら同行を願い出た。

「災害現場への視察経験は何度もあります。迷惑はかけませんから」

ノルフォールの元書記官長の毅然とした態度に、ガルドランは心配をねじ伏せてうなずいた。

‡

ルドワイヤ領内では、常時の森林警護は黄旗《おうき》軍に任されている。非常事態の発生に伴って巡回が強化され、災害現場には非番の者が招集された。

二年続けて被害のあったセロンの地は、領都から馬で一日の距離にある。早馬を用意すれば半日ほどに縮まるが、今回は物資を積んだ荷馬車が多いため、急いでもそれなりに時間がかかる。

翌日未明。前夜報告を受けてすぐさま準備させた水と食料、医薬品を携《たずさ》え、復旧作業に従事する黄旗三隊を引き連れて、ガルドランは洪水の現場セロンへ向けて出発した。

カレスは雨でぬかるんだ道に注意して馬を進めながら、ときどきちらりと傍らのガルドランを見つめた。

公爵家近衛である紫旗隊に囲まれながら、その中の誰よりも立派な体軀《たいく》を持ち威風堂々と馬を進める隻眼の男の姿が目に入ると、こんな状況で不謹慎《ふきんしん》だと思いながらも、誇らしさと胸苦しいような愛しさが湧きあがるのを抑えられない。

彼が傍にいてくれるだけで、何もかも良くなってゆく。こうした非常時であれば尚のこと、そういう頼もしさがガルドランにはあった。

現場よりずいぶん手前で一行は歩調をゆるめた。目の前に続く道幅は馬三頭が並んで楽に通れる程度。道の左側は切り立った崖。右側はゆるやかな斜面が五タールほど続き、その先は森になっている。

「公爵閣下、この先は足場が危のうございます。渡し場を確保しますので、歩行にて進まれますようお願いいたします」

斜面側の一部がわずかに崩れ落ちているからと、畏まって報告する黄旗将軍にうなずき返したガルドランは、身軽に馬を下り、少し後ろで下馬しようとしているカレスに手を差し出した。

「俺から離れるな」

近衛たちが見守る中、臆面もなく抱き寄せようとする隻眼の大男にカレスは戸惑い、差し出された手を取るのを躊躇《ちゅうちょ》した。

その一瞬の間が、ふたりを引き裂いた。

「公爵、水が…」

ガルドランが立っている左側の崖から、子どもの水遊びのような水流がこぼれ落ちた。

水滴が服にかかる——。

そう言いかけてカレスが手を伸ばそうとした瞬間、今の今まで堅固に見えた崖土が、まるで積み木のようにもろく雪崩《なだれ》落ちた。

「……ッ!!」

間髪置かず、轟音とともに間歇泉《かんけつせん》のような勢いで吹き出した大量の土砂と水が、ガルドランの長身と傍に控えていた近衛数人を呑み込み押し流した。

「————…ガ…!」

差し出された腕の残映も消えていないのに、一瞬前までガルドランが立っていた大地は、轟々と吹き出る水流によって深く抉り取られ消え去った。

「公爵…ッ、ガーディ！　いやだ！　嫌――ッ！」

恋人を連れ去った濁流の行方を目で追い、崖下に身を投げだそうとしたカレスを、背後にいたロスカリウスが慌てて抱き留める。ふたりの足下の地面も、噴出し続ける大量の水によって削られ、もろく崩れはじめていた。

「カレス殿、ここは危ない。下がりましょう」

「嫌だッ…！　ガーディ…ッ！　ガルドラン…ッ」

叫んで手を伸ばし、土砂の流れを追いかけようとしたカレスは、ロスカリウスと数人の近衛兵に抱えられるようにしてその場から引き戻された。

「崖から離れろ、いつまた崩れるかわからん！」

「捜索隊を、急げ！　梯子を下ろせ!!」

叫び声とともに、訓練された屈強な近衛たちが次々と縄梯子を下ろして斜面を降《くだ》ってゆく。

「大公夫妻に報せを送れ」

「点呼を！　流された人数を把握しろ。物資を運ぶ人員以外、全兵力を投入して捜索に当たる。地図を持って来い、範囲の選定と人数を――」

主と仲間を押し流した濁流の行き先を見据えながら、紫旗近衛軍の指揮官が指示を飛ばす。

「洪水現場には水と食料と薬を届けろ。黄旗軍は予定を変更して公爵の捜索に加える。黒旗、青旗両将軍にも報せを」

慌ただしく飛び交う伝令と怒号、軍馬のいななき。嵐のような騒ぎの中に独り取り残されたカレスは、へたり込みそうな脚を叱咤《しった》して捜索隊に加わろうとした。その腕をつかんで引き戻される。

「カレス殿、ここは危険ですからどうか環翠宮にお戻りください。あなたの身にもしものことがあったら、公爵が戻ったときに申し訳が立ちません」

滅多なことでは動じないロスカリウスが、さすがに血の気をなくした蒼白《あおじろ》い顔で言い募る。けれどカレスは強く首を振り、唇を震わせながら言い返した。

「そんなことは、あの人の無事が確認されてから心配してください」

濁流の発生した地点から遥か下流に至るまで、大規模な捜索が展開されたにもかかわらず、その日ガルドランの姿は発見されなかった。

翌日。かなり下流の泥土《でいど》の中から瀕死《ひんし》の近衛兵ひとりが発見された。さらに半日後には三人の近衛とガルドランの馬が発見されたが、主の姿だけは依然として行方不明のままだった。

一見、平坦に見える森の中は、足を踏み入れると沢や谷が多く入り組んだ地形をしている。ガルドランを押し流した濁流は四方八方へと流れが分岐《ぶんき》したせいで、捜索は難航した。

「――……生死が判明するまでは箝口令を敷く」

紫旗近衛将軍の悲痛な指示を偶然耳にしたカレスは、事態が当初の予想より遥かに悪いことを、認めざるを得なくなった。


三日目には、息子の遭難を知った大公夫妻が現場に駆けつけた。母である大公妃は心労のあまり今にも倒れそうな顔色だったが、父である大公は不自由な身体を椅子に埋め、顔色は悪いながらも、さすがというべきか瞳は炯々《けいけい》として威厳を保っていた。

四日目。なんの進展もなく日が暮れる。

そして五日目の朝、現場で息子の安否《あんぴ》を気遣い続けた大公妃が倒れたのをきっかけに、夫妻は一旦《いったん》本宮殿に戻ることになった。ふたりの帰還を待って、万が一ガルドランが死亡していた場合、次の家督を誰が継ぐかという親族会議が開かれるのだと、まことしやかな噂が捜索現場に流れた。

六日目の捜索も徒労《とろう》に終わり、七日目の朝を迎えると公爵の生存は絶望視されるようになった。

主とともに流されながら翌日救出された近衛兵たちは、二日目に発見されたからこそ九死に一生を得たのだ。ガルドランが近衛兵と同程度の怪我を負っているとすれば、丸六日も過ぎた今、無事に生きかながらえていると断言できる人間はいないだろう。

「いいえ。きっと生きています」

連日、ほとんど不眠不休で慣れない捜索活動に加わり、七日目の未明に衰弱しきって昏倒したカレスは、連れ戻された環翠宮で目覚めた後、それでも毅然とした態度を崩さず言い切った。

「どこかに見落としている点があるはずです。捜索範囲を見直してみてください」

カレスの主張はしかし、誰にも聞き入れられることなく軽んじられた。

現場で捜索に加わっていたカレスの振る舞いを見《み》咎《とが》めた大公妃が、『非常時とはいえ、愛人風情が主のいぬ間にあれこれ口出しするとは許し難い。虎《とら》の威《い》を借る狐《きつね》とならぬよう、今後カレスの発言には一切耳を貸してはならぬ』と釘を刺したからである。

大公妃の発言は、息子が遭難した場に居合わせながら、自分だけ無事だったカレスに対する逆恨《さかうら》みであり、理不尽な怒りでもあった。


虎の威を借る…とは言い得て妙で、後ろ盾であるガルドランの不在により、カレスの立場は非常に危うい、寄る辺《べ》なき状態になっている。

捜索隊を指揮している黒、黄、青旗三将軍はおろか、顔馴染みになっていた近衛紫旗将軍にも意見を容《い》れてもらえない。

悔しさと情けなさのあまり拳を握りしめて立ちすくむカレスに、ロスカリウスが慰めの言葉をかける。

「公爵が、あなたはノルフォールで政争に巻き込まれ辛い思いをしたことがあるから…と、わざと正式な官位も権限もお与えにならなかったのです。そのことが裏目に出ました」

文官を統括《とうかつ》する枢密《すうみつ》顧問団の最高位にあるロスカリウスにも、カレスの身分や立場についてはなんの保証も持てないと言う。

「公爵はあなたを、私人として傍に置いておきたかったようです」

「そうですか…」

ライオネルの元で書記官長として過ごした日々の記憶が未だに一部抜け落ちているのと、『政争に巻き込まれた』という言葉は関係があるのだろうか。

「過ぎたことを悔いても仕方ありません。今は公爵の無事だけを考えましょう」

カレスは自分に言い聞かせるように、しっかりと顔をあげると、森に降りてシルヴァを捜した。

白銀に輝く狼には特別な力が宿っている。ルドワイヤの森を守護する彼なら、ガルドランの居場所を見つけられるのではないか。

願いを込めて何度も呼ばわったけれど、応えは梢のざわめきばかり。何かの意図があるのか天命なのか、頼もしい白狼はついに姿を現さなかった。

「ルドワイヤの地図を古いものから新しいものまで、主に地質に関係するものを見せていただけますか」

シルヴァを捜すのをあきらめて離宮に戻ったカレスは、新たな決意を込めてロスカリウスに頼んだ。

地図の類はどこの国でも最高機密扱いである。

カレスはロスカリウスの権限に頼ることで治水省《ちすい》から借り出した領内の地図、特に古い時代の河川図を睨みつけ、懸命にガルドランが流された地点を推理しようとした。

ルドワイヤ公爵が行方不明になって十日目。ロスカリウスによると、親族会議では、ほぼガルドランの死亡を前提に話し合いが進められているらしい。

カレスはそうした情報や、城内に充満している絶望的な会話には一切耳を貸さなかった。

朝昼晩と、シルヴァを捜しに森に降りては落胆し、離宮に戻って気持ちを切り替える。

「公爵を呑み込んだ濁流は、この地点で二手に分かれた可能性があります。ここにある丘陵地の表面は硬い玄武岩《げんぶがん》ですが、内側は石灰質《せっかいしつ》を多く含んでいます。過去の記録でこのあたりに三度洪水が起こっていることも調べました。外からは見えないけれど、水の通り抜ける道がどこかにあるはずです」

そしてそこに、ガルドランが流されている可能性がある。カレスはそう言ってロスカリウスに捜索隊の出動を頼み込んだ。

「手配しようとしたのですが、カレス殿が指摘している場所があまりに予想範囲から外れているので、皆、突拍子もない意見だと聞く耳を持ちません」

当然そこには『愛人の言うことになど耳を貸すな』という大公妃の伝達が影響している。

文官の最高位にあるロスカリウスにも、領兵を直接動かす権限はない。

「では、僕ひとりで捜します」

ガルドランの威光がなければ何ひとつ自由にならない状態に歯噛みしつつ、踵《きびす》を返して厩《うまや》に向かおうとしたカレスを、ロスカリウスは慌てて呼び止めた。

「お待ちなさい。軍兵に出動は要請できませんが、我が家の護衛をお貸ししましょう。近衛ほど訓練は行き届いていませんが、体力と根気はあります」

「ロスカーさん…」

「もう何日も眠っていないのでしょう？　あまり無茶はしないでください」

カレスはやつれた頬に手を当てながら、力なくつぶやいた。

「公爵が無事に戻ってきたら、いくらでも…休みますから」

翌日未明、捜索と救出に必要な道具や薬を用意して、ロスカリウスづきの護衛兵三名とともに環翠宮を出ようとしたカレスの前に、数人の男たちが現れた。皆、従僕や下働きのお仕着せを身にまとっているが、よく見ると身のこなしや目つきが違う。

「我々も同行いたします」

「あなた方は、確か環翠宮の…」

何人かは見覚えがあると思いながらカレスが訊ねると、代表らしき人物が進み出た。

「公爵閣下より、カレスさまの身辺警護を仰せつかった者たちでございます」

「え…」

「何が起きようとも第一にカレスさまの身の安全を優先せよ、ただし可能な限り目立たぬようにと厳命されておりました」

「公爵が、僕のために…?」

男の言葉を理解した瞬間、ガルドランがどれほど自分のことを大切にしてくれていたかを思い知る。

「ガーディ…」

胸が苦しい。

愛していると言われ、おまえの喜ぶ顔が見たいと言われても、どこかで信じ切れていなかった。

人の心は変わる。

いつかガルドランの気持ちも離れてゆく。

そんな予防線を引いて、傷つくことに慣れようとしていた自分の姑息《こそく》さが恥ずかしい。

「はい。本来ならば、黙ってあとを追うべきなのでしょうが、緊急事態であり、公爵閣下を救出するためでもあります。どうか我々もお連れください」

カレスは潤みそうになる瞳を瞬きでごまかして、姿勢のいい男たちを見渡した。泣くのはまだ早い。

「もちろんです。一緒に公爵を見つけましょう」


ロスカリウスづきの護衛士三名、カレスの警護士五名を加えた十名の一団が、カレスの推定した場所にたどり着いたのは昼近く。

「木の葉に泥が飛んでいます。下草に隠れて、…ああ、やはり。土砂の流れ込んだ跡がある」

カレスの指示に従って護衛士たちが鬱蒼《うっそう》と重なり合う茂みをかき分けて進むと、なだらかな丘陵地帯の一角に突然深い亀裂が出現した。小岩と流木を除《ど》けて人ひとりが通れる穴が開くと、護衛士の中から「もしかしたら…」という声が洩れる。

屈強な護衛士のひとりが投げ入れた縄を伝って底に下り、横に開いた隧道《すいどう》に潜り込んでさらに奥へと進んで行く。

陽差しが西に傾きはじめた頃、縄がグイと力強く

引かれた。同時に、

「いました――…！　生きています…ッ」

声が響いて、その場にいた全員が歓声をあげた。

護衛士のひとりが急いで他の捜索隊に狼煙《のろし》をあげ、公爵の生存と発見を報せる。

数刻後、半信半疑のまま駆けつけた紫旗近衛隊が目にしたのは、右半身を無惨なまでに青黒く腫《は》れあがらせた公爵と、彼にすがりついて涙をこぼす栗色の髪の青年の姿だった。

「閣下、よくぞご無事で…」

駆け寄った紫旗将軍と医師である精霊使いに、ガルドランはカレスの肩にまわしていた左手を弱々しく振ってみせた。

「――…蜥蜴《とかげ》は…食い飽きた。さすがの俺も、今回ばかりはもうだめかと…」

「ご安心ください。このアル・ファシルめが参りましたからにはもう大丈夫でございます。ささ、手当てをいたしましょう」


応急処置をはじめた精霊使いに場を譲り、カレスが意識をなくしたガルドランの傍から離れると、近衛士たちが次々と主君を取り巻きはじめた。

夜になる前に、治療を受け続けるガルドランのまわりには天幕が張られ、衛士が十重二十重《はたえ》に警護を固めてゆく。それでもまだ、カレスは傍にいることができた。

しかし翌日、ガルドラン発見の報せを受けた大公夫妻が駆けつけると、カレスは天幕から追い出されてしまい、ちらりとも姿を見ることができなくなった。

昼近くになると、ガルドランに近づけるのは極《ご》く一部の人々だけになり、公爵発見の功労者であるはずのカレスは警護の輪から閉め出され、天幕の影を踏むことすら叶わなくなった。

やがて西陽が黄金色に空気を染める頃、大勢の従者に傅《かしず》かれた一基の輿《こし》が到着した。中から優美な貴婦人が現れる。

「どこのご婦人だ」

「閣下の婚約者だそうだ」

噂は野火《のび》のように衛士たちのあいだに広まり、当然カレスの耳にも入る。人垣の後ろから呆然と見つめるカレスの視線の先で、ガルドランの婚約者だという女性は衛士たちに恭しく道を譲られ、大公妃に迎え入れられて、未来の夫が横たわる天幕の中へと姿を消した。

遠巻きにその様子をうかがっていたカレスが、身の置きどころのないまま呆然と立ち尽くしていると、入れ替わりに天幕から出てきたロスカリウスが驚いた表情で近づいてきた。

「どうしたんです、こんな所で――、ああ妃殿下ですね。まったく、どうかしている」

カレスが答える前に事情を察したロスカリウスは踵を返し、再び天幕に向かって歩きはじめた。

「この方を通して差しあげるように。公爵の命の恩人だ」

毅然とした足取りで、近衛士たちをかき分けて進むロスカリウスに先導されて、カレスはようやく天幕にたどり着いた。

しかしカレスが入り口の垂れ幕に手をかけるより早く、声を聞きつけて姿を現した大公夫人によって、ふたりともすげなく追い払われてしまった。

「治療の妨げになります。今後は何人たりといえども、わたくしの許可なく近づくことを禁じます」

「しかし妃殿下、カレス殿は閣下を発見した第一の功労者でございます。何卒《なにとぞ》…」

「息子を見つけてくれたことには感謝しましょう。けれど、それと看病のため傍に侍ることは別問題。息子の傍に侍っていいのは、わたくしが認めた方だけです」

「いくらご母堂《ほどう》とはいえ、理不尽にも程が…」

臣下の分《ぶ》を越えかけたロスカリウスの腕に手をかけて、カレスは小さく首を振った。

「ロスカーさん、もういいです」

「しかし、カレス殿」

「公爵が無事なら、それで構いません。僕のために、あなたが妃殿下の不興《ふきょう》を買われる必要はありません」

「カレス殿…」

「あの人が生きてさえいてくれるなら、今はそれで充分です——」


生きてさえいてくれればそれでいいというカレスの願いも虚しく、大公夫人と婚約者によって白蓉山の奥殿に運び込まれたガルドランの容態は、危険な状態に陥った。

傷による敗血が全身にまわったせいだという。

カレスは何度も面会を求めたが、返答すらもらえない。それでも日に何度も環翠宮と奥殿正門のあいだを行き来するカレスを見かねたロスカリウスが、本宮殿の一室を用意してくれた。

「こちらの窓から奥殿の正門が見えます。何かあったらすぐにわかりますから、少し休まれてはいかがですか。もう何日も眠っていないでしょう？」

「ありがとうございます。でも、少しも眠くならないんです」

カレスが力なく首を横に振ると、ロスカリウスもそれ以上無理には勧めなかった。

ガルドランが奥殿に運び込まれて三日目。まことしやかに流れた公爵危篤《きとく》の噂を聞いたカレスは、無駄とわかっていながら奥殿正門前に駆けつけ、ひと目でいいから公爵に会わせてくれと頼み込んだ。

血の気を失くし、古紙のようにかさついたひどい顔色と目の下の隈《くま》、やつれた頰、そして何度も泣いた跡だとわかる充血した瞳と赤い目尻。艶をなくした髪を振り乱して懇願するカレスの姿に、さすがに同情した門衛が、奥勤めの女官に交渉してくれた。しかし応対に現れた侍女の言葉は取りつく島もない。

「御親族と大臣、将軍以外の面会は許されておりません。お帰りください」

すげなく追い返されたカレスは、ロスカリウスに用意してもらった部屋に戻ると窓から奥殿正門を見つめ、その先にいるはずのガルドランの回復を祈り続けた。

夕刻になって、憔悴《しょうすい》した様子のロスカリウスが現れ、危篤は誤報だったと教えてもらい安堵する。

しかし危険な状態には変わりないという。

「できることなら奥殿にカレス殿をお連れしたいのですが、現在閣下の枕元に近づけるのはご両親だけ、私ですら隣室で待機している状態では、さすがに無理と言わざるを得ません」

「そうですか…」

カレスが肩と視線を落とすと、ロスカリウスは口調を少し明るくした。

「ですから、カレス殿の髪をひと房いただけますか。それなら閣下にこっそりお渡しできます」

カレスはもちろんですとうなずいて、自ら鋏を入れて切り取ったひと房を預けた。それを袱紗《ふくさ》に包んで懐《ふところ》にしまい、再び奥殿へ戻って行く首席顧問官の背中を、カレスは切ない思いで見送るしかなかった。

その夜も食事は喉を通らず、環翠宮からやってきて身のまわりの世話をしてくれているウィドとマイアを心配させた。せめて寝た振りだけでもしようと、寝台に横たわる。頭の芯に鈍い痛みが居座り、身体は鉛のように重いのに眠りは訪れない。

ときどき意識が途切れても、何かに脅されたように目が覚める。そのたび胸が痛いほど脈打って吐き気が込みあげた。

ガルドランを失った世界で生きる自分の姿など、欠片も思い描くことができない。希望の見えない辛く苦しい闇の中でカレスは心に誓う。

――ガーディ、もしもあなたが儚くなったら僕もあとを追う。

そう心に決めると少しだけ落ちつくことができた。

そのまま気絶するように短い眠りに落ちて、大切な人が遠くへ行ってしまう夢を見た。泣きながら目を覚まし、夢うつつのまま寝台を出る。

寝室を出て書斎、居間、応接室を見てまわったけれど、室内はシン…と静まりかえり、窓から射し込む月明かりがぼんやりと物の輪郭を照らし出しているだけ。

どこにも彼の姿はない。

カレスは居間に戻り裸足のまま露台に出た。夜半の風が涙に濡れた頰を撫でてゆく。

以前もこうしてガルドランを探したことがある。あれはいつのことだったか…。夢の中の出来事のような気もする。今も悪い夢だったらいいのに。

そう願う視界の端に人影が見えた気がして、慌てて露台から中庭へと続く階段を駆けおりた。

見間違いじゃない。茂みの向こうに、背が高くがっしりとした体つきの男の姿が確かに見える。

公爵だ…！

夜露に濡れた芝生の上を裸足で駆け抜けて、カレスは広い背中にしがみついた。

「ガーディ…ッ」

「カレス？」

「あ…」

違う。匂いも声も、抱き止めてくれる腕の感触も、似ているけれど違う。

「――…バルトラム卿《きょう》」

カレスにしがみつかれて振り向いたのは、ガルドランの幼馴染みアルヴァス・バルトラム侯爵だった。

落胆と、夜とはいえ人違いをしたことに動揺して二の句が継げないでいるカレスを、アルヴァスは半ば抱きあげるような形で部屋に連れ戻してくれた。

呆然としているカレスを椅子に座らせ、足の汚れを柔らかな布で拭い、室内に常備されている小さな湯沸かし器でお茶を淹《い》れてくれた。貴族とは思えない手際の良さはガルドランを思い出させる。

「公爵の様子を知らせに来たのだけど、眠っておられると聞いて、明日にしようと思ったところです」

もう何日もまともに眠れていないカレスを慮って、

ウィドやマイアが気を使ってくれたのだろう。

「ガーディ…公爵のことでしたら、気絶していても叩き起こして教えてください」

ふたりの気遣いには感謝しながらカレスが頼み込むと、アルヴァスはわかったとうなずいた。

「あなたが望む通りにしましょう」

「それで、公爵の容態は？」

一番知りたいことを訊ねると、アルヴァスは無言でカレスの前にひざをつき、見あげるように瞳を覗き込んで慎重に口を開いた。

「化膿《かのう》した傷からまわった穢毒《えどく》のせいで熱がなかなか下がらない。このまま意識が戻らなければ…」

覚悟しなければならないと言われても、カレスに動揺はなかった。覚悟ならもうとっくにしている。

ぴくりとも動かず、ひざの上で組んだ自分の指先をじっと見つめるカレスを力づけるように、アルヴァスは声に力を込めた。

「大丈夫。あの男が大切な人を残して、先に逝《い》くわけがない」

確信に満ちた声で言い聞かせ、それからカレスの冷え切った手にそっと己の手のひらを重ねた。

「短い時間だが枕もとで様子を見守っていたとき、譫言《うわごと》で唯一聞き取れたものがある」

「それは、どんな…？」

アルヴァスは重ねた指先にぎゅっと力を込めて、短く答えた。

「『泣くな、カレス』」

低くて艶のあるささやき声が、耳元で聞こえた気がした。

それまで虚ろで平坦だったカレスの視界が、突然ぐにゃりと歪んでぼやける。両眼が痛いと思った次の瞬間、体温より熱い雫《しずく》が驚くほど大量にこぼれ落ちた。

泣くなと言われて、それまで必死で守ってきた何かが跡形もなく崩れてゆく。

ガルドランの願いを聞けない自分が情けなくて、

強く握った拳で両眼を覆う。けれども涙はとめどなくあふれ出る。まるでカレスの心の奥底に凝っていた、恐れと不信の塊を溶かし流すように。

――…僕はどうして、侯爵が他の誰かを好きになる前に、自分から彼の元を去ろうだなんて考えられたんだろう。

もしもガルドランが領主の義務として妻を娶り子を成しても、生きてさえいてくれるなら他には何もいらない。ほんの少しでも彼に必要だと思ってもらえたら、僕は生きていける。いいや、たとえ日陰の愛人扱いになっても、ガルドランが生きてさえいてくれたらそれでいい。

彼が同じ空の下で生きている。その事実だけで、僕も生きてゆける。

ガルドランが寄せる想いの深さにくらべて、傷つくことを怖れてばかりいた自分の卑小さが恥ずかしい。

カレスは決意とともに顔をあげた。

――いつかあなたの心が他の誰かに移っても、あなたの〝一番〟でなくなっても、僕はあなたを愛し続ける……。

翌朝。昨夜アルヴァスに淹れてもらったお茶に沈静の薬効でも入っていたのか、カレスは久しぶりに悪夢を見ずに眠りから覚めた。

食欲は相変わらずなかったが、アルヴァスの勧めで羹《スープ》をひと口ふた口飲んだところでロスカリウスが現れる。

「！　公爵に、何か…」

青ざめたカレスが素早く立ちあがると、ロスカリウスは徹夜明けの憔悴した様子に反して晴れやかな笑みを浮かべた。

「明け方に、意識を取り戻しました」

カレス、アルヴァス、給仕のために控えていたウィドにマイア。その場にいた全員が息を呑み、安堵の深い吐息を吐いて精霊の加護に感謝を捧げた。

　ロスカリウスはカレスに向かって、内緒話のように唇の前に人差し指を立て、片目を瞑ってみせた。

「いっとき昏睡状態に陥りましたが、カレス殿が預けてくださった髪を手に握らせると、まるでそれを命綱にでもしたように目を覚ましました」

　それから皆に視線を戻し、

「まだ朦朧としていて話しはできませんが、医師の見立てでは危険は脱したと」

「では…」

　震える声で確認するカレスに向かって、首席顧問官は力強くうなずいた。

「もう大丈夫です」

‡　半夏雨《はんげあめ》　‡

　嵐のあとの森は、不思議と生の息吹を濃厚に感じさせてくれる。

　千切《ちぎ》れた枝葉から滴る樹液の香りが、むせかえるほどあふれる緑の世界。なぎ倒された老木の合間から若木が顔を出し、へし折れた大木の樹冠の隙間から差し込む陽光を浴びて、下草がいっせいに伸びあがってゆく。

　嵐は、一面だけを見れば破壊現象に違いない。けれどそこには世代交代を促す自然の摂理が含まれている。

　だから嵐のあとの森には、戦争で破壊された街や都市を目にしたときのような悲惨さがない。

　水気を含み、いつもよりくっきりと感じられる木々と土の香りを吸い込みながら、カレスは空を見あげ、河よりも速く流れ去る雲を眺めた。

　傷つくだけでは終わらない強さが欲しい。落雷に引き裂かれた大木の根元から、健気《けなげ》に芽を出す幼木のように。

前の晩の激しい風になぎ倒され、すっかり折れ曲がってしまったアルスの花を見つけて急いで摘み取り離宮に戻る。マイアに頼んで用意してもらった花瓶に生けると、花はみるみる生気をとりもどした。

その中のとりわけ美しく咲いている何本かを、ガルドランの見舞いにしようと、小さな器に生け分け、彼が療養している奥殿へと向かった。

薄紫と濃い青色をしたアルスの花は、小さく可憐な姿とは裏腹に治癒効果の高い珍しい花だ。

花瓶を抱えたカレスが通い慣れた石畳を通って表と奥を隔てる正門にたどり着くと、顔見知りの護衛士が控えめに目礼を送ってよこした。

官吏や貴族が自由に出入りできる本宮殿と奥殿のあいだには、用心深い衛兵に守られたふたつの門が設けられ、何人たりといえども無断で立ち入ることはできない。大怪我をした主を守るために選ばれた衛士たちは皆、屈強な身体つきをしている。

「申し訳ありません。ここから先は大公妃殿下の許可がなければお通しするわけには参りません」

公爵が奥殿に運び込まれてから半月が過ぎていた。

彼らは皆、カレスがこの道を毎日朝昼晩と通いながら、未だ一度も目的の人に会えないでいることを知っている。それが大公妃の意向であることも。

そして自分たちが敬愛する主、隻眼の公爵が九死に一生を得たのは、この栗色の髪を持つ青年のおかげだということも、仲間から聞き及んで今ではほとんどの者が知っていた。

無情に閉ざされた扉の前で、護衛士たちが心底すまなそうにカレスに詫びると、栗色の髪の青年は目の前に立ちはだかる長身の男たちを交互に見あげ、己を納得させるように小さくうなずいた。

「…ではこれを、ガ…公爵の元へ届けていただけますか？　早く元気なるよう、毎日祈っていますと」

「承知いたしました」

「公爵の容態はいかがですか？」

「朝は少し不快なご様子でしたが、身を起こしていられる時間は少しずつ増えてきているそうです」

ガルドランが救助された直後から、生死が危ぶまれていた数日間、カレスは今にも壊れそうなもろい硝子細工のようだった。

大公夫人直属の衛士にすげなく追い返されるたび、彼の方が死んでしまうのではないかと心配されるほど青ざめていた。

危険を脱してからも、大臣や将軍、友人や公爵家ゆかりの人々が次々と見舞いに訪れるのを横目に見ながら、為す術もなく立ち尽くすカレスの姿を哀れんだ衛士はひとりだけではない。

公爵の男妾《だんしょう》ともいうべき立場のカレスに対して、初めは多くの者が冷ややかな態度をとっていた。

しかし毎日見舞いに訪れ、そのたび追い返され、ときには女官に冷たく罵倒《ばとう》されても、真摯な態度を崩さずひたすら公爵を案じる姿は、少なからずカレスに接する者の心を動かしたのである。

大公妃の命に逆らうことは許されないが、こっそり公爵の容態を教えることくらいはできる。

『ようやく意識がはっきりされて、会話を交わされたそうです。最初に訊ねたのはカレス殿のことだったそうですよ』

本来ならば決して洩れることのない奥殿での出来事を初めて伝えたとき、栗毛の青年は思わずといった様子で顔を覆って涙をこぼした。懸命に嗚咽をこらえる姿が健気で哀れで、その場にいた衛士たちの心は強く揺れ動いた。

以来、彼らはカレスのために、こまめに主君の容態を女官や医師から聞き出すよう努めている。

「医師の見立てでは順調に回復なさっているとのことです」

「そうですか、ありがとうございます。また来ます」

淡々と礼を言う声に、はじめの頃のような悲壮な響きはない。それでも肩を落として去って行く後ろ姿は寂しそうだった。

　カレスがすっかり建物の陰に消えてから、預かりものを抱えた護衛士は控えの者に交替してもらい、主君の居室へ向かった。一応こうして努力はしているものの、栗色の髪の青年からの見舞いの品は大公妃に阻まれて一切公爵の元には届いていない。けれどそのことを青年自身に伝えることはあまりに可哀想で、護衛士たちにはできなかった。

　この花もまた、公爵の目を楽しませることもなく枯れてゆくのだろうか。彼が見舞いの品に選んでくるのは素朴なものばかり。

　野辺の花。幾種類もの香草。時々、手指に新しい傷ができているところを見ると、どれも自ら摘んできたものだろう。

　家臣や親族、他領の使節から届けられる高価で珍しい見舞い品の中、いっそ微笑ましいほど飾り気がない。その分、護衛士たちは真心を感じるのだった。

　大公夫人にどう言ってこの花を渡そうかと花瓶を抱えて思案に暮れていた護衛士は、

「その花は誰からだ？」

　背後から救いの声をかけられて、ほっと胸を撫で下ろした。

「フィアス首席顧問官」

「公爵閣下の見舞いの品にしては、ずいぶん純朴な風情だな。君が摘んできたのかね」

「いえ、こちらは環翠宮の…」

「カレス・ライアズ殿？」

「はい」

　そうかとうなずいて、ロスカリウスは小さな花瓶ごと受け取った。

‡

「だいぶ、お元気になられましたね」

　ガルドランが意識を取り戻したのとほぼ同時に、領境で発生した通商問題や、行方不明のあいだに生じた様々な問題を解決するため奔走していた首席顧問官は、久しぶりに会う主の回復ぶりを喜んだ。

ロスカリウスが病室に入ると、ガルドランは窓の外へ向けていた顔を戻し、救いを求めるような視線を投げて寄こした。やつれの取れないその顔には『辟易』という文字がくっきりと浮かんでいる。

「シャルーアさま、公爵閣下と少々込み入った政の話をしたいのですが」

にっこりと微笑みかける首席顧問官に、枕元でいそいそとガルドランの世話を焼いていた〝婚約者〟は、何か言いたげにふたりを交互に見くらべてから、渋々と腰をあげた。

「……あまり無理はなさらないでくださいましね。回復なさったとはいえ、ようやく上体を起こして食事ができる程度なのですから」

釘を刺したシャルーアが優雅な足取りで扉を開けて出て行くと、残された主従の口から同時に溜息がもれる。

「…お疲れのご様子ですな」

「母、父、親族、婚約者、婚約者！　朝から晩まで波状攻撃だ。この身体が動きさえしたら、とっくに逃げ出してる」

包帯だらけの右半身を指さして、ガルドランは情けなく笑った。

右手の骨折はだいぶ治癒してきたが、まだ自力で腕を持ち上げることができない。腰から足首にかけて負った裂傷が元で壊疽《えそ》を起こしかけた右脚は、間一髪で切断を免れたものの、まだ腫《は》れが引かず、背骨と腰椎の損傷のせいで、起きあがることはおろかひとりでは満足に寝返りも打てない状態である。

「俺が動けないのをいいことに、いつの間にか〝婚約者〟ができてるし、――あれは一度も見舞いに来ないし…」

「その話ですが」

ロスカリウスは手にした花瓶を掲げて見せた。

「あの方からのお見舞いです」

「もっと近くへ…」

青く可憐な花が発する馥郁《ふくいく》とした香りを堪能してから、ガルドランは小声で問い質した。

「どうして本人が姿を見せないんだ?」

「奥殿は大公夫人の勢力下にありますので」

水も漏らさぬ采配《さいはい》で、息子についた悪い虫を寄せつけない。

「――…」

「閣下が生死の境を彷徨《さまよ》っていらした数日間は、見てる方が辛くなるほどでした。ほとんど眠れず食事も喉を通らないほど心配なさって…ずいぶん痩せてしまわれた。ずっと面会を求めておられますが、大公夫人のお許しが出ないまま、今日に至るまで閉め出されたままです」

「――母上は、鬼か…?」

ロスカリウスは臣下の分を弁《わきま》えて同意はせず、肩をすくめて見せるに留めた。

「親の愛情は時に盲目になるものです。妃殿下は深窓育ちでしたから、男色にはからきし免疫《めんえき》がありませんし…」

ガルドランは左手で顔を覆い、もういいと首を振った。

「とにかく俺が動けるようになるまでは、ロスカー、おまえがカレスの後見になってくれ」

「承知いたしました…が、当面はそれで良いとして、今後あの方の処遇をどうなさるおつもりですか?」

カレスの現在の立場は非常に曖昧で頼りない。

本人は気丈に振る舞っているが、内心は不安に思っているはずだ。

「閣下が救出されたとき、妃殿下やシャルーア嬢、近衛士たちにどんどん追いやられ、ぽつんと立ち尽くす彼の姿がどれほど哀れだったか…」

すべて閣下のせいです。きっぱりとロスカリウスは指摘した。

「正式な身分を保障してさしあげるべきです。元々優秀な方なのですからいつまでも閣下の一愛人の立場ではお可哀想でしょう」

「――…」

そこまで言われても、ガルドランは気乗りしない様子で黙り込んでいる。

「…それほど、ノルフォールでカレス殿が巻き込まれたという政争はひどかったのですか？」

確かに彼のように潔癖で私欲に乏しい人柄は、ある種の人間の憎しみを受けやすい。

「ひどかった」

ガルドランはカレスがノルフォールで受けた壮絶な仕打ちを思い出して顔を歪め、枕の下からカレスの髪を収めた袱紗を取り出した。それを口許に運んで唇接けてから、しみじみと告げる。

「あいつは仕事人間なんだ」

「そのようですね」

「それに、すぐ無茶をする」

「では、滅多なことでは手を出せない官位を与えましょう。しかし、いかにもお飾りではいけない。かといって実権がありすぎても弊害《へいがい》が出る…。難しいですね。本当は公妃の身分が一番強力なんですが、それはさすがに無理ですからねぇ」

ロスカリウスの何気ないひと言に、ガルドランは考え込んだ。古い記憶が瞬く。

「――…あるぞ。かなり昔の話だが、親友を公妃の身分で遇した先祖がいたはずだ」

子どもの頃、記憶術を会得するために叩き込まれた数百年分の家系図に、妻を娶らず養子を迎え、領地の統治は同性の親友と行った先祖がいたはずだ。遺言により死後はその親友と同じ墓に葬られたという、風変わりな公爵が。

子ども心に不思議に思い教師に訊ねたが、『昔のことですから』のひと言で流された。

「いつ頃の話ですか？」

「流血公《りゅうけつ》の数代あとだったはずだから、二百年か三百年前くらいだろう」

「わかりました。調べてみましょう」

歴史を重んじる名家の例に洩れず、公爵家でも先例さえあれば大概《たいがい》のことは説得できる。

「頼む。それがカレスに応用できれば、母にも手が出せなくなるだろう」

‡

風待月《しちがつ》も半ばを過ぎて陽射しは強さを増し、緑は濃く色を重ね、鮮やかな花々が甘い芳香を放っている。

「公爵の様子はいかがでしたか」

その質問は、再びロスカリウスの助手を勤めはじめたカレスの口癖となっていた。執務室を訪れるたび、まず最初にガルドランの容態を訊ねる。

「右腕はすっかり回復して筆《ペン》が持てるようになりました。右脚も腫れが引いて傷もふさがりました。今朝は自力で寝台から起きあがり床に足をついておいでしたよ。まだ立ちあがることはできませんが」

医師と大公妃の両方から、許可なく下手に動けば父のように半身不随になりかねないと釘を刺されているためか、ガルドランは今のところきちんと指示に従っているらしい。

「そうですか」

直接会った人間から回復状況を確認できるのは、何よりもありがたい。

カレスは胸に手を当て、ほっと息を吐いてから、頼まれた調べものを再開するため席に着いた。

病床に伏したガルドランと逢うことが叶わないいま、二ヵ月が過ぎようとしている。カレスはあきらめと落胆を押し隠し、膨大《ぼうだい》な数の古い文献を繙《ひもと》いている。半月ほど前、ロスカリウスに頼まれたのは公爵家の家系図の確認と家督相続、養子縁組などに関する先例を確認することだ。

たぶんカティア・ローズのための調査だろう。

カレスはそう推測していた。

机上に積みあげられた、公にはされない奥向きの記録や書類の束としばらく格闘していたカレスは、ふと顔をあげた。

「それにしても、こんなに長いあいだ主が表に姿を現さないのにルドワイヤの政情は本当に揺らぎませんね」

ノルフォールとはずいぶんちがうとつぶやくと、文官最高位にあるロスカリウスは「ふふ」と笑った。

「ルドワイヤは官吏が優秀ですからね」

「公爵がいなくても平気ということですか？」

「以前も言いましたが実務に関してはそうですね」

「けれど限度があるでしょう？　ノルフォールではあらゆる案件が、領主《ライオネル》の裁可を待っていました。官吏に権限を与えすぎれば、あっという間に賄賂《わいろ》や汚職が横行してしまいますから」

カレスがそう言うと、ロスカリウスは腕を組んでうなずいて見せた。

「もちろん、こちらにもそういったけしからん輩はいます」


真に能力のある者、ある振りをしている者。あったけれども堕落した者、更正する者。そうした人間の力を見極め、取捨選択するのがガルドランの役目である。そして人材教育に力を入れるのは、自分の出番が少なくて済むようにするため、と言っても過言ではない。

「…だからノルフォールに半年もいられたんですか」

「ああ。あれは二度目の家出ですね。結婚話に腹を立てて飛び出したんですよ。まったく、未成年でもあるまいに」

ロスカリウスは天を仰ぎ、呆れたふうに溜息を吐いてみせた。その顔には、きかん気の弟に手を焼く兄のような慈愛に満ちた笑みが浮かんでいる。

「しかしまあ、一度目の十年にくらべれば、半年なんぞ短い方です。それにあなたのような優秀な人物を連れ帰ってきてくれたので、私としては褒めて差しあげても吝《やぶさ》かではないのですが、癖になるといけないので黙っているんです」

ロスカリウスの軽口に、カレスの沈みかけた心は慰められた。それに勇気を得て、気になっていたことを訊ねてみる。

「そういえば、例の…舞踏会はどうなるんですか？　婚約者を選ぶ目的だったはずですけど、婚約者はもう決まったようですし、今月中に公爵が元のように動きまわれるようになるとは思えませんが…」

本当は舞踏会などどうでもいい。カレスが訊きたいのは、いつの間にか既成事実となっていたガルドランの婚約者についてだ。

「その件でしたら延期だそうです。中止ではなく延期というところが意味深でしょう？　開催日は公爵の回復状態を測って決めるそうですが、大公妃殿下はどうやらそれを、シャルーア嬢との婚約発表の場にする心づもりのようですね」

他人事のように淡々と告げるロスカリウスの言葉に、覚悟していたはずなのにカレスは動揺した。

「そう…ですか……」

「ああ、誤解させてしまいましたね。今言ったことはすべて妃殿下の計画に過ぎません。閣下の思惑《おもわく》は別のところにあります」

「公爵の思惑？」

「ええ。ですからカレス殿は安心して、閣下を信じて待っておられればよろしいのです。閣下が動けるようになれば、すぐにまた一緒に暮らせるようになりますから」

そう言われても、はいそうですかとうなずくことはできない。ロスカリウスの慰めに、カレスは力なく首を振った。

「公爵が妃を迎えたら、僕は環翠宮を辞したあと、改めて一官吏として仕官し直そうかと思います」

婚約者のシャルーア嬢は美しく聡明な女性だと評判だ。朝から晩までつききりで献身的な看病を続けてくれる妙齢の美女と、二月《ふたつき》近くも過ごしていれば、どんな木石男でも多少はほだされたりするだろう。

カレスがそう思うのも無理はない。あれほど結婚はしないと言っていたガルドランが、シャルーア嬢の看病を拒絶することなく受け入れているという、紛れもない事実があるのだから。

「閣下はお許しにならないと思いますが？」

カレスの心情を正確に推し量ったロスカリウスが、困り顔で説得する。カレスはそれにきっぱりと首を横に振った。

「僕は妻のいる人の愛人にはなれません」

ガルドランが妻を迎えたらルドワイヤを出よう。以前はそう考えていた。

今は、たとえ公爵が他の誰かを愛するようになっても、彼の傍にいて少しでも力になりたいと思っている。その願いに偽りはない。

けれど、ひとりの男の愛情を誰かと奪い合うことは、もう二度としたくないのだ。

「あの方への愛情は、臣下として全《まっと》うしようと思います。公爵が僕を臣として必要としてくれるなら……という、情けない前提ではありますが――」

「それが、あなたの出した答えですか」

ロスカリウスの問いに、カレスは儚く笑ってうなずいた。


宣言通り、ロスカリウスの補佐を務めることで細々と自分の居場所を確保していたカレスの元に、ノルフォールからの客人が訪れたのは数日後のことだった。

「ワルド・ワルスさま……！」

「カレス殿、お久しゅうございます」

皇国内でも屈指の精霊使いであり、ノルフォール侯爵家の主治医でもあるワルド・ワルスは、白い髪とあご髭を揺らしながらカレスとの再会を喜んだ。

「噂に違《たが》わず豊かな土地ですな、ルドワイヤは。精霊の息吹が至るところに感じられる」

いかにも精霊使いらしい感想を述べて、ワルド・ワルスは案内された露台の長椅子に腰を下ろした。

「ルドワイヤの主は文治に勤しむ名君だという話ですが、まことに結構。ノルフォールも見習いたいものです」

「――彼は…？」

カレスはかすれた声を出し、小さく咳払いしてから訊ね直した。

「リオは…元気でしょうか？」

「苦労しています」

精霊使いはあまり深刻に聞こえないよう、おどけた調子で軽く肩をすくめて見せた。

「ノルフォールでカレス殿の抜けた穴の大きさを誰よりも痛感しておいでなのは、あの方でしょう」

「僕は…」

カレスが己の力のなさを言い募ろうとするのを片手で制して、ワルド・ワルスは続けた。

「カレス殿宛てに何度も手紙を出したそうですが、返事は公爵からばかりで、本人からは一通もないと心配なされて、…まあ、今回こうして私が遣わされたわけです」

「手紙…？」

ライオネルから手紙が来ていたことは初耳だった。

しかし、ルドワイヤに来てから半年以上も前後不覚に陥り、正気に戻ったあとも数ヵ月は精神状態が不安定だったことを考えれば仕方ない。しかもその原因がライオネルにあることをガルドランは知っているのだ。手紙を差し止めていたのも当然と言えば当然である。

今回のワルド・ワルスの来訪も、ガルドランが元気であったならカレスには報せずに済ませていたかもしれない。

「ルドワイヤ公爵がお怪我をされたという報せも届きましたので、隣領の名代として見舞いも兼ねて来ました。…ああ、表向きは見舞いが主ですから」

白髪の精霊使いは唇の前に人差し指を立てて、右目を閉じてみせた。それからガルドランの怪我の具合を訊ね、カレスは当たり障りのないよう質問に答えた。

「アル・ファシルは私が師と仰ぐ精霊使いです。彼に任せておけば心配はないでしょう。それにこちらの土地は精霊の加護がとても強い。心身を癒すのにこれ以上恵まれた土地はありません」

背骨と腰椎の損傷を心配するカレスの肩をやさしく撫でながら、皇国屈指の精霊使いは請け負った。

「カレス殿も、一時はどうしたものかと危ぶんでおりましたが、こちらへ来て元気になられましたな」

「あの頃の僕は、やはり変でしたか…？」

記憶が混乱していてよく覚えていないのだと、正直にカレスが告白すると、ワルド・ワルスは痛ましそうに眉をひそめた。

「長い人生、忘れてしまっても良いことがあります」

「公爵もそう言いました…」

ワルド・ワルスは少し黙り込み、改めてカレスの顔を見つめた。

「ノルフォールにお戻りになるつもりは？」


元書記官長は栗色の髪をかきあげて、静かに首を横に振った。

「そうですか。それがよろしいでしょう。ノルフォール侯は戻って来て欲しそうな様子でしたがね」

うなずいて立ちあがる精霊使いに手を差し出す。

「リオには、僕から手紙を出します。――エリヤと、彼とふたりいつまでも、どうか元気で、幸せに過ごしてくださいと…」

ワルド・ワルスの乾いて温かい手を握りながら、カレスは胸のつかえを吐き出した。

「幸せを祈っていると、伝えてください…――」

懐かしい精霊使いがノルフォールに戻って行くのを見届けて、カレスはウィドに頼んで髪を切り揃えてもらった。

ライオネルへの積年の想いは、形を変えて胸の片隅に在り続けるだろう。それは忘れることも捨てることもできない。けれど、もう二度とカレスを傷つけることもないだろう。

髪を切ったのはノルフォールに戻る道を絶ち切り、ルドワイヤで隻眼の公爵のために生きる、その決意の表明であった。

ガルドランとシャルーア嬢の結婚話がどこまで進んでいるのか不安に思いながら、訊ねる勇気のないまま日は過ぎる。

首席顧問官の助手として政務に携わっている内に、カレスはルドワイヤ特産の木板用装飾技術がノルフォールの石盤へも応用が効くことに気づいた。

各領地特産の技術というものは基本的に門外不出で、滅多なことで外部に伝わることはない。しかしなんらかの交換条件で技術交流が実現すれば、先代領主の残した悪弊のためノルフォールで苦労しているライオネルの負担が少しは減るかもしれない。

さっそくロスカリウスに相談して了承を得た上で、ライオネルに手紙を送るとすぐに返事が届く。

条件を提示した公書とは別に、カレス宛てに私信も添えられていた。

私信には直筆で感謝の言葉が記され、カレスの健康に対する気遣いなどが、愛情に満ちた言葉で綴《つづ》られていた。

‡　烈風　‡

葉鳴月《はちがつ》初旬。ガルドランが奥殿に運び込まれた日から三ヵ月が過ぎようとしている。

あなたが訪ねたあとは、急に歩こうとしたり無茶をして体調を崩しやすいという理由で数日出入りを禁じられたロスカリウスは、この日ようやく許されてガルドランの居室に向かった。

前室の扉の前で大公妃に忠実な女官の鋭い精査を受け、許しを得て入室すると、そこでも控えていた侍女たちのさりげない視線を浴びる。

皆、万が一にも不審者が侵入しないように、危険物が持ち込まれないようにと神経を尖らせている。

警備が厳重なのは結構なことだが、これではまるで監禁だ。そう思いながら寝室へと続く奥の扉を軽く叩き、返事を待って入室したとたん、奥の方から聞こえてきた声に目を丸くした。

「不能ですと!?　それをこのわたしに証言しろと」

「積極的に証言せずとも、同意を求められたらうなずく程度で充分ですよ、アル・ファシル殿」

「なんのお話ですか?」

ロスカリウスが声をかけると、医師である精霊使いアル・ファシルが勢いよく振り返り、杖をつき、壁を伝って歩く練習をしている主君を手で示した。

「公爵閣下の男性機能についてです」

「……それはまた最高級の機密事項ですな」

後ろ手にきっちりと扉を閉めてから、ロスカリウスはふたりに近づいた。

「確かに現段階では、背骨と腰椎の損傷のせいで本来の能力が発揮できない状態です。しかしわたしの見立てではもうしばらくすれば回復すると断言しているのですが、公爵が…」

「回復しない。俺は不能になった」

ロスカリウスは半ば呆れながら、少し苛ついた様子で足を交互に動かしている主を眺めた。

まだだいぶぎこちないが、前回訪れたときは寝台から出られなかったことを思えば格段の進歩だ。

「確かに、それはいい考えですね」

大きくうなずいたロスカリウスには、主の考えが手に取るように理解できる。

ガルドランが男としての能力を失ったとなれば、様々な問題が解決する。ひとつは跡継ぎのために強要されているシャルーア嬢との婚約と再婚問題。ひとつはカティア・ローズの養子問題。

結婚したところで子どもができないのであれば、大公妃も息子の再婚をあきらめるしかないだろう。

カレスがガルドランの結婚に心を痛め、環翠宮を去る必要もなくなる。

ロスカリウスとガルドラン、ふたりがかりで説得されたアル・ファシルは、呆れながらも最後には納得し、協力を約束してくれた。

大公妃殿下にもさりげなく伝えておきましょうと請け負い、アル・ファシルが退室すると、ロスカリウスはまず最初に、ガルドランが歩けるようになったことを喜んだ。

「本当はもっと前に許可が出ていたんだがな、母が大事を取って伏せていたらしい」

ガルドランの苛立ちの原因はこれだ。

落馬事故で父が半身不随になっていることもあり、用心に用心を重ねる母の心情は理解できる。

しかしそこには、ガルドランが奥殿でおとなしく療養しているあいだに、シャルーアと肉体関係でも持ってくれればという下世話な期待が含まれていることを知っている。だから腹が立つ。

「それはまた…、妃殿下も相変わらずでございますな。なにやら十七年前のことを思い出しますが」

ロスカリウスは苦笑しながら、ガルドランが十六歳で出奔し十年間放浪したときのことを語った。

「――心配するな。俺もさすがに、もう家出するような歳じゃない」

ガルドランは窓に視線を向け、今にも降り出しそうな厚く垂れ込めた雨雲を見つめてつぶやいた。

そうですか？　と言いたげに小首を傾げてから、ロスカリウスが口調を改めて報告をはじめる。まずは調査を頼まれていた件の先例について。

「カレス殿の協力で思ったよりも早く確認できました。二百五十年前の事例とはいえ現在でも充分通用します。皇王陛下ならびに精霊院の認可を受けるよう、さっそく皇都に使者を派遣しましょう。必要な書類に署名をお願いします。こちらとこちら、それからこちらにも」

ガルドランは歩行訓練を中断して小卓の前に座った。手にしていた特別製の杖を脇に置き、次々と差し出される手紙や書類、宣誓書などに目を通してゆく。確認を終えて署名しながら、何か言いたそうなロスカリウスに発言を促した。

「シャルーア嬢のことはどうします？　閣下が不能になっても結婚したいと言うかもしれません。舞踏会当日に破棄を知らされたのでは、あとあと禍根《かこん》を残すことになるかと」

「彼女には俺から説明する」

そして口止めも。母には舞踏会当日まで婚約発表の場だと思わせておきたい。事前に破棄したと知られると、カレスに害が及ぶかもしれないからだ。

母は邪魔者を排除するために毒を盛ったり、刺客を放ったりするような人間ではない。そうした陰湿な冷酷さとは無縁だ。それは息子として断言できる。

しかし人は、言葉だけで魂深く傷つくことがある。カレスにそういう思いはさせたくない。

「なるほど。ではそういった事情をカレス殿にお伝えしておきましょうか。私の言葉ではすっかり納得はなさらないと思いますが」

「いや、あいつには俺から直接説明する。いろいろと心労をかけたからな」

人伝《ひとづて》にして何か誤解されては困る。

「それがよろしいでしょう」

壁や杖にすがってとはいえ、歩けるようになった以上、どんなに大公妃が閉じ込めようとしても、ガルドランが奥殿を出る日は近い。

ロスカリウスはうなずいて次の報告をはじめた。

「カレス殿といえば、先日ノルフォールより精霊使いのワルド・ワルス殿がおいでになられて」

「ああ、見舞いに来てくれたな」

ルドワイヤ公爵の見舞いというのは口実で、カレスを訪ねて来たのだろう。

自分が目を光らせていれば決して会わせたりはしなかったが、ロスカリウスの判断で面会を許してしまったという。ワルド・ワルスの人柄に問題はない。しかし何がきっかけでカレスの記憶が戻るかわからない以上、ノルフォール侯と縁のあるものは遠ざけておきたいのが本音だ。

そうした事情をすべて知っているわけではない首席顧問官を責めても仕方ないので、ガルドランは仕方なく目を瞑り報告の続きを促した。

「そのノルフォールについてですが、先日、ルドワイヤの木板用装飾技術をあちらの石材加工に転用する目的で技術提携の契約が成立しました。交換条件は、ノルフォール産の各種鉱石を特別価格で取引するということで、悪くはないかと」

採掘には莫大《ばくだい》な費用がかかり、土地が荒れやすいこともあって、鉱石類はどこでも希少である。

「まずはノルフォールからの職能留学生を何名か受け入れるということで合意しました。責任者はカレス殿ということで話を進めて…」

「待て」

ガルドランは背もたれから身を起こした。

「責任者がカレス？　どうしてそこにカレスが出てくるんだ」

よりにもよってノルフォールとの取引に関わらせるなど、冗談じゃない。

「は、しかし…、この契約自体がカレス殿とノルフォール侯の友誼《ゆうぎ》によって成立したような」

ものですからとロスカリウスが言い終わる前に、ガルドランは椅子を蹴立《けた》てて立ちあがった。

「友誼…だと…？　カレスはあの男と連絡を取り合っているのか!?　手引きしたのは誰だ！　ワルド・ワルスか!?」

「いえ…そこまでは」

語気を荒げたガルドランの勢いに、ロスカリウスが息を呑んで一歩退く。彼が悪いわけではない。

それでもガルドランは、他に当てどころのない怒りを首席顧問官にぶつけた。

「こんなことにならないよう目を光らせていたのに、俺の目が届かなくなったとたん、あいつはノルフォール侯と旧交を温めだしたってわけか…ッ」

自分でもどうかと思うほど、腹の底から湧きあがる怒りを抑えることができない。他の誰と親しくなろうが大目にみる。けれどあの男、ノルフォール侯ライオネルとだけは許さない。絶対に駄目だ。

傍らに置いてあった杖をへし折りたい衝動を寸前で堪え、代わりに握りなおして扉に向かう。

「閣下…？　――お待ちくださいっ」

尋常ではないガルドランの様子を心配して、ロスカリウスが追いすがる。その手を振り払って部屋を横切り、寝室を出たとたん、驚いた女官や侍女たちが駆け寄って来た。

「いけません、閣下！」

「お身体に障ります」

「どうかお部屋にお戻りを」

口々に諫めながら押し留めようとする、大公妃に忠実な女官たちに向かってガルドランは大喝した。

「寄るなッ！　道を空けろ」

初めて聞いた主君の大音声に怯えた女官たちは、波が引くように離れていった。ガルドランは無言でその場を通り過ぎ廊下へと続く扉を開ける。

「閣下…！　どこへ行かれるのですか？　妃殿下から外出の許可は出ておりません」

今度は扉を守る近衛士に邪魔されて目を座らせた。

「――邪魔する奴は、それなりの覚悟があるんだろうな？」

底冷えのする声で恫喝《どうかつ》を浴びせ、未だ不自由な半身を壁で支えながら、杖を青眼《せいがん》にかまえて威嚇すると、さすがの近衛士たちもそれ以上主君を止めることはできず、身を引いた。

カッンカッンと怒りを含んだ杖の音が遠ざかるのを呆然と見送っていた近衛士のひとりが我に返り、慌てて大公夫人に報せに走ろうとするのを、ロスカリウスが制止した。

「しばらく目を瞑ってやりましょう。三月《みつき》ぶりの恋人同士の逢瀬なのですから…」


奥殿と表を遮る正門を突破したガルドランは、まず本宮殿にあるロスカリウスの執務室に飛び込んだ。

そこに目指す青年がいないとわかると荒々しく踵を返しかけ、執務机の上に積まれた書類の束と封書が目に入る。

暗い予感に突き動かされ、机に近づいて差出人を確認してみた。予想通り、そこにノルフォール侯の署名を見つけて髪が逆立つほど激怒する。

「くそッ…、——なんだ、これは？」

許可もなく手紙を暴くことへのためらいは、怒りの強さでねじ伏せた。

案の定、中身はカレスに宛てた歯の浮くような言葉の羅列だ。

臆面もなく手紙を書いて寄こすノルフォール侯にも腹が立つが、こんなものを大切に保管しているカレスに対して、言いようのない感情が湧き起こる。

怒りよりも情けなさ、悲しみと失望と落胆。

「いくら母に阻まれているからと言って、三月のあいだ一度も逢えないまま文句も言わないで」

怒りが過ぎて理不尽になっている自覚はあったが、止まらない。ガルドランは何通もの手紙を握りしめたまま執務室を出た。

残るは書庫か蔵書室か環翠宮。身体が万全ならば走って捜しまわるところだが、杖がなくては動けない。そんな自分の歯痒《はがゆ》さにすら腹を立てながら廊下を進み、最初に出逢った衛士にカレスの居場所を訊ねた。

「ライアズさまは正午前に環翠宮へ戻られました」

優秀な衛士は、重要人物の動向はきちんと把握していた。うなずいてガルドランは環翠宮に向かった。

本宮殿を出て公爵家専用の昇降機に乗るときも、そこから降りて離宮の美しい正門を通り過ぎるときも、怒りのあまり半身を貫く痛みは感じない。

まるでガルドランの怒気に応えるように、頭上で稲妻が閃き、雷鳴が世界を震わせた。

予告もなく突然帰還した主君に驚きながら、従僕や侍女たちが出迎えに現れる。それを手のひと振りで遠ざけ、二階の自室目指して階段を上った。

後ろでマイアが何か言っているが、聞いてやる余裕はない。ようやく自室前にたどり着いたときには、息が切れていた。そのとき、ちょうど部屋から出てきたウィドが、ガルドランに気づいて目を瞠《みは》る。

「閣下…！」

「カレスは中か？」

「はい。あの…」

急いで主人に知らせようと、閉めたばかりの扉を再び開けようとしたウィドを押し退《の》けた。

ガルドランは三月ぶりの自室に踏み込むと、息つく間もなく怒鳴りつけた。

「俺が目を離したとたん、あいつと仲良く文通か!?」

‡

突然、まるで霹靂《へきれき》のように現れたガルドランの姿に、カレスは持っていた茶器を取り落とした。

「ガ…」

熱い湯が足にこぼれたのにも気づかないまま、呆然と立ち尽くしていると、あっという間に目の前まで詰め寄られ、詰られた。

「おまえは俺に抱かれながら、ずっとノルフォール候を忘れてなかったなっ！　いくら望みがなくても、それでもあいつが好きなんだろう!?」

「なんのこと…」

「あいつのことはいくらでも好きだ愛してると言うくせに、俺には、…一度も――ッ」

罵倒と一緒にくしゃくしゃに握りつぶされた手紙が投げつけられる。足下に落ちたひとつを拾いあげて見て、カレスは初めてガルドランの怒りの理由を知った。

「違います、これは…」

誤解しないでください…。そう言いかけた腕を、つぶれるほどの強さでつかまれて部屋から引きずり出され、そのまま階段を連れ下ろされる。

男の足取りの確かさは半身を杖で支えながらとは思えないほど力強い。その強さの原動力が怒りであることが悲しかった。

「…歩けるようになったんですね」

泣きそうになりながら必死に声をかける。けれど答えは無情な宣言だった。

「そんなにあの男が恋しいなら、ここを出てノルフォールに帰ればいいィッ!!」

正面玄関の大扉が乱暴に開け放たれ、カレスは、初夏の雷雨が降りそそぐ芝生の上に放り出された。

ひざをつき項垂れるカレスの背中に夏の激しい雨が叩きつける。握りしめた拳に、緑の葉先に、雨は間断なく降りそそぎ、跳ね返る水滴が白い水煙となって大地を覆う。

「ガーディ…」

すがる思いで振り向いた先、拒絶の音を響かせて扉は閉じられた。カレスはひざ立ちのまま呆然と扉を見あげ、ピタリと閉じられたそれが動く気配がないのを確認してから、ゆっくりと立ちあがった。

ほんのわずかなあいだに、髪の先から水滴が伝うほど濡れてしまっている。雨と涙に濡れた頬を拭う気力もないまま、カレスは環翠宮から遠ざかるために一歩を踏み出した。

二歩目でよろめきかけ、立ち止まる。

「……ッ」

それから唇を噛みしめ、小さく頭を振って踵を返し、扉の方へ戻りはじめた。

――…逃げ出すのはいつでもできる。僕はまだ、公爵に言ってないことがある。告げなければならない言葉がある…。

玄関前の石段に足をかけた瞬間、拒絶の扉が開け放たれ、飛び出してきた大きな影に抱きしめられた。

「嘘だ…、何処《どこ》にも行くな…――」

「ガ…ディ……」

「今は、おまえが誰を想っていても構わないから…」

「公爵……ガルドラン…」

「俺だって不安なんだ」

雨に打たれながら、ガルドランは食い縛った歯のあいだから苦しそうに心情を吐き出した。

カレスを強く抱きしめる腕の震えから、これまで抑えに抑えてきた思いが伝わってくる。

「おまえはひと言だって俺を愛してると言ってくれたことがないし、俺にはおまえを無理やりノルフォール侯の元から奪い去った負い目がある。一度でいい。好きだと言ってもらえたら、こんなに不安にはならなかった…――」

人の心はままならない。

好きだ愛していると言うだけで、想いを返してもらえるわけじゃないことは、おまえだって身に沁みてわかっているだろう?

愛して大切にしたくても相手が受け入れてくれなければ、想いは行き場をなくす…。

「愛してくれと無理強いすることはできない。だから俺は、おまえが自分からそう言ってくれるまで待とうと…、一生でも待とうと――」

言葉は途切れ、大きな背が小波のように震えた。ただひとつ残された深緑の瞳からこぼれた涙が、噛みしめた唇に伝う。

「俺の差し出す両腕は、いつも行き場をなくして空《くう》をさまよう」

隻眼の男が静に流す涙の粒が、カレスの頬にぽつりと落ちる。

——寂しいのは僕だけじゃなかった…。

ガルドランの中にも、カレスと同じ不安と恐れがある。どうしてそのことに気づかなかったのだろう。

音を立てて降りしきる夏の雨を弾く広い背中に、カレスはおずおずと腕をまわした。すがりつくように抱きしめた大きな身体が微かに震えている。

その震えが愛おしい。

髪を伝い頬を伝い、己の唇にこぼれ落ちる雨と涙をカレスは飲み込んだ。濡れた唇をガルドランの唇に押しつけながら、かすれた声で告白した。

ずっと怖くて言えなかった言葉を。

本当はずっと伝えたかった想いを。

「好きです…」

「——…ッ」

応えるように、男の抱擁がきつくなる。

「もうずっと前から、あなたを愛していました——」

だから泣かないでください。

続けた言葉は雨音に溶け、大地とガルドランの胸に染みこんだ。


駆けつけてきたロスカリウスと主治医と大公妃、衛士や女官たちを追い返したガルドランは、カレスを連れて環翠宮の自室に立て籠もった。

追いすがって来たロスカリウスに「あとは頼む」のひと言を残して扉を閉める。そこで痛みがぶり返し、カレスに支えられながら濡れた服を脱ぎ捨てて寝台に転がりこんだ。

「痛…っ」

「大丈夫ですか？　やはり僕ではなく、ちゃんと医師に診てもらった方が…」

三月ぶりに目にしたガルドランの裸体。その右半身に走る傷痕の生々しさにカレスは涙ぐみ、慌てて

医師を呼ぼうとした。

「見た目ほどひどくない」

扉に向かおうとする腕を引き寄せられ、寝台に横たわる男の胸の上に倒れ込む。

「でも…」

「ちょっと激しい歩行訓練をしたと思えばいい。おまえも服を脱いでここへ来い」

ガルドランの言葉にカレスは素直に従い、男の隣に潜り込んだ。

「右側ばかり傷だらけですね」

言いながら、引き攣れて変色した肌の上に隙間なく唇を落とす。

丹念に唇接けをくり返すカレスの柔らかな毛先に、さわさわと肌をくすぐられて、ガルドランは目の前で揺れる栗色の髪に指を絡ませた。

「切っちまったのか」

「…すぐに伸びます」

「そうか」

少し残念そうにつぶやいたガルドランの視線の先、栗色の頭が胸から脇腹、そして腰へと下りてゆく。

「おい…」

カレスの方から触れてくるだけでも充分珍しいことなのに、さらにその先に進もうとしている。

「無理はしなくても」

さらりとこぼれ落ちた栗色の髪に隠されて表情は見えない。そのまま髪のあいだからちらりと覗くカレスの薄い珊瑚色の唇が、ガルドランの雄芯をゆっくりと銜《くわ》え込んだ。

「——…ぉ…い」

ガルドランは信じられない思いで、自分の脚のあいだに顔を埋める青年を見つめた。

「…ん、……ぅ、う…」

苦しそうな喘ぎが聞こえて、慌てて身を起こす。

「無理しなくていい…!」

肩に手をかけそっと押しやろうとすると、カレスは慌てて首を振った。

「いや…だ、止めないで。したいんです——僕が、したいから…」

ガルドランの腰を柔らかく覆っていた痺れが、その言葉ではっきりとした欲望に変わる。焼けつくような情欲。くらむほどの愛しさに震える指先を、ガルドランはカレスの柔らかな髪に絡め、そのまま肩へと撫で下ろした。

カレスが再び唇を寄せると、雄芯はすぐにあごが外れそうなほど漲《みなぎ》った。口中に含むのをあきらめて、指を添えながら熱い塊に舌を這わせ、唾液がぴちゃりと音を立てた瞬間、肩を撫でていたガルドランの指先が肌に食い込む。

爪の先から伝わる微かな痛みは、すぐに痺れるほどの快感に変わり、カレスの身体を熱くする。

それ以上に、己の愛撫に感じてもらうことが、愛されるのと同じくらい深い悦びを自分にもたらすことに気づいた。

舌と唇で感じる男の欲望が熱く脈打つたび、カレスの芯も熱く痺れて昂ぶる。

「ガーディ…」

愛しい名前をささやいて、潤みはじめた先端を口に含むと、男の腰がひときわ大きく震えた。

技巧も何もない不器用で不慣れな舌使いに、ガルドランは息を弾ませて逐情した。呆気ないほど早い陥落は数ヵ月の禁欲と、信じられないほど積極的な恋人の愛撫の結果だ。

「莫迦《ばか》っ、呑むな！」

口に含んだ男の樹液をどうすればいいのかと、わずかに逡巡した琥珀色の瞳に気づいたガルドランが、慌てて伸ばした腕の先で、汗に濡れた喉がコクリと嚥下《えんか》の音を立てる。

「苦い…」

残りは吐き出せと、差し出された布で素直に唇を拭ってから、カレスはガルドランを仰ぎ見た。

栗色の細い髪を張りつかせたままの汗ばんだ額。上気した頬。濡れた唇。情欲に濡れた琥珀の瞳が恥ずかしそうにそっと伏せられた瞬間、ガルドランの理性は跡形もなく消え果てた。

「あ、あ…っ、熱い…、苦し…ぃ…変に、なる…」

「少し引くか」

ふう…と息を吐いて、男はわずかに身を起こした。

「きついか。やっぱり無理か？」

言いながら、いつもならこれ以上はもう無理だという限界の先まで埋め込んだ剛直を少し引き抜こうとする。そのわずかな動きに、カレスの腔壁はうねるような収縮で応えた。

「いぁ…ッ」

半身と背中の傷が治りきっていないガルドランの負担を減らすため、カレスは四つん這いで腰だけ高く掲げた姿のまま、背後から男の充溢を受け入れていた。

すがりつけるのは身体の下でくしゃくしゃになった敷布だけ。その寄る辺なさが切なくて心細くて、背後で遠のきかけた温もりに追いすがる。

「いや…だ、抜かないで…――」

叫びながら、離れかけた尻を自分から押しつける。浅い呼吸をくり返しながら力を抜いて、半分埋まった肉棒をさらに奥へ受け入れようと腰をうねらせた。

「う…う、ぅ」

自分がどれだけ淫《みだ》らな姿を晒しているか。判断を下す羞恥心は拳に立てた歯の痛みで消し去る。

「噛むな…」

耳元にささやかれた甘い声とともに、背中から抱きしめられて横抱きに押し倒される。

「右手の力がまだ完全には戻ってないんだ」

弱音を吐かれて、カレスは自分から脚を広げ、深く男の身体を受け入れた。

言葉通り全身を支えきれない男の体重が、いつもより多くカレスにかかる。苦しいほどの圧迫感の中で、カレスは愛される悦びに鳴いた。叫びが洩れる

たびに、体奥に熱い楔《くさび》が打ち込まれる。

胸元にまわされた傷だらけの腕にすがりつき泣きながら、それでも楔のすべてが収められてしまうまで、カレスは力を抜いて身体を拓《ひら》き続けた。

「ハッ…ハッ……ぁあ…――っ」

短い呼吸が何度も唇から洩れる。深く息を吸いたくても、張り裂けそうなほど長大なものに貫かれてままならない。

「カレ…ス、…平気か?」

気遣ってくれる男の声も苦しそうにかすれている。カレスと違って、それは激しい快感のせいだったけれど。

「これで…全部だ、――おまえのここ、すごいことになってるぞ」

満足そうに、心底嬉しそうにささやくガルドランの吐息が熱い。

限界まで広げられた秘蕾の入り口を指でまさぐられて、カレスは震えながら叫んだ。

「やめ…――、言わ、ないで…っ」

自分でも、自分の淫らすぎる反応が信じられないのに。

「中が蠢いてる、熱く…しがみついてくる」

「意地悪…! どうしてそん…あぁ…ッ」

言われなくても、自分の体内が淫らに蠕動《ぜんどう》して男の剛直に絡みついているのは感じている。カレスは恥ずかしさに顔を覆った。

「少し、動くぞ」

「ひッ……ぅ――」

細かく何度も揺すられて声も出ない。すがりついていたガルドランの右腕に無意識のまま歯を立てて、こぼれた自分の涙の塩辛さを舌に感じる。

雄芯の抽挿《ちゅうそう》は、ゆるくうねるようにカレスを追いあげ続ける。激しい揺籃《ようらん》に耐えきれず汗に濡れた腕で、何度もすがりつく先を探した。

時々腰の動きを止めて睦言を耳にささやかれ、くすぐったさに身をすくめる。小波のようだった揺籃が次第に激しいものに変わる頃、カレスはついに耐えきれず、ガルドランの手のひらに吐精した。

身動きできないほど身体が痺れて何もわからなくなる。

「あ…あ…あぁ……ッ」

頭の中だけでなく体中が白く染まるほどの、快感という言葉では言い表すことのできない幸福感に包まれながら、カレスの意識は溶けそうになった。

吐精の余韻で男を含んだままの腔壁が強く淫らに収縮するのを朦朧とした意識の端で感じる。その異物感が切なくて心地良い。

身の内に滾る雄蕊《ゆうずい》を銜えたまま白い眠りに落ちそうになる身体を、傷だらけの右腕に強く抱き寄せられた。その瞬間、カレスは自分の最も奥深い場所に熱い愛の証が迸《ほとばし》るのを感じた。

‡

涙と汗に濡れた頬をあどけなく晒して眠る恋人を、ガルドランはそっと自分の胸に抱き寄せた。

「……ぅん…」

小さな声をあげて、すうすうと寝息を立てるこめかみに唇接け、汗ばんだ栗色の髪を何度も何度も指で梳きあげる。耳朶に、頬に、伏せられたまぶたに、飽きることなく唇を落とす。

愛しくて、愛しくて、…愛しい。

親に見捨てられ、無二の愛を求めてさまよい続けた両腕を、痩せた身体ごと抱きしめて、カレスの中でずっと泣き続けていた幼子に、能《あた》う限りの愛情をそそぐ。

「いい子だカレス、愛してる…」

眠る耳朶に愛をささやいてから、ガルドランはまるで自分の方が溺れる寸前のように、カレスの身体にすがりついた。

腕の中で安らいで眠る存在に、二度と悲しい思いなどさせたくない。いつでも笑っていてほしい。

俺の傍で、満たされることの喜びを知ってほしい。

新たな誓いとともに恋人の指先に唇接けを落としたガルドランは、数ヵ月ぶりに訪れた安寧とともに眠りに落ちた。

‡

未明にぽかりと目を覚ましたカレスが、濃紺の闇の中でつぶやいた。

「……思い出しました」

「何を」

少し前に目覚めて寝顔を見つめていたガルドランがぎくりと身を引くと、カレスはその分詰め寄って言い募った。

「初めての夜。あのときのあなたも、今夜みたいにいやらしかった」

ガルドランに初めて抱かれた夜を思い出して抗議する。カレスにとっては、性交自体が初めてだったのだ。

「あなたは笑って、あんな玩具《おもちゃ》で…何度も。僕があのとき、どんな気持ちでいたかなんて――」

「あれは…、すまなかったと」

「あんな玩具《もの》を使って何度も、何度も…」

「だからあのときは、暴漢から助けてやったのに礼の代わりに文句は言われるわ吐かれるわで、さすがに腹が立ったところに、おまえは蓮《はす》っ葉《ぱ》に誘ってくるし」

加えて顔は好みで、以前興味を抱いた相手となれば、手を出しても仕方ないだろう。などと言い訳を連ねていると、カレスに遮られた。

「僕は初めてだったのに……」

「それは…、本当に悪かったと思ってる。知っていたら絶対あんな抱き方はしなかった」

ようやく身も心も相愛となった恋人に、突然過去の行状を責められてガルドランは慌てた。

「だから俺は助平だと言ったろう。好みの奴がいて、そいつが自分から誘ってきたりしたらその気になるさ。——確かにあの時は少し、…かなり意地悪な気分にはなっていたが、怪我はさせないよう細心の注意は払ったんだぞ」

「知っています…」

大真面目に弁解する隻眼の男がとてつもなく愛おしく思えて、カレスは追求の矛を収め照れ隠しに毛布の下へ潜り込んだ。

——わかってる。ガルドランがどれだけ僕を大切にしてくれているか。

最初の、あのどうしようもない出会いの時から、この隻眼の大男はずっとやさしかったのだ。

カレスは潜り込んでいた毛布から目だけを出し、狼狽《うろた》えているガルドランを見つめた。

拗ねた振りをいつまでも続けるのは苦手だ。

そんなふうに恋の手管や駆け引きを弄《ろう》さなくても、隻眼の大男はいつでもカレスを大事にしてくれる。

「あなたを信じています」

「——…」

「ガルドラン、僕はあなたを愛している…」

「カレス」

「好きになった人に愛されるということが、僕にはまだ不慣れで、どんなふうにすればいいのかよくわからないけれど…」

「怖がらなければいい」

ガルドランは毛布に包まれた恋人をそのまま抱き寄せながら、ささやいた。

「幸せになることを」

男の強く温かな腕の中で、カレスは素直に「はい」とうなずいた。

‡ 光冠《こうかん》 ‡

ルドワイヤ大公妃主催の大舞踏会は、月酔月《くがつ》初旬の宵に開催された。

領都白蓉山にそびえる白亜の本宮殿は、万もの燭《しょく》灯《とう》で照らし出され淡い金色に輝いている。皇国各地から招待された紳士淑女を乗せた馬車が次々と車寄せに到着し、人々はさんざめきながら大広間へと吸い込まれてゆく。

ルドワイヤ公爵家が主催する舞踏会は以前からその規模と華やかさで有名だったが、先代公爵の落馬事故と妃アーヤーの逝去《せいきょ》が重なって以来、大規模な舞踏会は開かれていなかった。

今宵は久方ぶりの開催ということもあり、日月星辰が描かれた大広間に集う人々のあいだには、期待と好奇が渦を巻いている。

期待の多くは独身女性たちから発せられている。彼女たちの大半は、この宴がルドワイヤ公爵の次の結婚相手を選ぶものだと思っている。何割かの情報通たちは、すでに婚約者は決まってしまい、今夜はその女性を披露するためのものだと熱心に主張してまわり、令嬢たちの落胆や反発を買っていた。

人の背丈の三倍はある高い天井と、千人を一度に迎え入れることができる広さにもかかわらず、宴の会場である大広間からは人があふれ、廊下や休憩用の小広間などでも小さな輪が作られ、さまざまな噂話で盛りあがっていた。

舞踏会とはいっても、最初から踊りではじまるわけではない。定刻に集まった招待客には、まず軽い飲み物と軽食が振る舞われ、壁際に用意された椅子や小卓を利用しながら、しばし歓談を楽しむ。

舞踏がはじまれば素晴らしい楽曲で人々を楽しませてくれる演奏家たちは、今はまだ存在を主張せず、歓談の邪魔にならない静かな曲を選んで奏《かな》でている。

自領の自慢、皇都の最新情報、有名人の噂話や醜《しゅう》聞《ぶん》が洒落やおかしみを交えて披露される中、人々の口の端に最も多く上るのは、やはり今宵の主役であるルドワイヤ公爵の動向だ。

それなりの家柄血筋を持つ貴族の独身女性にとってガルドランは、現在の皇国中でもっとも条件の良い嫁ぎ先だ。彼より高貴な家柄で財産を持っている独身男性は、皇王ただひとり。

噂の的であるガルドランは、定刻通りに広間に現われ、引きも切らず挨拶に訪れる招待客の相手を、そつなく見事にこなしていた。

今宵のガルドランはひときわ壮麗な衣裳を身にまとっている。

黒糸と金糸でルドワイヤの象徴である樹木と狼、そして様々な植物を幾何模様に意匠化したものが細やかな刺繍で描き出された深緑色の長衣は、上品な光沢を放っている。

ルドワイヤ特有の長衣は、上はぴたりと身体に添い、余計なしわやたるみが出ないよう身につける。その分、下はたっぷりと布地を使い、ひざ下まである裾部分が美しい襞を形作る。

革の長靴は黒で、踵と爪先に鋼色の銀糸で刺繍が。腰帯《ベルト》は黒絹と革製で、やはり近づかなければわからないほど細かな刺繍と装飾がほどこされている。

それを腰の高い位置で締めるため、見事な体軀と足の長さが強調されて、元々均整《きんせい》の取れたガルドランの長身を、まるで伝説の英雄のように雄々しく見せていた。

男らしく整った容貌からは、意思の強さと誠実さが伝わってくる。ひとつしかない深緑色の瞳は深く澄んで輝き、嘘と真実を見極める。たるむ兆しすらない鋭い頰の線は、ときどき厳格さと近寄り難さを感じさせるが、笑顔を浮かべたとたん、人好きのする親しみやすさが広がる。

立ち居振る舞いの優雅さ、領地を見事に治める有能さ、会話の端々に現れる洒脱《しゃだつ》さや女性に対する気遣い。そして何より見事な体軀と男性としての魅力。

大広間を昼のように明るく照らす燭灯を受けて佇

むガルドランの姿に、独身女性のみならず既婚女性たちの視線も矢のように吸い寄せられていた。

表向き、女性の方からはなされない舞踏の申し込みも、すでに数十に達している。怪我さえしていなければ男として、そして主催者の息子の義務として可能な限り受けるのだが、今夜は怪我を理由に断っていた。

「今宵、踊るのは一曲だけ。生涯の伴侶となる相手と、そう心に決めています」

公爵の返事が招待客たちのあいだに浸透しはじめると申し込みの数は減り、ガルドランはようやくひと息つくことができた。

途切れなく続いていた挨拶待ちの列が一瞬消えた隙に、繊細な装飾がほどこされた金杯で喉を潤していると、そつなく近づいてきた男に声をかけられる。

「やあ。すっかり元気になったようで安心したよ。今宵はまた一段ときらびやかだね。それで、例の佳《か》人《じん》とは一緒じゃないのかい？」

「アルヴァス。何しに来たんだ」

アルヴァス・バルトラムは、ガルドランが意識を取り戻した数日後、皇都に戻って行ったが、今宵の宴に合わせて再び来訪していた。

「何しにとはご挨拶だな。君の友人だという理由で、陛下から祝いの品を届けるよう仰せつかったんだ」

「それは、かたじけない」

「あんなに再婚はしないと言っていたのに、やはり母君の猛攻には敵わなかったのか…と思っていたけれど、婚約者を見て納得したよ。すごい美人だ。彼女が相手なら俺も結婚したくなる」

「……」

ガルドランはあえて何も応えず杯を傾けた。

「それで、例の佳人は？　さすがに君の婚約発表の場にはいられないか。妻を迎える男の愛人なんて止めて、俺とつき合う気はないかな？」

「あるわけないだろう」

口の達者な幼馴染みの世迷い言を、ガルドランはぴしゃりと叩き落とした。しかしアルヴァスは懲りずに続ける。

「いやいやいや、俺にも希望はあると思う。何しろ君と間違われて抱きつかれたことがあるし」

「——なんだと…？　それはいつだ!?」

聞き捨てならない台詞《せりふ》に、周囲の視線も忘れて詰め寄ると、アルヴァスは我が意を得たりとばかりに笑みを浮かべた。

「君が意識不明の重体に陥っていたとき。ものすごく憔悴していたから、慰めてあげたんだけど…」

思わせぶりにちらりと視線を向けられて、ガルドランは「ふん」と横を向いた。子どもの頃から悪戯好きだったこの幼馴染みが、わざと誤解させる言い方をしているだけなのはお見通しだ。

「その手には乗らん」

「ばれたか。でも、間違われたのは事実なんだけど」

視線を戻して口を開きかけたとき、背後から大公妃に声をかけられて、アルヴァスとの会話はそれで終わってしまった。

「ガーディ、あなた。ちょっとこちらへ来てシャルーアに言ってちょうだい」

「どうしたんです、母上」

「妃殿下、わたくしはこれで充分ですから」

「ほら、こんなこと言ってるのよ。今夜の主役だというのに、こんなに地味な衣裳で過ごすなんて！」

母は地味だと嘆いているが、近づいてきたシャルーアの衣裳は深紅で、襟元や袖口、腰から裾に至る部分に黒繻子《しゅす》の繊細なレースがふんだんにあしらわれている。充分美しく華やかな装いだ。

ただし、他の令嬢たちとあまり差がないという意味では、地味で目立たないのかもしれないが。

「良い仕立てだね、シャルーア。君によく似合っている」

「ありがとう。あなたの衣裳もとても素敵よ」

微笑んでシャルーアの手を取り、感謝を込めて甲に唇接けると、傍で母大公妃が満足そうに微笑むのが視界の隅に映る。それをガルドランは皮肉な思いで見つめた。

母の思惑に反して、シャルーアはガルドランの説得を受け入れ、婚約者という立場をあきらめてくれた。さらにその事実を今日まで母に伏せてくれた。

シャルーア自身は当初、結婚相手として最高の条件を備えたガルドランのことを、簡単にあきらめるつもりはなかったようだ。

ガルドランからは何度も結婚するつもりはないと言われていたし、彼がカレスという青年を愛人として囲っていることも承知していた。それでも。

互いに愛情を抱いた結婚生活ができれば理想だが、現実はそういうわけにいかない。特により良い血筋を後継にしたがる貴族にとっては。

夫の愛情を得られるに越したことはないが、なければないで割り切って、公妃という立場を楽しめばいい。大公妃が望むように子どもを何人か生んで、あとは好みの恋人をよそに作る。夫が同性の愛人を囲っているなら、自分も好きにできるはずだ。

シャルーアは早い段階でそう開き直っていた。

しかし公爵本人から、愛情のない結婚がもたらす不幸を諭され、妃を娶れば愛する人を傷つけてしまう、それだけはしたくないと訴えられて、真摯で誠実な男の心意気にほだされた。

表向き、婚約を破棄された形になるので、その慰謝料として実家への援助と、家業である織物の技術開発ならびに技能者育成施設の設立、運営への出資を条件にガルドランの申し出を受け入れ、今回の計画に荷担《かたん》することにしたのである。

シャルーアが悪人ではなく、聡明で自立した女性だったことに、ガルドランは感謝した。

残る問題は母である大公妃だが、それはこれから行われるある宣誓によって決着がつくだろう。

ガルドランが元婚約者の手を離して顔をあげると、待ちかまえていたように荘厳な音楽が鳴り響いた。

小卓が片づけられ、広間の中央部が空けられる。

再び音楽が鳴り響いて、人々の注目は隻眼の公爵に向けられた。

‡

ざわめきと熱気が扉を通して伝わってくる。

大広間からほど近い控えの間で、カレスはウィドとマイア、そしてハリードに手伝ってもらって身につけた、慣れない壮麗な衣裳に戸惑っていた。

「準備はお済みですか？　ああ、これは素晴らしい」

様子を窺いに現れたロスカリウスが、ひと目みて感歎《かんたん》の声をあげる。

今夜カレスが身にまとっている衣裳は純白。

正確には、純白の生地に溶け込むような淡い金糸と銀糸で、溜息が出るほど見事で精緻な刺繍がほどこされている。金糸は主に襟と袖、そして裾。他の部分は銀糸が使われている。

腰帯の色は瞳に合わせた琥珀色で、所々に配された装飾にも琥珀が使われている。革の長靴も白で、踵と爪先にだけ淡い金色の装飾がある。

長衣の形はガルドランと対《つい》になっており、深い切れ目の入った長い裾は、カレスが動くたび軽やかにひらめいて、下に重ねた薄い白繻子が光りを弾く。

「いくらなんでも、派手じゃないでしょうか…？」

色彩感覚その他について自信のないカレスが確認すると、ロスカリウスは破顔一笑した。

「それは派手ではなく、清楚というんです。まあ、婚礼衣装のようなものですから、それくらいでちょうどいいんですよ」

「婚……」

カレスが絶句していると、ロスカリウスは微笑みながら手を差しだした。

「時間です、参りましょう。閣下がお待ちですよ」

カレスはうなずいて、先導してくれる首席顧問官のあとに続いて控えの間を出た。見あげるほど高い天井と、それを支える列柱が連なる廊下を進みながら、今夜自分がこうして純白の衣裳を身にまとい、ガルドランの許へ向かうその理由《わけ》を思い返す。

先月。

夏の雷雨を浴びながら告白し、ガルドランと愛を確かめ合った翌日。予定より半日遅れて執務室に姿を現したカレスに、遅刻の理由を問うような野暮な真似を、ロスカリウスはもちろんしなかった。

少しよろめきながら席に座ったカレスに向かって、首席顧問官は晴れやかに宣言したのだ。

『近いうちにカレス殿には正式な官位が授けられますから、心の準備、しておいてください』

書記か補佐、何らかの官職が与えられるのだろうと思い、カレスは素直に『はい』と答えた。

『ああ、それから。こちらはまだ内々の決定ですが、シャルーアさまとの婚約は解消ということになりました。腰椎の損傷が原因で、結婚しても閣下には夫としての役目を務めることは不可能…というのが表向きの理由です』

『え…、でも昨夜《ゆうべ》は』

カレスが何か言いかけると、ロスカリウスは唇の前に指を立てて片目を瞑って見せた。

『内緒です』

わけ知り顔の首席顧問官がコソリと耳元にささやいた言葉に、カレスは頬を紅く染めてうつむいた。

その夜。

『大公夫人に嘘をついたままでいいんですか?』

充溢した雄芯で愛され尽くした夜更け。

カレスが少し悲しそうに訊ねると、ガルドランは残された左目をゆっくりと閉じた。

『母が俺を愛しているのは知っている。充分承知している…。その愛と期待に、できるかぎり応えたいと思ってきた。けれどそのせいで誰かを傷つけたり、不幸せにしてしまうのはもう嫌なんだ。俺は既にアーヤーを不幸にしている。母が泣くことになっても、これ以上の要求は呑めない』

ガルドランはカレスを覗き込んで、男らしい美貌

に笑みを浮かべた
『何よりも俺はおまえを、もう泣かせたくない』
解けかけた黒髪が淡い陰影を落とす頰に手を添わせ、カレスは自分からガルドランに唇接けた。

「……」

あの夜のことを思い出したとたん熱くなった頰を指先で押さえながら、カレスは小さく息を吐いた。ルドワイヤ公爵とその首席顧問官が考えた官位は、カレスの予想を遥かに上まわっていたからだ。

〝正式な官位〟は昨日密かに精霊院で授与された。同時に与えられた金の指輪には、ガルドランが持っているものと同じ紋章が彫り込まれている。

左の中指で鈍い輝きを放つ、ずしりと重い指輪をこそばゆい思いで見つめるカレスに、ロスカリウスが声をかける。

「カレス殿、こちらへ。閣下がお呼びするまでこの緞帳《どんちょう》の陰でお待ちください」

言われて通されたのは、大広間を見下ろせる中二階に設えられた小さな部屋だ。部屋というより回廊に穿《うが》たれた窪みに近い。扉などはなく、出入り口は深紅の緞帳によって仕切られている。

厚みのあるそれを少し持ち上げて、カレスが下の様子をうかがうと、ちょうどガルドランが皆の注目を浴びながら口上をはじめたところだった。

「今宵この場で、私ガルドラン・シルヴァイン＝ルドワイヤの生涯の伴侶となるべき人物を、皆さまにご紹介できることを心から嬉しく思います」

ガルドランの視線が、カレスが隠れている緞帳に向けられる。

「皆さまに紹介致しましょう。カレス・ライアズ！」

公爵の手が高く掲げられ、緞帳が開け放たれた。

眩しい光りに目がくらみ、緊張のあまり動けないカレスの背中を、ロスカリウスがそっと押し出した。

カレスは震える足を懸命に動かし、半円を描く階段《どんちょう》を、雲を踏むような心地で降りて行った。

床に足がつくと人垣が割れて道ができた。その先で待っている男を目指して再び足を動かす。

「いったい、どなたなの？」

「男じゃないか⁉」

「確か伴侶と言ったが…」

「どうなってるんだ？」

潮騒のように押し寄せるささやきと、驚愕と好奇の視線を浴びながら、カレスはなんとかガルドランの傍まで歩み寄ることができた。

待ちかまえ、目の前に差し出された手のひらに、自分のそれを重ねたとたん強く握られ、あっという間に引き寄せられた。肩が触れ合うほどぴたりと寄り添い、腰に手をまわされた。その手の頼もしさを感じたとたん、先刻からずっと苛《さいな》まれていた細かい震えがようやく止まる。

「彼の名はカレス・ライアズ。昨日正式に皇王陛下より『聖グランリウスの守護者にしてシルワとサルトゥスの共同統治者』として黄翼准令《おうよくじゅんれい》位を授けられた。今後、公式の場以外では珀瑞公《はくずいこう》と呼ばわる」

「こちらが証人の署名となります」

ガルドランの宣言に続いて、ロスカリウスが金銀箔《ばく》で美々しく装飾された羊皮紙を掲げた。

そこには皇王レクスを筆頭に、国内で最も高位の大精霊使いセクルス・ウェルス、ルドワイヤ以外の四大公爵、ルブラン公、ラングリー公、リサール公、エルウッド公、さらに国務大臣、皇国聖騎士団長など、錚々《そうそう》たる人物の署名が並んでいる。

広間にひしめく人々のあいだから驚嘆と感歎の声があがる。故事に詳しい者が知らない者に、聖グランリウスは伝説上の土地でありシルワとサルトゥスはルドワイヤの古名、その共同統治者になったということは、要するにカレス・ライアズは公妃と同等の地位を得たのだと説明する。

黄翼准令は二百五十年前、時の公爵と義兄弟の契りを結んだ人物に授けられたもので、その位を得た者は実質的な共同統治者となる。

「公妃と同等⁉　それはいったいどういう意味…」

「どうもこうも、要するにそういうことだろう」

「いやはや。当代ルドワイヤ公爵は変わり者だと聞き及んでいたが、これほどとは」

「まことと度肝《どぎも》を抜いてくださる」

当惑、苦笑、感心。さまざまな反応を示しながら、皆口々に感想を述べてはいるが、そこに非難の色はあまり見当たらない。

皇王を筆頭とする証人たちの身分、権威、発言力を考えれば、この場で自分たちが文句を言ったり不快感を表明することの無意味さを、心底理解しているからだろう。それにどこの家系にも、捜せば過去にひとりくらいは、同性を真剣に愛し、妻や夫のごとく遇した祖先がいるはずだ。

皇国五大公爵のひとりが同性を正式な伴侶として遇すという、珍しい成り行きを人々が半ば納得した頃、待ちかねたように舞踏《ダンス》のはじまりを告げる音楽が鳴り響いた。


人々は壁際に退き、大きく空けられた広間の中央に今夜の主役ふたりが歩を進めるのを見守った。

ガルドランに手を取られて歩きながら、カレスはただもうひたすらに夢見心地だった。

自分のことなのに実感が湧かない。

前もって教えられていたとはいえ、これほど華やかな場で堂々と、自分の存在を披露されるとは思わなかった。

「ぼうっとして足を踏まないでくれ」

広間の中央で足を止めたガルドランが、カレスの腰に右手をまわして向かい合いながら軽口をささやく。カレスは公爵の肩に左手を添えながら、正直に訴えた。

「自信がありません…」

情けない語尾に、高らかに鳴り響く音楽が重なり、ガルドランの鮮やかな足運びと先導によって舞踏がはじまった。

「無理しないでくださいね」

まだ完全には治りきっていない右脚の傷を心配するカレスに、ガルドランは大丈夫だと微笑みながら、羽のように軽やかに踊り続けた。

舞踏会で最初の曲を踊る人々は事前に決められており、踊りはじめる順番も厳格に定められている。音楽が何小節か過ぎると十数組の男女が主役ふたりに続いて踊りはじめ、さらに曲が進んだところで、数十組が踊りに加わった。

鳴り響く音律は心を浮き立たせ、こんな状況にもかかわらず、カレスは自分の身体がいつもより軽く感じた。小波のように音がきらめき、木漏れ日のように絡みつく。

流れる水よりも滑らかな動きで移動しながら、繋いだ手をクッと上に引きあげられ、カレスはガルドランの逞しい腕の中で軽やかに一回転させられた。

純白の衣裳の裾が花のように広がり、人々の瞳に鮮やかな軌跡を残す。

ガルドランの動きはしなやかで的確。三ヵ月前に瀕死の重傷を負ったとはとても思えない。

カレスは極上の酒に酔うような気持ちで、男の素晴らしく巧みな足さばきに身を委ねた。

きらめく光りと音楽に目を閉じると、ノルフォールの聖夏至祭で初めて声をかけられた夜を思い出した。

ガルドランに「踊らないんですか」と訊ねられ、カレスは興味ないからとすげなくあしらった。

初めてガルドランを見たとき、髭面で山賊《さんぞく》の首領のような男だと思った。

あの日、あの夜。自分がこれほどの幸福に酔いしれる日が来ることを、誰が予想できただろう。

今でも細かいことは思い出せないけれど、ノルフォールでは悲しいことがたくさんあった。

それらを含めたすべての過去が、今、目の前にいるこの男に出会い、そして心を通わせるために必要だったと思えば、何もかも受け入れることができる。

カレスは目を開けて、自分を愛おしそうに見つめている公爵の、深い緑色の瞳に微笑み返した。

曲が終わりに近づいている。

それは、彼とともに歩いてゆく人生のはじまりを告げる合図でもある。だから惜しくない。

周囲で一緒に踊っていた男女がさりげなく遠ざかり、踊りを止めて主役ふたりに場を譲る。そうして最後に広間で踊っているのは最初と同じようにガルドランとカレスだけになった。

繊細な余韻を残して曲が終わる。

拍手を浴びながら、最後の足運びを終えて息を吐いたカレスの目前に突然、深緑色の瞳が迫った。

「あ…」

と思う間もなく、唇に吐息が触れる。

唇の表面を軽く触れ合わせた程度とはいえ、衆人《しゅうじん》環視《かんし》の中で唇接けされて頭が真っ白になる。

「な…公……」

ただでさえいっぱいいっぱいだったカレスの許容量が、その瞬間、軽く臨界点を超えた。


そのせいだろうか。以後の記憶は曖昧になった。

踊り終えたガルドランはその足で、カレスを伴って父大公の許へ赴いた。

久しぶりに公式の場に姿を見せた大公は、広間を見下ろす中二階の、一番広い張り出し《アルコーヴ》に置かれた椅子に座って待っていた。周囲を守っていた介添え《かいぞ》の侍女と衛士たちが、親子の対面を邪魔しないよう静かに身を退いて、背後の緞帳の奥に消える。

「父上、彼が私の伴侶です」

ガルドランが報告すると、父は黙ってうなずき、ふたりの手を取って祝福を与えた。そこに悲痛な叫びが分け入る。

「あなた、どうして！　私は認めないわ」

息子を追いかけてきた大公妃が息を切らし、夫の振る舞いを非難しながら近づいてくる。

ガルドランはくるりと向き直り、母の目を見据えてはっきりと宣言した。

「母上が認めなくとも、カレスはもうルドワイヤの共同統治者です。公式非公式を問わず、今後は母上より上の身分となりますから、お忘れなきよう。万が一非礼があれば、息子としてではなく公爵として許さないので覚悟してください」

カレスの指に嵌った紋章入りの指輪を示しながらきっぱり言い切ると、母は言葉と顔色を失《な》くした。

「な…、ひ…どいわ……」

大公妃は声を震わせ、一粒涙をこぼしたかと思うと夫に駆け寄り、ひざに顔を埋めて泣き出した。

ガルドランが渋顔を作り、カレスが戸惑っていると、父大公が助け船を出してくれた。

「妃のことは任せておきなさい」

そう言って手を振られたので、ふたりは再び広間に並んで降り立ったのである。

‡ 南風《はえ》 ‡

そして、日々は平穏に流れる。

年末の聖冬至祭に合わせ、領民に向けて行われる黄翼准令披露の式典手順を説明するロスカリウスの言葉を、ガルドランは半分聞き流し、カレスは要点を紙葉に書きつけたりしながら真面目にうなずいて拝聴していた。

堅苦しい礼儀作法の話は、いつの間にか思い出語りへと横滑りしていたが、誰も修正しようとしない。

「幼い頃の公子殿下はそれはもうお可愛らしくて。ひと目見ただけで恋に落ちた貴族の青年が、何人も求婚してきたりしたものですよ。内緒ですが、カレス殿もご存知の、ほらバルトラム卿も」

「？　男の子相手に…ですか？」

「殿下はその頃、女の子のかっこうをなさっていましたからね。あ、肖像画がありますが、ご覧になられます？」

にっこりと微笑んで勧めるロスカリウスの守護精霊は、きっと悪戯好きにちがいない。どうせ止めても無駄だとあきらめたガルドランは、肩をすくめながらふたりのあとをついて行った。

大広間へと至る廊下の壁に飾られた何枚もの絵の前で、ぽかんと立ち尽くしたカレスの耳元に、

「どうだ、可愛いだろう」

開き直ったガルドランが自慢する。

「――詐欺だ…」

肖像画の中で微笑む朝露を含んだ花のような美少女と、見あげる長身の上に乗った男らしい風貌を見くらべて、カレスはつぶやいた。

「あれが、どうやったらこう育つんですか？」

「そうでしょう。昔を知る者はルドワイヤの七不思議と呼んで、首を傾げていますよ」

「君たち、無礼な口は慎《つつし》むように」

こそこそと耳打ちするカレスとロスカリウスに向かって、七不思議のひとつがコホンと咳払いした。

「今でも充分可愛いですよ」

夕暮れの露台でひざに愛しい男の頭を抱えながら、カレスはガルドランの右目を覆う眼帯に指先を寄せてささやいた。

「どのあたりが?」

寝椅子から起きあがり、聞き返してくる声が子どもっぽい。

「全部」

「こんなに厳つい大男が?」

それ以上は答えず、カレスは微笑んで男の背に腕をまわした。

——どうしてでしょうね。

あなたが愛しくて抱きしめたくてたまらない。

こんなにも強く大きいあなたを、僕は守りたくて仕方がない。

言葉にならない想いが指先からあふれ、ガルドランの癖のある漆黒の髪をやさしく梳きあげた。

傷痕の走る額へ、頬へ、眼帯の上へ、何度も小さな唇接けを落とす。

腕の中で安らいだ表情を見せる男の吐息が、カレスの胸をくすぐる。その温かさに涙が出そうになる。

胸の奥底から光と温もりを伴った深い感情が湧きあがってきて、カレスは何度もガルドランの黒髪を抱き寄せた。

「愛しています」

身体と…そして言葉で、愛を伝える。

伝え合う——。その幸せに酔いしれて。

《終》

‡　緑風《りょくふう》　‡

やがてルドワイヤの民人は、領内のいたるところで自分たちの統治者であり守護者である隻眼の公爵と、その想い人を見かけるようになる。

夏の森の木陰、春の草原、麦穂を揺らす秋の野で。

「ご覧、あれが隻眼公と珀瑞公だ。仲良く駒を進めておられる」

青く澄みわたる空。たなびく白い雲。

陽を弾いてそよぐ夏草。野原を貫いて走る長閑《のどか》な田舎道。

白い石畳に騎影を落とし仲睦まじく寄り添うふたりの頭上に、今日も緑の風が吹き抜ける——。

あとがき

前作から一年も間が開いてしまい「カレスはあの後いったいどうなるの!?」とやきもきしていた皆さま、大変お待たせしました。『ruin—傷—』の続編をお届けします。

前作に続いて今作も同人誌改稿作となりますが、出来事をより詳しく描写したり新しいエピソードを書き足したりして元原稿より一・五倍ほど分量が増えています（その分、読み応えと読後の満足感も増していることを祈るばかりです）。『ruin—傷—』の内容がアレな感じだったのは私も充分承知しているので、今回はそれを補って余りある甘々ラブラブを目指してみました！　これまで発表してきた拙作の中で一番たくさんラブ甘要素がつまってる…ハズです。……たぶん。あくまで当社比です…。他にもマイ萌え要素、「病弱受」とか「ショタ（今回は精神的ですが）」とか「モフモフ」とか、いろいろつまってます。

今作一番のマイ萌えキャラは、なんといっても白銀のシルヴァ。毛モノモフモフ最強。一番必要なときに姿を消してしまう憎いヤツですが、挿絵の金ひかる先生が素敵に描いてくださいました。もちろん主人公のカレスとガルドランも。金先生、本当にありがとうございます。ラフで見たアルヴァスが予想以上にかっこよかったので、思わずもっと活躍させたくなりました。活躍といっても、カレスを美辞麗句&賛美の嵐で口説き落とそうとしたものの、理解してもらえずあっさりスルーされるとかそういう方向ですが(笑)。
いつも迷惑をかけてしまっている担当さんにも感謝を。今回、書いていてとても楽しかった○○○シーンは担当さんのアドバイスによるものです。他にも的確な指示や冷静なつっこみのおかげで、物語全体に奥行きが増した（手前味噌で恐縮ですが）気がします。ありがとうございました。
さて、カレスとガルドランのお話しはこれで一応完結ということになりますが、その後の一波乱や、そもそもカレスが苦悩する原因となったライオネルとエリヤの物語に興味を持たれた方は作者のサイトhttp://www.lcv.ne.jp/~incarose/《インカローズ》をご覧ください。同人誌情報や、12月に発売されるドラマＣＤ『遥山の恋』のミニストーリー等もあります。

昨年から今年にかけてかなりペースダウンしてしまったので、来年からはテンションを上げてもう少しサクサク本を出していけたらと思っています。同人誌改稿作は今回でだいたい出尽くしたので、次からは新作書き下ろしになります。予定通りにいけば、まずは蟲の話の続編から。本を手に取り読み始めた人が、ハラハラドキドキを含め少しでも楽しい一時を過ごせるよう精進していきたいと思います。よろしくお願いいたします。

二〇〇九年　秋

初出
ruin 一緑の日々一 ―――――――― 2002年8月 同人誌掲載作を大幅改稿

LYNX ROMANCE

遥《はる》山《やま》の恋《こい》

六青みつみ

illust. 白砂順

898円
（本体価格855円）

山で暮らす紫乃は、老犬・シロと狩りの最中に傷ついた青年を救う。紫乃は、初めて見る強い男の顔立ちと立派な体つきに奇妙な胸の高鳴りを感じながらも、青年を必死に看病する。夢でうなされ、熱に苦しむ青年になぐさめと労りの言葉をかけ続け、自分以外の誰かがいることに嬉しさを感じる紫乃。だが、青年が目覚めた途端、『化け物』と罵られ、拒絶される。紫乃の身体には、薬では消えない深い理由をもつ痣があった――。

LYNX ROMANCE

君《きみ》がこころの月《つき》にひかれて

六青みつみ

illust. 佐々木久美子

898円
（本体価格855円）

町人の葉之助は両親を亡くし、陰間茶屋に売られようとしたところを逃げだし、津藩主藤堂和泉守隆継に拾われる。隆継を一途に慕う葉之助だったが、同僚の罠にかかり、藩邸を追い出されてしまう。生きる気力を無くした葉之助が選んだ道は、人知れず死ぬことだった。腹を切り、瀕死の葉之助を救ったのは、幼なじみの吉弥。一命を取り留めたものの、心に深い傷を負った葉之助は、吉弥と共に人生を歩もうとするが……。

LYNX ROMANCE

至《し》福《ふく》の庭《にわ》 ～ラヴ・アゲイン～

六青みつみ

illust. 樋口ゆうり

898円
（本体価格855円）

カウンセラーである兄の仕事を手伝いながら暮らす鈴木佳人は、過去の事件が元で心に深い傷を抱えていた。ある夏の日の午後、佳人は庭で藤堂大司という男と出会う。男性的な力強さをもつ藤堂に怯えを抱きつつも、魅力的で真摯な態度に惹かれていく佳人。彼と過ごした僅かな間にも、佳人は不思議と離れがたさを感じていた。別れ際、自分に向けられた藤堂の、何かを訴えるような瞳に佳人の心が揺れ動き……。

LYNX ROMANCE

リスペクト・キス

六青みつみ

illust. 樋口ゆうり

898円
（本体価格855円）

高校生の時から同級生の城戸剛志を想い続けている瀬尾洵。臆病で優しすぎる性格の洵は、社会人になったいまも剛志に告白できない毎日を送っていた。そんな折、洵の前に、剛志が昔付き合っていた洵の従兄弟・煌が突然現れる。剛志とまた付き合い始めるのではないかと洵は不安と絶望の中、普段と変わらない態度で剛志に接する。しかし、剛志と煌が付き合い出したと聞き、剛志への想いを断ち切るため、ある決断をするが……。

LYNX ROMANCE

騎士《きし》と誓《ちか》いの花《はな》

六青みつみ

illust. 樋口ゆうり

898円
（本体価格855円）

戦乱と飢饉によって衰えていくシャルハン皇国で、過酷な生活をおくる奴隷のリィトを救ってくれたのは、端正な容貌の黒衣の騎士・グリファスだった。誰からも優しくされなかったリィトは、彼の包みこむような気持ちに惹かれていく。そんな幸せな時を過ごしていたある日、リィトはグリファスから、彼が仕える皇子の身代わりを頼まれる。命を救ってくれたグリファスのため、リィトは身代わりとなることを決意するが……。

LYNX ROMANCE

楽園《らくえん》の囚《とら》われ人《びと》

六青みつみ

illust. 白砂順

898円
（本体価格855円）

後宮で暮らすキリアは、王の寵愛を失い、臣下である将軍・ファリードに下げ渡されてしまう。自尊心と王への忠誠心を打ち砕かれ、生きる意味を失ったキリアは、ファリードに憎しみを向けることで、自らの心を保とうとする。心も身体もファリードを拒絶していたキリアだったが、彼とともに暮らすうちに、ファリードの優しさと誠実な心に好意を持ち始め…。
六青みつみのドラマティック・ファンタジーが登場!!

LYNX ROMANCE

蠱蟲《こちゅう》の虜《とりこ》

六青みつみ

illust. 金ひかる

898円
（本体価格855円）

砂漠に捨てられた奴隷のリーンは死の直前、精悍な容貌のカイルに救われる。カイルの献身的な看病に、暴力しか与えられていなかったリーンは、彼への恋心を意識していく。しかし、体力がなく旅ができないリーンは、村で彼と泣く泣く別れることに。いつかカイルとの再会を願っていたが、夜盗の襲撃に遭い、慰み者として連れ攫われてしまう。逃亡を試みるリーンに、首領が『蠱蟲』という恐ろしい異生物を体内に植えつけ…。

LYNX ROMANCE

ruin —傷《きず》—

六青みつみ

illust. 金ひかる

898円
（本体価格855円）

幼い頃に親友に救われ、身も心も尽くしていたカレスは、彼に同性の恋人ができたことで、初めて自分の想いに気づく。遅すぎた恋の自覚に苦しみながら、懸命に彼の片腕としてカレスは政務に励んでいた。だがある夜、胸の痛みに耐えかねて酒場に出向いたカレスは、暴漢に絡まれたところを山賊のような男・ガルドランに助けられる。カレスは酔った勢いで抱かれ、肉体を責められるその行為に奇妙な慰めを見出すが…。

この本を読んでの
ご意見・ご感想を
お寄せ下さい。

〒151-0051
東京都渋谷区千駄ヶ谷4-9-7
(株)幻冬舎コミックス　小説リンクス編集部
「六青《ろくせい》みつみ先生」係／「金《かね》ひかる先生」係

リンクス ロマンス

ruin 一緑の日々一

2009年11月30日　第1刷発行

著者……………六青《ろくせい》みつみ
発行人…………伊藤嘉彦
発行元…………株式会社　幻冬舎コミックス
〒151-0051　東京都渋谷区千駄ヶ谷4-9-7
TEL 03-5411-6434（編集）
発売元…………株式会社　幻冬舎
〒151-0051　東京都渋谷区千駄ヶ谷4-9-7
TEL 03-5411-6222（営業）
振替00120-8-767643
印刷・製本所…共同印刷株式会社
検印廃止

ISBN978-4-344-81737-1 C0293
Printed in Japan

幻冬舎コミックスホームページ　http://www.gentosha-comics.net